빈손으로 왔다가
빈손으로 간다네

고승열전 **13** 영호큰스님

빈손으로 왔다가
빈손으로 간다네

윤청광 지음

우리출판사

윤청광

전남 영암 출생으로 동국대학교에서 영문학을 전공했고, MBC-TV 개국기념작품 공모에 소설 〈末島〉가 당선되었으며, MBC에서 〈오발탄〉〈신문고〉〈세계 속의 한국인〉 등을 집필했다. 그 동안 대한출판문화협회 상무이사·부회장·저작권대책위원장·한국방송작가협회 이사·감사·방송위원회 심의위원을 역임했고, 〈불교신문〉 논설위원을 거쳐 현재 〈법보신문〉 논설위원, 법정스님이 제창한 〈맑고 향기롭게 살아가기 운동〉 본부장, 출판연구소 이사장을 맡아 활동하고 있다. BBS 불교방송을 통해 〈고승열전〉을 장기간 집필했고, 《불교를 알면 평생이 즐겁다》 《불경과 성경 왜 이렇게 같을까》 《회색 고무신》 등의 저서가 있으며, 기업체·단체 연수회에 초빙되어 특강을 통해 '더불어 사는 세상'을 가꾸고 있다.

BBS 인기방송프로 고승열전 13 영호큰스님
빈손으로 왔다가 빈손으로 간다네

2002년 10월 23일 개정판 1쇄 인쇄
2002년 10월 29일 개정판 1쇄 발행

지은이/윤청광
펴낸이/김동금
펴낸곳/우리출판사
등록/1988년 1월 21일 제9-139호
주소/120-013 서울특별시 서대문구 충정로 3가 1-38
전화/(02)313-5047, 5056
팩스/(02)393-9696
E-mail/woribook@chollian.net

ISBN 89-7561-184-1　03810

책값은 뒷표지에 있습니다.

· 지은이와 협의하여 인지를 붙이지 않습니다.
· 잘못된 책은 본사나 구입하신 서점에서 바꾸어 드립니다.

부처님께서 금강경에 이르시기를
모든 형상있는 것은 허망한 것이니
형체있고 빛깔있고 냄새있는 것에 잘못 집착하면
부처님 가르침과는 삼만팔천 리 멀어지는 것!
마음의 눈으로 형체없는 것을 볼 줄 알아야 하고
마음의 귀로 소리없는 소리를 들을 줄 알아야 하고
마음의 코로 냄새없는 냄새를 맡을 줄 알아야 하느니.

후학양성에 평생을 바치신 큰스님

　영호대종사는 근세 한국불교가 배출한 불세출의 선지식으로 선·교에 두루 통달하여 원융(圓融)적 불교관과 투철한 지계(持戒)정신을 널리 선양하였습니다.
　더구나 급변하는 당시의 국제정세와 일제하의 암울했던 민족의 현실을 시급히 타개하기 위해 후학을 양성하고 불타정신을 사회 속에 구현하는데에 필생의 역량을 경주(傾注)하였습니다. 또한 만해 한용운 스님과 불교·유신을 주도하고 일제의 불교계 침투를 저지함으로써 한국불교의 전통을 호지(護持)하여 왔음은 민족사에 길이 기억될 사실이라 하겠습니다.
　이와같이 영호대종사의 사상과 이념은 서구문물의 무분별한 유입으로 비롯된 오늘날의 사회현상에 대처하는 필수적 방편으로 재조명되어져야 할 것입니다.
　부디 이 책을 통해 대종사의 구세원념이 새롭게 꽃피워지길 바랍니다.

불기 2540년 1월

조계종 月雲 識.

차례

1
톨스토이 청년 서정주 / 15

2
결단을 내리게, 결단을 / 29

3
오십년 백년 후를 도모하려면 / 43

4
처처불상이요 사사불공이라 / 59

5
이태백보다 뛰어난 시인이 되려면 / 73

6
기지도 못하면서 날기부터 하겠다니 / 89

7
금강산 구경은 잘하고 왔는가 / 103

8
평생에 걸친 화두 / 119

9
세상만사 마음의 장난이라 / 135

10
발 아래를 돌아보라 / 149

11
두가지 특청 / 167

12
그 노인이 교정스님이라구요? / 181

13
이 늙은 중더러 밥값을 내라구? / 195

14
산 공부, 죽은 공부 / 209

15
이백 년의 긴 사연 / 223

16
두가지 행복 / 237

17
살아있는 백과사전 / 253

18
다섯가지 몹쓸 병 / 269

19
소금 할아버지 / 283

20
회향 / 297

21
나 여기서 세상뜨려네 / 311

1
톨스토이 청년, 서정주

일제 치하였던 1933년 겨울의 일이었다.

매서운 겨울바람을 가르며 두 청년이 안암동 비탈길을 오르고 있었다. 어깨를 잔뜩 움츠린 두 사람은 저마다 생각에 잠긴 얼굴로 묵묵히 걷는 데만 열중하고 있었다. 바람이 어찌나 거세게 몰아치는지 귀가 먹먹하고 숨이 턱턱 막힐 지경이었다.

두 사람은 지금의 서울 안암동에 있는 개운사 대원암을 찾아가는 길이었다. 당시 대원암에는 조선불교 교정(敎正)이신 영호(映湖)대종사가 머물고 있었다. 조선불교 교정이라면 오늘날의 종정과 같은 위치로, 불교계 최고의 지도자였다.

그러나 영호대종사는 교정으로서의 권위를 내세우지 않는 소탈한 분이었다. 보통의 평범한 노스님들과 다를 바 없는 모습으로 대원암에 중앙불교 전문강원을 차리고 젊은 제자들을 가르치는 데 여념이 없었다.

이윽고 두 젊은이는 자그마한 암자 앞에 당도했다.

앞장서서 암자에 들어서던 눈이 부리부리한 청년이 몇 발짝 뒤처진 채로 머뭇거리는 친구를 돌아보며 소리쳤다.

"으이구 추워! 어서 들어가세!"

뒤처져 있던 친구는 고개를 끄덕이면서도 뭔가 미심쩍다는 표정으로 암자를 기웃거렸다. 불교계 최고지도자가 계신다는 암자가 너무나 초라하고 보잘것 없어 놀라웠던 모양이었다.

"아, 이 친구야! 어서 올라오지 않구 뭘 하고 있어? 어서 올라오라구!"

"아니 이렇게 작은 암자에 제일 높으신 큰스님이 계신단 말인가?"

"그렇대두 그러네. 빨리 올라오기나 해!"

팔을 잡아끄는 친구의 서슬에 엉거주춤 따라들어가는 이 젊은이의 이름은 서정주! 훗날 한국 시단의 거목으로 우뚝 서게 되는 미당 서정주였고, 그를 대원암까지 끌고온 눈이 부리부리한 청년은 서정주와 막역한 친구인 배상기였다.

배상기는 친구를 이끌고 암자 안으로 들어섰다. 아무도 보이지 않는 절마당에는 휑한 바람소리 뿐이었다. 배상기는 안을 향해 조심스럽게 스님을 찾았다.

"저, 스님! 스님 계십니까?"

잠시후 방문이 열리고 노스님 한 분이 고개를 내밀었다. 스님은 문 밖에 서있는 배상기를 보더니 화들짝 놀라며 반갑게 소리쳤다.
"어이구! 이게 누군가? 배군 아니신가?"
"예, 스님! 그간 안녕하셨습니까?"
배상기는 우렁찬 목소리로 노스님께 꾸벅 목례를 올린 후 옆에 서있는 서정주에게 찔끔 눈짓을 하며 말했다.
"스님. 일전에 꼭 한번 데려오라시던 그 친구를 데려왔습니다."
"오, 그래? 잘 오셨네. 어서 들어오시게. 자자, 어서 들어오시래두!"
"예, 스님."
배상기는 서둘러 방으로 들어가려다 말고 주뼛거리고 옆에 서있는 서정주의 등을 밀었다.
"자네두 들어가세. 아 어서!"
"원 참! 알았네. 알았다니까."
노스님의 방에 들어선 배상기는 서정주에게 말했다.
"인사드리게. 이 분이 바로 조선불교 교정이신 큰스님이시네."
두 젊은이가 나란히 엎드려 큰절을 올리자 노스님은 두 손을 휘휘 내저었다.
"아이구 절은 무슨 절! 그냥들 앉으시게. 아 그만, 그만! 됐네, 됐어. 아, 편히 앉으라니까!"
그러나 노스님도 두 젊은이의 깍듯한 인사를 받는 것이 싫지는 않은 얼굴이었다. 스님은 노안에 가득 미소를 띄며 두 청년을 번갈아 바라보았다. 절을 마치고 자리에 앉은 배상기가 먼저 입을 열었다.

"이 친구가 바로 그 괴짜 친굽니다."
"호오! 그러신가?"
스님은 서정주에게 시선을 돌리며 물었다.
"그래 자네가 그 똘스또이주의자라구?"
서정주는 얼굴을 붉히며 기어들어가는 소리로 대답했다.
"아, 아닙니다. 톨스토이주의자라기 보다는……"
옆에 앉아 싱글싱글 웃기만 하던 배상기가 친구의 말허리를 자르며 다시 나섰다.

"아니긴 뭐가 아냐! 일전에도 제가 스님께 말씀드렸듯이 이 친구가 글쎄 집안도 살 만큼 살고 중학까지 공부한 친구가 글쎄 톨스토인지 뭔지 거기에 홀랑 빠져 집을 도망쳐 나왔지 뭡니까?"
집을 도망쳐 나왔다는 말에 서정주의 얼굴은 그만 홍시처럼 새빨개졌다.
"아, 아닙니다. 도망쳐 나온 게 아니구……"
엎치락 뒤치락하는 두 젊은이의 말씨름을 지켜보던 노스님은 큰 소리로 껄껄 웃기 시작했다.
"허허허."
"이 친구야, 부모님 허락없이 아무도 모르게 집을 나왔으면 그게

바로 도망쳐 나온거지 그게 그럼 어디 다니러 나온 겐가?"
　배상기가 장난스러운 표정으로 끝까지 물고늘어지자 노스님은 빙그레 웃으며 말했다.
　"그래, 자네가 이 경성엘 올라와 가지고 그 무엇이냐, 쓰레기통을 뒤지고 사는 넝마주이 아이들하고 함께 살고 있었다구?"
　"예, 스님."
　배상기가 딱하다는 듯이 말했다.
　"이 친구 이거 정말 무슨 청승인지 모르겠습니다. 말이 넝마주이지 이 친구 살던 데가 어딘지 아십니까? 마포 도화동 빈민굴이에요, 빈민굴!"
　"허허허. 아 이 사람아! 빈민굴이면 어떻구 토굴이면 어떤가? 내 이 배군한테서 자네 얘길 듣고 하두 기특하다 싶어 꼭 한번 데리고 오라고 그랬네. 요즘같은 영악한 세상에 이런 젊은이가 있다니 기특한 일이 아니겠는가?"
　"원 참 스님두! 아, 이 청승맞은 친구가 뭐가 기특하다고 그러십니까?"
　계속해서 깅짜를 부리듯 밀하고 있있지만 서정주를 바라보는 배상기의 눈길에는 친구에 대한 따뜻한 애정이 그득 담겨 있었다.
　"그래 자네 이름이 어떻게 되던고?"
　"예. 저, 서정주라고 합니다."
　"서, 증, 주?"

배상기가 싱긋이 웃으며 스님께 말했다.
"증주가 아니라 정주입니다, 스님. 서정주요."
"그래 알았어. 서증주."
"아이 참! 증주가 아니라 정주요, 스님!"
"그래 서증주!"
"아이구 알았습니다, 스님!"
배상기는 두손 번쩍 들었다는 듯이 고개를 저으며 서정주에게 말했다.
"이 스님께서는 본래 발음이 이러시니 자네가 그렇게 알면 되네. '증주야' 하면 '정주야'로 알아들으라구."
배상기의 장난스런 설명을 들은 서정주가 빙긋이 미소짓자 노스님은 짐짓 화난 표정으로 소리쳤다.
"에이끼 이런! 내가 언제 증주라고 그랬는가, 증주라고 그랬지!"
서정주와 배상기가 스님의 말씀에 더이상 참지 못하고 배를 틀어쥐고 웃기 시작하자 노스님도 슬그머니 따라 웃으셨다.
"허허허."
영호대종사는 이 나라 불교계의 최고 지도자인 교정이었으나 교정으로서의 권위나 위엄을 내세우는 일이 없었다. 세속 나이로만 따져도 수십 년 아래인 젊은이들에게도 다정한 친구를 오랜만에 만난듯 허물없이 대해 주었다.
"그래. 증주 자넨 앞으로도 그 넝마주이들하고 어울려 똘스또이

주의로 살 작정인가?"

"아, 아닙니다. 지내면서 생각을 해보니 너무 유치했다는 생각도 들고, 쓰레기통에서 훈장을 주워달고 있는 그런 기분이 들어서 며칠전에 그만 집어치웠습니다."

'쓰레기통에서 훈장을 주워달고 있는 기분'이란 서정주의 기발한 표현에 노스님과 배상기는 웃음을 터뜨렸다.

"하하하하."

"허허허. 이제 겨우 철이 들었군 그래, 음? 허허허허."

파안대소하던 노스님은 문득 진지한 얼굴로 서정주의 얼굴을 뚫어지게 쳐다보며 말했다.

"에, 서증주라고 그랬지?"

"예."

"증주 자네, 이젠 이러고 저러고 할 것 없네."

"예에?"

"똘스또이도 좋고 넝마주이도 좋겠지만은 자네 그러지 말고 시방부터 여기서 나하고 같이 공부나 좀 해보면 어떤가?"

"예에? 여기서 공부를요?"

깜짝 놀란 것은 서정주만이 아니었다. 배상기 역시 눈이 화등잔만해져서 영호 스님께 여쭈었다.

"아니 스님! 그럼 이 친구한테 불교 공부를 시키실 작정이십니까요?"

스님은 그러나 선문답 같은 알쏭달쏭한 한마디를 던질 뿐이었다.
"이 공부 저 공부 해도 여기서 하는 공부가 제일일 걸세."
"……"
"여봐라, 밖에 인호 있느냐?"
"예, 스님!"
낭랑한 대답 소리와 함께 스님의 방문이 열렸다. 앳된 얼굴의 사미승이 파르라니 깎은 머리를 가볍게 숙였다.
"부르셨사옵니까, 스님?"
"인호는 어디 갔느냐?"
"예, 스님. 공양간에 있습니다."
"그러면 네가 삭도를 준비해라. 이 젊은이가 서증주라는데 내가 오늘 머리를 깎아줘야겠다."
느닷없이 삭도를 준비하라는 말에 서정주와 배상기는 멍한 표정으로 영호스님을 바라보았다. 서정주를 처음 대면한 자리에서 본인에게 싫으냐, 좋으냐 한마디 물어보지도 않은 채 대뜸 머리를 깎아주겠다니 두 사람이 놀라는 것도 무리는 아니었다. 더구나 이날 서정주를 영호스님께 소개한 배상기는 이만저만 당황스러운 게 아니었다.
"스님! 정말 이 친구 머리를 깎아 중을 만들 작정이십니까?"
"허허, 이 사람! 중이 되고 안 되고는 나중에 저 알아서 할 일이

고 공부꾼은 그저 머리털 시원하게 깎고 지내는 게 좋은 법이야."

배상기는 곤혹스런 표정으로 친구의 눈치를 보았다. 그러나 기이하게도 정작 머리를 깎이게 될 당사자인 서정주는 쓰다 달다 아무런 말이 없었다.

잠시후 다시 방문이 열리고 사미승이 공손한 태도로 스님에게 삭도를 내밀며 말했다.

"스님. 삭도를 가져왔습니다."

"오냐. 이리 다오. 그리구 너, 저 위 칠성각 잘 치워 놓아라. 이 사람 머리 깎고 나면 거기서 지낼 수 있게 말이야."

"네, 스님. 알겠습니다."

사미승이 조용히 물러나자 방안에는 무거운 정적이 감돌았다. 영호스님은 날이 시퍼렇게 선 삭도를 들고 서정주에게 다가섰다. 서정주는 무엇에 홀린 사람인양 그림처럼 그 자리에 앉아 있었다. 배상기는 마른 침을 삼키며 스님을 주시하고 있을 뿐이었다.

영호스님은 가라앉은 목소리로 서정주를 불렀다.

"정주."

"……예."

"정주, 자네는 머리를 깎아놓으면 보기가 아주 좋을 것이구먼."

서정주는 떨리는 호흡을 가다듬으며 조용히 눈을 감았다.

아무래도 안되겠던지 배상기가 조심스럽게 입을 열었다.

"아니 스님! 저, 정말로 깎으시렵니까?"

"머리털을 깎아버리고 나면 얼마나 개운한지 자넨 모를 것이야."

그러면서 영호스님은 조심스럽게 칼을 들어 서정주의 머리에 대고 천천히 밀기 시작했다. 넝마주이들과 함께 살며 오랫동안 깎지 않은 덥수룩한 서정주의 머리카락이 깃털처럼 사뿐히 바닥에 떨어지기 시작했다.

"증주."

"예에."

"자넨 두상이 아주 잘 생겼네."

"……"

"정말 잘 생긴 두상이야. 깎고 나면 아주 개운할 걸세."

스님은 파르라니 깎인 서정주의 머리를 음미하듯 쓰다듬으며 나직이 말했다.

"공부꾼은 이렇게 머리털을 깎고 지내는 게 훨씬 좋느니. 흐음, 이렇게 깎아놓고 나니 새파랗게 꼭 잘 생긴 알 같구먼 그래. 새파란 알 같다니까! 으음? 허허허!"

영호스님이 감탄스러운 표정으로 껄껄 웃기 시작했다. 말끔하게 깎인 서정주의 머리를 신기한듯 요리조리 살피던 배상기가 고개를 끄덕이며 말했다.

"이렇게 깎아놓고 보니 이 친구 정말 중 같은데요?"

"정말 잘 생겼네, 정말 잘 생겼어! 허허허허."

　그러나 정작 머리를 깎인 서정주는 무슨 생각을 하는지 아무런 말이 없었다. 가만히 앉아 문풍지를 흔들며 지나가는 바람소리에 귀를 기울이고 있을 뿐이었다.
　사미승은 저녁 공양을 마치고 나오는 두 사람을 칠성각으로 안내했다. 칠성각 주변은 온통 억새밭이었다. 서정주는 사미승을 따라 계단을 오르다 말고 저물어가는 황혼빛 아래 눈부시게 물결치는 억새풀을 바라보고 있었다.
　"어서 이리 올라오십시오. 여기가 칠성각입니다."
　"으이구 추워!"
　살을 에이는 듯한 추위에 입술이 파랗게 얼어붙은 배상기는 어깨를 움칠움칠하며 사미승을 따라 칠성각에 올랐다. 사미승은 거센 바람에 허리를 꺾여 이리저리 휘둘리는 억새밭을 망연히 바라보고 섰는 서정주에게 다가가 조심스레 말을 건넸다.
　"어서 들어가셔서 좀 쉬시지요."
　"예, 고맙습니다. 스님."
　방에 들어가 몸을 녹이고 있던 배상기도 문을 빠끔히 열고 서정주에게 소리쳤다.
　"아, 어서 들어와 이 친구야!"
　"으음, 그래."
　"그럼 편히들 쉬십시오."
　사미승은 칠성각으로 올라서는 서정주의 뒤에서 고개를 숙이며 인사를 올렸다. 배상기는 마주 합장을 하며 스님께 말했다.
"예, 예. 염려마시구 가서 일 보십시오. 아, 얼른 들어와 이 친구야! 사람 얼어죽겠다!"
방안으로 들어선 서정주가 문을 닫고 자리에 앉자 방안을 휘휘 돌아보며 배상기가 말했다.
"야, 이거 좀 으시시 하다. 그렇지?"
그런데 서정주는 그 말은 들은 척도 않고 엉뚱한 말을 던지는 것이었다.
"상기 자네, 이제부턴 나에게 말을 올려야 하네."
"뭐야? 말을 올리라니?"
"나야 이제 삭발을 했으니 머리 기른 속인하고는 다르지 않은가?"
그제서야 배상기는 실소를 터뜨리며 말했다.
"난 또 무슨 소리라구! 야, 그런데 정말 사람 팔자 시간문제라더니 도대체 정말 이게 어떻게 된 일이야?"
"뭐가 말인가?"
"아, 스님이 그 시퍼런 칼을 들고 머리를 깎겠다고 하셨을때 왜 싫다, 좋다 말 한마디 못했냐구?"
"글쎄. 실은 나도 그걸 잘 모르겠어. 친구 같기도 하고 어린애 같기도 한 스님한테 얼을 빼앗긴 것 같기도 하고 홀린 것도 같고......"

"자네 진짜로 중이 될 생각인가?"
"아, 중이 되겠다 안 되겠다 그런 생각을 해 볼 겨를이나 있었는가. 그냥 스님 하시는 대로 앉아 있었을 뿐이지."
"나 원 참! 이건 꼭 무슨 도깨비 굿판을 구경한 것 같다니까!"
"애당초 이 절에 나를 끌고 온 것은 자네였지 않은가."
"아, 누가 이렇게 될 줄 알았어? 일전에 스님을 뵈러 왔다가 자네 얘길 잠깐 했더니 자넬 꼭 한번 데려오라고 그러시더라구! 왜? 머리 깎은 게 후회되기라도 하는가?"
"아니 뭐 꼭 그런 건 아니지만 너무 갑자기 이렇게 되고 보니 얼떨떨해서 말이지."
"기왕 이렇게 된 거 이제 와서 어쩌겠나. 머리 기를 때까지라도 여기 그냥 눌러 있어야지 뭐. 안 그런가?"
이렇게 해서 서정주는 영호대종사에 의해 뜻하지 않은 삭발거사가 되어 대원암 중앙불교 전문강원의 학인이 되었다. 이 기묘한 인연이야말로 괴짜 가출소년 서정주가 훗날 한국의 대표시인 미당 서정주로 성장하는 중요한 계기를 마련해 주었으니 영호대종사의 사람 보는 안목이 얼마나 탁월했던가를 미루어 짐작할 수 있다.
칠성각에 머무르며 중앙불교 전문강원에서 불교공부를 하게 된 서정주는 영호스님의 강의를 듣고 공부를 하는 한편, 틈만 나면 칠성각 주변 억새밭을 거닐었다. 톨스토이의 휴머니즘에 깊이 빠져 넝마주이와 함께 했던 지난 세월을 반추해보기도 했고 깊은 허무의

심연에서 허덕이고 있는 자신을 무심히 응시하기도 했다.

 인생의 생생한 탄력이어야 할 젊음이 유독 자신에게만은 왜 이다지 고통과 번뇌가 뜨겁게 들끓는 화로처럼 느껴지는 것인지 참으로 알 수 없었다. 젊음과 열정, 그리고 한없는 욕망에서 벗어나고만 싶었다. 저 메마른 억새풀처럼 세상과 자신을 조용히 바라보면서, 그저 반짝이는 겨울햇살을 욕심없이 즐기고 싶었다.

 종국에는 바스라져 티끌 먼지로 변해갈 이 한 목숨, 저 얼어붙은 대기에 스며 이 세상 목숨과 목숨을 이어줄 더운 온기로 남을 수만 있다면! 그 밝고 따뜻한 스러짐을 향해 내 생애 온전히 바칠 수 있다면!

 아무리 생각해봐도 답이 나오지 않을 그런 고뇌에 빠져 있다가 영호스님을 대하면 여태껏 눈 앞을 가로막고 있던 티끌이 깨끗이 사라지는 것 같았다. 스님은 아무 것도 모르는 어린애처럼 순진무구한가 하면, 감히 범접할 수 없는 위엄있는 풍모로 속된 망상을 꾸짖곤 했다.

 처음에는 영호스님의 그 인간적인 매력에 홀린 듯이 빠져들었던 서정주는 시간이 지나면 지날수록 스님의 고승다운 면모에 깊은 존경심을 품게 되었다.

2
결단을 내리게, 결단을!

며칠이 지난 어느날 새벽이었다. 예불을 마친 서정주가 절마당을 막 지나는데 젊은 학인들 몇몇이 모여 킥킥거리며 웃고 있었다. 학인들은 하나같이 냇가쪽을 바라보고 있었다. 영문을 모르는 서정주는 학인들의 시선이 가 있는 냇가쪽을 바라보았다.

그런데 이게 웬일인가. 저만치 아래 화장실 뒷켠에 영호대종사가 엉덩이를 드러낸 채 바지춤을 움켜잡고 엉거주춤 앉은 자세로 어기적어기적 냇가를 향해 걸어가고 있는 게 아닌가. 깜짝 놀란 서정주는 마침 옆에 서있던 사미승을 붙잡고 큰소리로 물었다.

"아니, 스님! 저기 저 큰스님께서 왜 저러신답니까?"

억지로 웃음을 참고 있던 사미승은 서정주가 눈이 휘둥그래져서 묻자 마침내 웃음보가 터지고 말았다. 눈물을 흘려가며 한참을 웃어대던 사미승이 겨우 진정이 되었는지 서정주에게 말했다.

"우리 조실스님은 가끔 저러십니다. 뒷간에 가실 때 깜빡 휴지를 잊고 가셨으면 저렇게 냇가로 가시는 수밖에 별 도리가 없지요 뭐."

"네에?"

나이 예순을 넘기신 분이요, 조선불교 최고의 지도자이신 분이 천진난만한 어린아이같은 모습을 스스럼없이 보여주고 있었으니 젊은 학인들이 킬킬대는 것도 무리는 아니었다.

"아니 그래, 저 큰스님께서는 자주 저러신단 말입니까?"

"맨날 저러시는 건 아니지만 가끔씩 저러십니다. 어떨 땐 꼭 저보다도 더 어린 애기 같으시다니까요! 곶감을 어찌나 좋아하시는지 뒷간에 가실 때 가지고 가서 잡숫질 않나."

"곶감을 뒷간에 가지고 가신다구요?"

"예에! 큰스님 다녀오신 뒤 들어가보면은요, 곶감씨가 수북하다구요!"

"원 참! 별스런 스님이 다 계시군요."

정말 평범한 사람으로서는 이해하기 힘든 기인이었다. 조선불교 교정스님이라면 불교계에서 최고의 권위를 가진 어른이 아닌가. 뒷간에 쭈그리고 앉아 맛나게 곶감을 먹는 교정스님의 모습을 그 누가 상상이라도 해봤겠는가.

그런데 바로 그때였다. 냇가까지 어기적거리고 내려간 영호대종사가 물 본 김에 아주 얼굴까지 씻고 편안한 모습으로 돌아오고 있

는데 어디선가 호탕한 웃음소리가 터져나왔다.
"하하하하. 대사님!"
온 암자가 들썩거릴 정도로 우렁우렁한 목소리의 주인공은 바로 오세창 선생이었다.
"으음? 어, 어서오시오."
"제자들이 또 저렇게 킬킬대며 웃고 있는 걸 보니 대사님 또 바지춤 움켜잡고 오리걸음 걸어서 냇가까지 가셨던 게 분명합니다, 그려! 음? 하하하하."
"그것도 무슨 흉이라고 킥킥대는 녀석들이 나쁜 녀석들이지. 아 선생은 그래, 그런 일이 한 번도 없으셨수?"
"하하하! 나라고 해서 그런 일이 왜 없었겠습니까? 허지만 대사님!"
"왜요?"
"그것도 나이 예닐곱살 때 일이지 환갑진갑 다 지나고 나서는 일부러 해보고 싶어도 안됩디다요 그게. 응? 하하하."
"아, 선생이야 환갑, 진갑을 제대루 다 잡쉈으니 그게 잘 안될테지만 나야 아직 장가 한 번 안들었으니 만년 애기 아니겠습니까. 허허허. 아니 그런데! 오늘은 어쩐 일이십니까? 새벽 댓바람에 찾아오셨으니."
"아, 대사님 뵈려면 새벽에나 와야지요. 조금 있으면 강(講)을 시작하실 시간이지 강 끝나시면 학교 나가셔야지, 어디 나같은 사람 만나줄 시간이나 있으십니까? 하하하."
"허허. 아무튼 들어가십시다."
당대의 금석학의 대가로 알려진 오세창 선생과 함께 절마당을 지나시던 영호스님은 문득 서정주를 보더니 말했다.
"오! 참. 증주 자네 거기 있었는가?"
"네, 스님. 편히 주무셨습니까?"
"그래 그래. 증주, 자네 이리 와서 인사드리게. 이 분이 바로 오세창 선생이시네."
"예. 처음 뵙겠습니다, 선생님."
오세창 선생은 유쾌한 표정으로 서정주의 인사를 받으며 고개를 끄덕였다.
"호! 또 새로운 제자인 모양입니다 그려."
"서증주라고, 내가 머리를 깎아주었어요."
영호스님은 파르스름하게 빛나는 제자의 삭발한 머리를 대견한 듯 바라보다가 문득 서정주에게 말했다.
"흐음. 그래, 됐어. 자넨 그만 가봐."
"예, 스님."
영호스님은 칠성각 쪽으로 걸어가는 서정주의 뒷모습을 바라보면서 입을 열었다.
"저 친구 톨스토이 주의하다가 나한테 왔어요."
"톨스토이 주의요?"

"인도주의라고 하던가? 집안도 좋고 배울 만큼 배운 젊은이가 쓰레기 주워 먹고 사는 넝마주이들하고 함께 살았답니다."

"호오! 거 범상한 젊은이가 아닌 것 같소이다 그려."

"두상도 아주 잘 생겼고 눈빛이 그윽한 것이 한 물건 실히 될 친구요."

영호스님의 말투에는 새로 맞은 제자에 대한 애정이 담뿍 묻어 있었다. 오세창 선생은 짐짓 혀를 차며 말했다.

"허어! 이거 이러다가 큰일 나겠소이다 그려."

"무슨 말씀이시오?"

"나라의 재목감이 될 만한 인물은 죄다 대사님이 데려다가 머리를 깎아 버리니 쓸 만한 재목은 모조리 다 중을 만들 작정이십니까?"

"허허허. 그건 염려마시오. 머리를 열번 백번 깎아줘도 중 못될 녀석은 중 못되는 법! 재목만 잘 키워놓으면 궁궐 짓는 데 쓰이든 학교 짓는 데 쓰이든, 절간 짓는데 쓰이든 다 써먹을 데가 있을 것! 조선 재목이 조선에서 쓰이지 설마한들 일본을 위해서 쓰이기야 하겠습니까?"

"그래서 걱정입니다, 대사님. 사람은 분명 조선사람인데 하는 짓은 일본인들 뺨치는 자들이 나날이 늘어나고 있으니 이 어찌 걱정이 아니겠습니까?"

"그것이 모두 다 마음공부가 허한 탓이니 누구를 원망하겠소이까? 불교나 유교나 천도교나 모두들 인재양성을 게을리 해왔어요. 이제부터라도 늦지 않았으니 우리는 사람을 길러내야 합니다. 자식 하나 잘 키우느냐, 못 키우느냐에 따라 집안도 흥하고 망하거늘 하물며 나라 꼴이야 일러 무엇하겠소이까?"

"옳은 말씀이십니다, 대사님."

"세상만사 모든 일, 잘되고 못되는 것은 사람에게 달려 있으니 내 오죽하면 이 늙은 나이에 이 암자에다 강원을 차리고 혜화동에 따로 또 학교를 세웠겠습니까? 젊은이들 구만리 같은 앞길을 열어주고, 젊은이들 가슴 속에 심지를 박아주고, 젊은이들 두 어깨에 세상 일을 맡기자면 우선 젊은이들 눈을 뜨게 해줘야 하고, 튼튼하고 우람하고 곧게 자라도록 우리같은 늙은이들이 거름을 주어야 합니다."

"정말 백번 지당하신 말씀이십니다, 대사님! 대사님처럼 혜안을 가지신 어른이 열 분, 다섯 분, 아니 세 분만 계셨어도 나라 꼴이 이 지경으로 되지는 않았을 것입니다. 대사님!"

나라의 장래를 통탄하며 차갑게 얼어붙은 하늘을 우러러보던 오세창 선생이 문득 은근한 어조로 영호스님을 불렀다.

"대사님!"

"왜 그러시오?"

"존경하옵니다, 대사님!"

"으음? 허허허."

　1930년대는 일제의 가혹한 식민지 수탈 정책으로 나라 형편이 말이 아니었다. 일반 백성들의 먹고 입고 자는 의식주는 요즘 사람들이 상상할 수 없을 정도로 비참하기 짝이 없는 상황이었다. 그러니 사찰의 재정 형편은 오죽이나 빈한했겠는가.

　시주금을 내는 신도도 별로 없었고 불공을 드리러 오는 사람도 흔치 않아서 웬만한 사찰은 그야말로 조석 끓일 양식마저도 늘 걱정이었다. 심한 경우엔 공양시간이 남보다 조금만 길어져도 주지스님의 눈치를 봐야했을 정도였다.

　어느날 스님의 시봉을 들던 사미승 재학이 영호스님을 찾아뵈었다.

　"스님, 안에 계시옵니까?"

　"오냐. 무슨 일인고?"

　"들어가서 말씀드릴 일이옵니다, 스님."

　"그래? 그럼 들어오너라."

　"예."

　그런데 막상 방에 들어온 재학은 선뜻 입을 떼지 못하고 우물쭈물 하는 것이었다.

　"무슨 일인고?"

　"인호스님이 시장에 나가면서 조실스님께 말씀을 드리라고 해서 드리는 말씀인……데……요."

　"무슨 이야기길래 그리 뜸을 오래 들이느냐?"

"저."

"왜, 내 약을 달이다가 태우기라도 했단 말이더냐?"

"아, 아니옵니다, 조실스님. 그런 게 아니오라……"

"그럼 무슨 이야기인지 어서 해보아라."

"인호스님이 말씀을 올리라고 해서 말씀을 드리는 건데요……"

"글쎄 어서 말해봐! 도대체 무슨 일인데 그러느냐?"

"크, 큰일 났습니다요, 조실스님."

"허허! 거 대체 무슨 일이냐니까?"

"공양간에 쌀이 다 떨어졌습니다요."

"허허허. 아 이녀석아! 공양간에 쌀이 떨어졌으면 쌀을 사오면 될 것이지 그게 무슨 큰일이라고 그렇게 풀이 팍 죽어 있는 게냐?"

"아이참, 조실스님두! 쌀 사올 돈도 다 떨어졌다 하옵니다."

"허허 그래? 그럼 그 동안 학인들이 월사금을 제대로 못냈단 말이더냐?"

"에이 참 조실스님두! 아 우리 강원에서 언제 월사금을 제대로 받았습니까요? 자기가 먹을 양식으로 쌀 소두 서 말씩 가져오는데……"

"그런데 어째서 쌀이 떨어졌단 말이더냐."

재학은 사정을 이해 못하는 영호스님의 말이 답답하다는 듯이 한숨을 푹푹 쉬며 말했다.

"아휴! 조실스님은 정말 세상 물정을 너무 모르십니다요."
"허허허. 고 녀석 참! 아 이 녀석아! 그럼 출가한 중이 세상 물정 훤히 알아서 어디다 쓴단 말이냐! 그래 얘길 해 보아라 어디."
"지금 학인들 나이가 한창 때 아닙니까."
"그야 그렇지."
"그러니 저만한 장정들은 돌을 삶아먹어도 금방 배고플 나이들인데 쌀 소두 서 말 가지고 어림이나 있겠습니까?"
"으음. 그, 그래. 그도 그렇겠구나."
"게다가 사십여 명 학인들이 다 쌀을 또박또박 내지도 않는 형편이니 무슨 재주로 쌀이 안 떨어지겠습니까?"
재학은 준비해온 장부를 스님 앞에 펼쳐 놓았다.
"쌀 장부 여기 있습니다. 어떤 학인이 내고 어떤 학인이 안 냈는지 여기 다 적혀 있으니 한번 보십시오, 스님."
"원 녀석! 너나 갖다가 덮어 두어라. 인석아, 안 내고 싶어서 안 낸 학인이 어디 있겠느냐. 그것도 제 몫 제가 갖다놓고 제가 먹는 양식이거늘 오죽하면 그것 조차 못내겠느냐."
"하지만 조실스님."
"명색이 교정이라는 내가 머물고 있는 사찰 살림이 이 지경인데 하물며 다른 절간 살림이야 오죽하겠느냐. 어쩌다가 나라 꼴이 이 지경이 되었으며 우리 불교 집안 형편이 이렇게 되었는지……"
"하지만 조실스님! 새로 온 학인도 그렇고 월사금 안낸 학인은 조실스님께서 따끔하게 한번 말씀을 해 주셔야 할 것 같습니다."
 영호스님은 재학의 이야기가 다 끝나기도 전에 주머니를 뒤져 돈을 꺼냈다.
 "여기 내가 혜화동 학교에서 받은 월급이 있으니 우선 이걸로 쌀을 사도록 하고."
 "아유, 조실스님! 교장월급을 번번이 이렇게 다 내놓으시면 용돈은 어찌 하시려구요?"
 "인석아! 늙은 중이 용돈은 어디 쓰겠느냐? 그리고 새로운 학인 똘스또이 청년 증주 말이다. 그 친구는 집을 도망쳐 나온 모양이니 월사금 이야기는 아예 말도 꺼내지 말거라. 또 그 뭣이냐 마곡사에서 올라온 이재복이……"
 "예, 스님."
 "음. 그 이재복이하고 증주 청년 그 두 사람, 내 방으로 잠깐 오라고 그래라."
 "예, 스님."
 잠시후 영호대종사는 두 학인을 앞에 앉히고 나직이 말했다.
 "증주."
 "예, 스님."
 "자네는 집을 도망쳐 나온 사람이니 월사금은 내가 부담하겠네."
 "아, 아닙니다, 스님."

"시키면 시키는 대로 허는 거여. 그것도 당분간이니 그리 알고 나가게."

"예."

계면쩍은 얼굴로 입맛을 다시고 있던 서정주가 조심스레 방을 나가자 영호스님은 이재복 학인에게 말했다.

"그리고 자네 재복이."

"예, 스님."

"자네는 계룡산 마곡사 김설해 스님이 보낸 게 분명하지?"

"그렇습니다, 스님."

"그러면 자네 학비 쌀 서 말은 마곡사에서 보내 주기로 했을 것 아닌가?"

"예. 하오나 스님."

"그렇다면 쌀 서말도 못 보내주는 마곡사만 믿지 말고 자네도 이제 결단을 내려야겠네."

"아니 스님! 그럼 저더러?"

"결단을 내리게, 결단을!"

"네에?"

자기가 먹을 양식을 제때에 갖다내지 못한 학인 이재복에게 갑자기 단호한 태도로 결단을 내리라니 제자는 그만 앞이 캄캄해졌다. '결단을 내리라'는 스님의 말을 '이제 강원을 그만두고 내려가라'는 말로 알아들은 것이다.

"정말 뭐라고 말씀드릴 면목이 없습니다, 조실스님."
"면목이 있고 없고 그런 이야기가 아니야. 이 사람아."
"저두 잘 알고 있습니다, 조실스님. 학인들 숫자만 해도 사십여 명이 넘는데다가 늘 양식이 모자라는 형편이니 그렇지 않아도 그만 내려갈까 하던 참이었습니다."
"허허허. 이 사람 재복이."
"예, 조실스님."
"자넨 공부 눈이 꽤나 밝다 싶었는데 말귀는 깜깜절벽이로군 그래."
"예에? 말귀가 어둡다는 말씀이시옵니까?"
"이 사람아! 생각을 좀 해보게. 감나무 밑에 드러누워서 감 떨어지기를 기다리는 것도 시절 인연 맞아야 하거늘 동지섣달 앙상한 감나무 밑에 드러누워 감 떨어지기를 기다린들 소용이 있겠는가 없겠는가?"
"그야 소용이 없겠습니다, 스님."
"감나무 밑에 드러눕는 것도 음력 칠팔월이래야 어쩌다 떨어지는 감을 한 개씩 얻어먹는 법. 그렇지 아니하던가?"
"그, 그렇습니다, 스님."
"그런데 지금 우리네 절간은 여기나 저기나 할 것 없이 모두 다 동지섣달 감나무 신세니 앙상한 빈 감나무 아무리 쳐다보고 누워 있어야 무슨 소용이 있겠는가?"

"죄송하옵니다, 스님."

그러나 감 떨어지기 기다리지 말라는 영호스님의 비유를 학인 이재복은 온전히 이해하지 못하고 있었다. 고개를 조아리는 제자를 빙긋이 웃으며 바라보던 영호스님은 조용히 입을 열었다.

"자네 속가는 어디라고 했는고?"

"예. 저 충청도 공주군 계룡면 중장리 갑사골이옵니다."

"허허허. 자네는 세상에 태어날 때부터 부처님 인연을 타고났구먼 그래 응? 허허허. 그래 속가에는 누구누구가 계시는고?"

"예. 저. 늙으신 어머님 한 분밖에 안계십니다. 일가친척도 별로 없구요."

"노모 한 분 뿐이라구?"

"예."

"허어! 그렇다면 더더욱 결단을 속히 내렸어야 할 일이거늘 대체 무엇을 기다리고 있었단 말인가?"

"죄송하옵니다, 스님."

"말귀를 똑똑히 알아들어야 하네."

"예, 스님. 그래서 오늘 죽으로라도 이제 그만 고향으로 내려갈까 합니다, 스님."

"허허허."

영호스님은 작은 암자가 들썩거리도록 큰소리로 웃어제끼더니 갑자기 엄한 목소리로 말했다.

"이 사람 재복이!"

"예에?"

"내 말뜻은 자네 스스로 학비를 벌어서 공부하라는 것이지 고향으로 내려가라는 게 아니야!"

"……"

"이제 내 말 알아들었는가?"

"예, 스님."

"산중에 있는 나무들을 한번 봐. 가장 곧고 잘 생긴 나무는 제일 먼저 잘려서 서까래 감으로 쓰이게 돼 있는 게야. 그 다음 못생긴 나무가 큰 나무로 자라서 기둥이 되고 가장 못생긴 나무는 끝까지 남아서 산을 지키는 아름드리 고목이 되는 게야. 자네도 제대로 공부하고 싶으면 자신의 못난 처지, 불행한 처지에 낙심하지 말고 못생긴 자신의 모습 그대로를 받아들이되 거기에 머물지 말아야 해. 그래야 나를 지키고 절을 지키고 불교라는 이 거대한 산을 지키는 큰 사람이 될 수 있는 것이야. 부디 초발심에서 물러나지 말아야 하네. 내 말 알아 듣겠는가?"

"예, 스님. 정말 감사합니다, 스님!"

밝고 따뜻한 영호스님의 법문에 이재복 학인은 몸둘 바를 모른 채 깊이 깊이 고개를 조아릴 뿐이었다.

3
오십년 백년 후를 도모하려면

　당시의 세상형편으로 보아 스스로 학비를 벌어서 공부를 계속한다는 것은 말처럼 쉬운 일이 아니었다. 더더구나 머리를 깎고 출가한 불교전문강원의 학인 신분으로 어디 가서 학비를 벌 수가 있었겠는가. 그러나 그러한 현실을 알지 못할 영호스님이 아니었다.
　다음날 아침공양을 마친 영호스님이 재학을 불렀다.
　"거기 누구 있느냐?"
　"예. 저 여기 있습니다, 조실스님."
　"그래. 너 이리 좀 들어오너라."
　"예."
　재학이 들어와 스님 앞에 단정히 앉았다.
　"부르셨습니까, 조실스님?"

"그래. 너는 머리가 영특하니 아무래도 네 머리를 좀 빌려야겠다."
"머리를 빌리시겠다니요?"
머리를 빌리자는 스님의 말씀에 재학은 그만 두 눈이 동그래졌다.
"허허허. 머리를 빌리자니까 군밤이라도 먹일까봐 그리 놀란 토끼눈을 하느냐?"
"무슨 말씀이신지?"
"너 같으면 우리 학인이 무엇을 하면 스스로 학비를 벌 수가 있겠는고?"
"학비요?"
"그래 학비를 보내줄 데는 없고 공부는 계속 해야겠고 그러니 넌 무슨 일을 해서 학비를 벌겠느냐?"
"아니 조실스님? 그럼 저더러 학비를 벌어오란 말씀이십니까요?"
"하하하하. 이 녀석! 겁부터 집어먹기는! 인호하고 너는 내 시봉을 들고 있으니 그것으로 학비는 면제된 것이야."
"그럼 왜 또 저더러……?"
"아 이 녀석아! 이를테면 우리 학인들이 무슨 일을 해야 학비를 벌겠느냐 바로 그것을 묻는 게다."
"아, 예. 그렇다면 저……"
"왜 뭐 좋은 일이라도 생각났느냐?"

"글쎄요. 머리깎은 학인들이 할 만한 일이 뭐 있어야지요. 두부장수나 하면 모를까요."
"두부장수?"
"예."
"허허허. 두부지게를 등에다 짊어지고 딸랑딸랑 종치고 다니는 그 두부장수?"
"예."
"에이끼 녀석! 공부하는 사람이 장삿속으로 빠지면 영 버리는 법이야!"
"그럼 저 '장작 팹시다!'는 어떨까요?"
"장작패는 일?"
"예."
"그것두 안될 소리야."
"아니 왜요, 조실스님?"
"아 인석아. 머리 깎은 출가 학인이 도끼를 휘둘러서 학비를 번데서야 꼴이 되겠느냐?"
"그럼 이건 어떨까요?"
"무언데?"
"징치고 다니면서 굴뚝 쑤시는 거요."
"징치고 다니면서 굴뚝 소제하는 거?"
"예에."

"에이끼 녀석! 굴뚝 소제하고 버는 돈보다 빨랫비누값이 더 들어가겠다. 안 그러냐 인석아? 허허허."
"참 그, 그렇겠네요."
영호스님은 재학과 반 농조로 이야기하는 중에도 내심 학인들이 학비를 벌 수 있는 일이 뭘까 하는 생각에 골몰하고 있었다. 그때 마침 손님 한 분이 스님을 찾아왔다. 바로 저 유명한 위당 정인보였다.
"스님 계십니까?"
"아니 이거 위당이 아니신가?"
"그렇습니다 스님! 저올습니다."
"마침 잘 오셨네. 어서 들어오시게."
위당 정인보!
이 분은 당대 우리나라를 대표하는 석학으로 저명한 한문학자요, 사학자로서 당시 조선사 연구에서 타의 추종을 불허하는 제일인자였다. 영호대종사보다 이십여세가 연하였던 위당 정인보는 영호대종사를 스승으로 깍듯이 받들어 모셨다. 비단 위당 정인보 뿐만 아니라 영호대종사의 휘하에는 여러 분야에서 성가를 누리고 있는 거목들의 발길이 끊이질 않았다.
재학에게 차를 준비하라 이른 영호스님은 정이 담뿍 어린 눈길로 위당을 바라보았다.
"그래 어쩐 일로 나를 찾으셨는가?"

"예, 스님. 그동안 스님께서 지도를 해주신 덕분에 조선사 연구 초고를 탈고했기로 스님의 감수를 받고자 이렇게 가지고 왔습니다."

"허허허. 조선사 연구? 책을 펴내겠다 그런 말씀이신가?"

"예, 스님. 그럴 생각입니다만 스님께서 읽어보시고 먼저 허락을 해주셔야지요."

"허허허. 이 늙은 중이 뭘 안다고 위당의 글을 감히 허락하고 안 하고 할 수 있겠는가?"

"아, 아니옵니다, 스님! 그 동안에도 제가 잘못 알고 있던 대목을 스님께서 바로잡아 주신 게 어디 한두 곳입니까?"

"허허허. 그거야 위당이 중국에 유학을 가서 중국의 문헌을 많이 보았으니 중국에 치우쳤던 건 당연한 일! 이 늙은 중이 한 일이라고는 우리 전적의 기록을 일러주었을 뿐이거늘."

"아닙니다, 스님. 만일 스님께서 그런 점을 바로잡아 주시지 아니했으면 자칫 큰 잘못을 저지를 뻔 했으니 이게 모두다 스님의 은덕이십니다, 스님."

"아무튼 장한 일이시네. 중국 사람이 기록해놓은 조선 역사, 일본사람이 기술한 조선 역사 그게 어디 올바른 조선 역사라고 할 수 있겠는가?"

"그래서 제가 감히 이 조선사 연구에 매달렸습니다. 부디 한번 보아 주시고 잘못된 점을 바로잡아 주십시오, 스님."

위당 정인보는 품에서 두툼한 원고뭉치를 꺼내 스님께 드렸다. 영호스님은 위당이 쓴 원고를 한장 한장 넘겨보더니 감탄하며 말했다.
"허어! 이거 정말 고생이 많으셨구먼! 내 밤을 세워서라도 자세히 읽어보겠네."
"감사합니다, 스님! 그리고 이건 저……"
정인보는 자그마한 봉투 하나를 스님 앞에 내밀었다.
"그건 또 무엇인고?"
"얼마 안됩니다만 스님 약을 좀 지어잡수시고 옥체를 보존하십시오."
"아 이 사람아! 내 약이야 신도들이 가끔씩 지어 보내주니 걱정할 것 없으시네. 그보다두 위당?"
"예, 스님."
"듣자하니 요즘 일본 학자들이 귀중한 우리 전적을 마구 사들여 일본으로 가져 간다 하니 일본 사람들 손에 넘어가지 않도록 우리가 먼저 사들여서 잘 지켜야 할 것이야."
"예, 스님."
"내 육당 최남선한테도 단단히 일렀네만 위당 자네도 돈이 생기면 이런 데 신경쓰지 말고 우리 조상들이 남긴 서책을 부지런히 사 모아야 하네."
"예, 스님. 명심하겠습니다."

위당 정인보가 다녀간 뒤 영호대종사는 위당이 놓고간 약값 봉투를 집어들고 제자를 불렀다.

"밖에 누구 있느냐?"

재학은 마치 스님이 부르시길 기다리기라도 한 것처럼 냉큼 대답을 하며 달려왔다.

"예! 저 여기 있습니다, 조실스님."

"들어오너라."

"예."

방에 들어온 재학이 스님 앞에 앉았다.

"부르셨습니까, 조실스님?"

"그래. 위당이 이걸 기어이 놓고 갔구나. 옛다! 받아두어라."

영호스님이 위당 정인보가 주고 간 봉투를 재학에게 내밀었다. 그러나 재학은 봉투를 선뜻 받지 못하고 머뭇거리며 말했다.

"아니, 조실스님! 이 돈은 조실스님 약 지어 잡수시라고 놓고 가신 것 아니십니까?"

"너 이녀석! 어른들이 말씀하시는 것을 밖에서 다 엿듣고 있었느냐?"

"엿들을래서 엿들은 게 아니고 그냥 들려왔습지요, 조실스님."

"허허 고 녀석 참! 자, 어서 받아 이 녀석아! 내 팔 떨어지겠다!"

재학은 송구스러운 얼굴로 봉투를 건네 받더니 말했다.

"그럼 받기는 받겠는데요. 이 돈으로는 조실스님 약을 지어 오도록 하겠습니다."
"허허. 이런 녀석! 아 인석아! 그럼 이 늙은 중 먹자고 약 지어다 놓고 시퍼렇게 젊은 학인들을 굶기잔 말이냐?"
"아니 그럼 이 돈으로 양식을 사란 말씀이십니까?"
"양식을 사든 배추를 사든 아무튼 학인들 굶기지만 말어."
"…… 예, 스님. 알겠습니다."
재학이 물러나자 방에 홀로 남은 영호스님은 한동안 골똘히 생각에 잠겼다. 위당 정인보가 주고간 돈으로 당분간 양식 걱정에서 헤어날 수 있다고는 하나 근본적인 해결책은 될 수 없었다. 그렇다고 월사금을 못내는 학인들을 쫓아낼 수는 없는 노릇이었다.
영호대종사는 두루마기 차림에 중절모를 눌러쓰고 한 손에 지팡이를 짚고 길을 나섰다. 이날 영호스님이 찾아간 곳은 바로 인왕산 밑에 있는 육당 최남선의 집이었다. 육당 최남선은 위당 정인보, 춘원 이광수와 함께 당대 재주있고 능력있는 세 사람으로 일컬어지는 명사 중 하나로 영호스님을 흠모하여 평소에도 일주일에 몇번씩 대원암을 찾아오곤 했다.
영호스님도 이들의 비상한 재주를 아끼고 사랑하여 자상하게 잘 대해 주었으나, 이날처럼 몸소 찾아가는 일은 특별한 경우에 속했다.
"육당 안에 계신가?"

마침 집에 있던 최남선은 반색을 하며 스님을 맞았다.
"아이구 스님! 어서 오십시오. 드시지요, 스님!"
영호스님을 모시고 방으로 들어간 최남선은 따뜻한 아랫목에 방석을 내려 놓으며 스님께 말했다.
"이 쪽이 따뜻합니다. 이 쪽으로 앉으십시오, 스님."
"허허, 그래. 육당 집에 오니 훈기가 도는군 그래."
"스님 오실 줄 알고 미리 군불을 좀 지폈습니다, 스님. 허허허."
최남선의 밉지 않은 농담에 영호스님은 자리에 앉으며 말했다.
"허허허. 앉아서 하루 일진을 다 보는 육당이고 보면 내가 오늘 무슨 일로 왔는지도 알고 있겠군 그래. 응?"
"하하하. 아이구! 이거 은근히 겁이 나는데요! 대체 무슨 말씀을 하시려고 이러십니까, 스님?"
영호스님은 진지한 눈빛으로 최남선을 바라보며 말했다.
"옛 조사님들이 이르시기를 일년 후를 도모하려면 곡식을 심으라고 하셨지?"
"예."
"그리고 십년 후를 도모하려면 나무를 심으라 하셨고."
"예에."
"그리고 오십년 백년 후를 도모하려면 무엇을 어찌 하라 하셨던고?"
"아니 스님! 무슨 말씀을 하시려고 이러십니까요?"

"아 이 사람, 육당!"
"예, 스님."
"내가 물었거든 그것부터 대답하시게. 오십년 백년 후를 도모하려면 대체 무엇을 어찌해야 하겠는가?"
육당 최남선의 방에 들어가자마자 영호대종사가 던진 질문이 '오십년 백년 후를 도모하자면 대체 무엇을 어찌 해야 하느냐' 하는 것이었으니 최남선으로서는 어안이 벙벙할 수밖에 없었다. 그러나 영호스님의 표정은 진지하기 그지 없었다.
"허허 이 사람 육당!"
"예, 스님."
"조선 제일의 문장가이며 사학자요, 시인인 육당 최남선이거늘 어찌해서 이 늙은 중이 묻는 말에 대답을 못하시는고?"
"원 스님두! 아 그야 모를 리가 있겠습니까만 대체 무슨 말씀을 하시려고 그걸 물으시는지 그게 궁금해서 그걸 생각하느라고 그렇습니다, 스님."
최남선의 대답에 영호스님은 딱하다는 듯이 혀를 차며 말했다.
"허어! 자넨 바로 그게 병이야!"
"예에? 병이라니요?"
"한 가지를 물었으면 한 가지만 대답하면 될 일이거늘 두 가지, 세 가지를 생각하려드니 그게 병이 아니고 무엇이겠는가?"
"허허허. 그럼 우선 한 가지부터 대답해 올리겠습니다, 스님."

"말씀해보시게."
"옛 조사님께서 일찍이 이르시기를."
"그래."
"일년 후를 도모하려면 곡식을 심고."
"암만!"
"십년 후를 도모하려면 나무를 심고."
"암만!"
"오십년 후 백년 후를 도모하려면."

여기까지 이야기 한 최남선은 씨익 웃으며 슬쩍 영호스님의 눈치를 보는 것이었다. 최남선이 한 마디 할 때마다 척척 장단을 맞춰 주던 영호스님은 그만 갑갑증이 났던지 대답을 재촉했다.

"어서 대답해, 이 사람아!"
"오십년 후 백년 후를 도모하려면 —— "

최남선은 말끝을 길게 늘이며 히쭉 웃더니 큰 소리로 말했다.

"영호 큰스님을 잘 모셔라! 허허허."
"에이끼 이런! 아 이 늙은 중이 천하의 문장가 육당 최남선과 언사나 농하자고 찾아왔단 말이던가? 나 그만 가겠네."

영호스님은 짐짓 화난 사람처럼 자리에서 벌떡 일어섰다. 최남선은 황급히 영호스님의 팔을 잡으며 말했다.

"허허, 아이구 스님! 왜 이러십니까? 바른대로 대답해 올릴테니 용서하십시오."

"흠. 정말인가?"
"아이구! 그럼요, 스님!"
"그럼 어서 바른대루 대답하시게."
"예, 스님. 어서 다시 앉으시기나 하세요, 스님."
"흐음."
영호스님이 다시 자리에 앉자 최남선이 조용히 입을 열어 말했다.
"오십년 백년 후사를 도모하려면 사람을 키우라 하셨습니다."
"바로 그렇네!"
"그런데 스님께서는 이 최남선이한테 무엇을 당부하러 오셨는지요?"
"그 대답 들었으면 됐지 내가 따로 천하의 육당한테 당부할 일이 무엇이 있겠는가."
"아니 스님! 스님께서 그 대답을 듣고자 하실 적에는 반드시 그만한 까닭이 있으실 게 아니겠습니까?"
"허허허. 육당 입에서 그 대답을 들었으면 일은 된 것이니 나 그만 가봐야겠네."
영호스님은 최남선의 대답도 기다리지 않고 훌쩍 자리에서 일어나 문 밖으로 나가는 것이었다. 사라지는 스님의 뒷모습을 멍하니 바라보던 최남선이 뒤늦게 따라나가며 소리쳤다.
"아니 스님!"

그러나 영호스님은 뒤도 돌아보지 않고 내처 걸어가며 알 듯 모를 듯한 선문답같은 한마디를 던지는 것이었다.

"내 또 기별할테니 글이나 부지런히 쓰시게!"

육당 최남선의 집을 다녀온 다음날의 일이었다.

오전강의를 마치고 조실방으로 돌아온 영호스님은 먹을 갈아 누구에겐가 편지를 썼다. 편지를 쓴 스님은 혼자 빙그레 미소짓더니 문 밖을 향해 소리쳤다.

"거기 재학이 있느냐?"

"예, 스님."

"학인 가운데 이재복이 말이다."

"예, 스님."

"그 학인더러 경책 필사한 게 있거든 가지고 오라고 일러라."

"경책 필사한 것이라면 어떤 경책 말씀이시옵니까?"

"아 이 녀석아! 붓글씨로 경책을 보고 베껴놓은 게 있으면 그거 아무거나 가져오라 이르란 말이다."

"아, 예. 알겠습니다, 조실스님."

잠시후 영호스님의 부름을 받은 학인 이재복이 스님 앞에 무릎을 꿇고 앉았다.

"그래 자네 손으로 필사한 경책을 가져왔는가?"

"예, 스님. 여기 있습니다."

영호스님은 이재복 학인이 내민 경책을 한장 한장 넘겨보았다.

예전부터 눈여겨 보아온 대로 아주 단정하고 깨끗한 필체였다. 영호스님은 흐뭇한 표정으로 고개를 끄덕이며 말했다.
"흐음. 그래 이걸 자네 손으로 다 쓰신 것인가?"
"예, 스님."
"글씨 공부는 어디서 했던고?"
"예. 저 계룡산 갑사에서도 했고 마곡사에서도 조금 했습니다."
"흐음. 글씨 쓰는 솜씨가 이만 허면 써먹을만 하겠네."
"아, 아니옵니다. 아직 배우는 중이라……"
"허허허. 그거야 이 사람아! 이 늙은 중도 아직 배우는 중이네. 공부에 어디 끝이 있다던가?"
"아, 예에."
영호스님은 무안해서 얼굴을 붉히는 이재복 학인에게 조금 전에 쓴 편지를 내밀었다.
"이 서찰을 가지고 자네가 심부름을 좀 다녀와야겠네."
"예, 스님."
"자네 인왕산 밑에 효자골이라는 데 가본 일이 있는가?"
"아, 예. 인왕산에서 냇물이 흘러내리는……"
"그래 그래. 거 요새는 전차가 거기까지 다니고 있으니 거기 종점에서 내려 서면 오른쪽은 경복궁이요 왼쪽이 바로 효자골일세."
"예."
"거기 자세히 보면 육당 최남선이 설립해놓은 사설도서관이 하

나 있는데."

"사설 도서관이요?"

"그래 그래. 우리의 옛 문헌과 전적을 많이많이 모아 놓았으니 이를테면 개인서고라고 하는 것인데 거기 보면 현판이 일남각이라고 붙어 있을 걸세."

"일남각. 예, 알겠습니다."

"거기 들어가면 육당선생이 계실 터인즉 이 서찰을 전해 주시게."

이재복 학인은 영호스님이 건넨 편지를 받아들고 여쭈었다.

"그럼 이 서찰만 육당선생께 전하고 오면 되는 것이옵니까?"

"아니지. 육당이 이 서찰을 읽으시고 무슨 분부가 있으실 터이니 그 분부대로만 하시면 될 것이야. 아시겠는가?"

"예, 스님. 그럼 다녀오겠습니다."

"아, 잠깐!"

영호스님은 방을 막 나서는 이재복 학인을 부르더니 주머니를 뒤적이며 말했다.

"전차삯은 가지고 가야지 이 사람아! 자아."

"아, 아닙니다, 조실스님. 걸어갈 수 있습니다, 스님."

"여기서 거기가 어딘데 걸어서 왕복을 해? 자, 어서 가지고 가!"

4
처처불상이요 사사불공이라

학인 이재복은 영호대종사가 시킨 대로 지금의 효자동인 효자골에 있는 일남각을 찾아 들어갔다. 책을 보고 있던 육당 최남선은 웬 젊은 스님이 일남각 문을 열고 들어서자 의아한 기색으로 물었다.

"아니 보아하니 스님이신데 무슨 일로 찾아오셨소이까?"

"아, 예. 저 안암동 개운사 대원암에서 조실스님 심부름을 왔는데요."

"아니 그럼 영호큰스님께서 보내셨단 말씀이시오?"

"예, 그렇습니다. 선생님, 말씀을 낮춰 하십시오."

육당 최남선은 말도 안된다는 듯 손을 내저으며 말했다.

"원 무슨 그런 말씀을! 제 아무리 나이가 어려도 출가사문은 사문이시거늘! 자, 어서 이리 좀 앉으시오."

이재복 학인은 품에 지니고 온 영호스님의 편지를 꺼내 공손히 건네며 말했다.
"조실스님께서 이 서찰을 선생님께 전하라 하셨습니다."
"아, 그래요?"
영호스님의 서찰이란 말에 최남선은 얼른 편지를 펼쳤다. 그렇지 않아도 어젯밤 영호스님의 의미심장한 말이 계속 마음에 걸리던 참이었던 것이다. 눈처럼 흰 한지에 일필휘지로 내려쓴 영호스님의 낯익은 필체가 한눈에 들어왔다.

'천하에 육당 선생이니 일전에 하신 말씀 잊지 않으셨을 줄 믿소이다.
일년 후의 일을 도모하기 위해서는 곡식을, 십년 후의 일을 도모하기 위해서는 나무를 심으라 하셨고 오십년 백년 후사를 도모하기 위해서는 사람을 키우라 하셨으니, 이는 육당도 이미 명쾌히 대답하신 일! 바로 그 후사를 도모하기 위해 재목감 한 사람을 보내니 제 손으로 일을 해서 학비를 벌어 쓸 수 있도록 길을 열어 주심이 어떠시겠는가?'

편지를 읽고 난 육당 최남선은 일남각이 흔들리도록 그 육중한 몸을 흔들어 대며 큰소리로 웃기 시작했다.
"허허허허. 허허허허."

 어젯밤 지나는 바람처럼 훌쩍 다녀가며 자신의 의중을 떠본 영호스님의 깊은 속내를 이제서야 알 것 같았다. 과연 영호스님다운 행동이었다. 최남선은 길지 않은 그 편지를 다시 한번 읽어보았다. 한 획 한 획 스님의 붓이 지나간 자리마다 비상하는 용과 같은 힘차고 날랜 기상이 서려 있었다. 입가에 웃음기가 채 가시지 않은 최남선의 얼굴에는 감탄의 빛이 어리고 있었다.
 편지 심부름을 온 이재복 학인은 점점 영문을 알 수가 없었다. 편지를 읽다가 별안간 거구를 흔들며 껄껄 웃어대던 최남선 선생이 이제는 이재복, 바로 자신을 쳐다보며 연신 고개를 끄덕이는 게 아닌가.
 이재복 학인은 어리둥절한 얼굴로 최남선에게 말했다.
 "아니 왜 그러시옵니까. 선생님?"
 "허허허허. 큰스님께서 이제야 내 의문을 풀어주셨으니 그래서 그러는 것이오. 허허허허."
 "무슨 일인데 이러시는지요, 선생님?"
 "그래 큰스님께서 '심부름을 다녀오너라' 그러시던가요?"
 "예."
 "허허허. 스님! 이제 큰일 나셨소이다 그려. 응? 허허허."
 "아니 큰일이라뇨, 선생님?"
 "이 편지에서 이르시기를."
 육당 최남선은 영호스님의 서찰을 가리키며 말했다.

"뭐라고 쓰셨는데요?"

"스님을 이 서고에 가두어 놓고 일을 시키라 하셨소이다."

"예에?"

육당 최남선은 영문을 몰라 하는 이재복 학인을 다짜고짜 서고 안으로 데리고 들어갔다. 서고 안에 들어간 이재복 학인은 서가에 빽빽히 꽂힌 수많은 책들을 보고 그만 입이 떡 벌어졌다. 개인서고라고는 도저히 믿어지지 않을 정도로 엄청난 분량의 책들이 사면벽에 빼꼭하게 꽂혀 있었던 것이다.

최남선은 눈이 휘둥그레진 이재복 학인에게 하나하나 설명을 해주기 시작했다.

"자. 이걸 보시오. 이 책들이 모두 다 우리나라 옛 진귀한 문헌들이니 이쪽에 있는 것들은 지리에 관한 것들이고 또 여기서부터는 역사에 관한 것이고 또 여기 있는 것은 불교경전이고."

"아, 예."

책들은 이미 분야별로 차곡차곡 정리되어 있었다. 설명을 마친 최남선은 미소띤 얼굴로 책구경을 하느라 정신이 없는 이재복 학인을 바라보다가 입을 열었다.

"여기서 일을 해서 학비를 벌어 쓰도록 하라고 이르셨으니 스님도 거역 못하고 나도 거역 못하고 안 그렇습니까? 허허허."

"아니 그럼 절 심부름 보내신 게 아니라……"

"취직을 시키신 게요, 취직을! 그것도 강제로 말이오, 응? 허허

허."

"아니 그럼 선생님. 공연히 저를……"

"아, 아. 그런 건 뭐 조금도 마음 쓰실 거 없어요. 마침 스님이 할 만한 일거리가 있으니까요."

"무슨 일이신데요, 선생님?"

"보시다시피 이 일남각에는 수많은 귀중한 우리 문헌과 전적들이 모아져 있어요. 이것도 모두 영호 큰스님이 몇 번이나 당부하셔서 착수한 일인데 이렇게 모아놓고 보니 이거 얼마나 잘한 일인지 모르겠단 말씀이야."

"정말 굉장히 많이 모으셨는데요, 선생님!"

"이걸 여기다 모아놓지 않았으면 이게 모두 일본으로 팔려갔을 게요. 그렇지 않았겠소?"

"큰스님께서 늘 그걸 걱정하셨지요."

"그래서 이렇게 모아놓고 보니 이 문헌 전적들을 서로 좀 빌려보자고 줄을 서는 판이오. 특히 일본학자들이 침을 흘리지요."

"아, 예."

"허나! 자고로 책이란 빌려주면 돌아오지 않는 법! 이 귀중한 것들을 함부로 빌려줄 수도 없는 일이니 그래서 생각해낸 게 베껴서 책을 만들어 주는 것이오."

"아, 예."

"스님이 여기서 할 일은 바로 그거요. 빌려달라는 책을 그대로 베껴서 책을 만들어 내주는 일. 물론 공짜는 아닙니다."

"제 서툰 필체로 과연 해낼 수 있을지……"

"아 그거야 큰스님께서 보냈을 적에는 안 보고도 알 수 있는 일! 부지런히 잘만 베끼면 학비 걱정은 안해도 될 게요."

"그럼 정말 저에게 일을 맡겨 주시겠습니까, 선생님?"

"거절했다가 큰스님께 지팡이 얻어 맞으라구요? 허허허. 귀중한 우리 원본을 보존할 수 있어서 좋고 학문연구자료를 널리 제공해서 좋고 학비 어려운 학생들 학비 벌어서 좋고 이게 다 영호큰스님 비방이요 묘책 덕분입니다."

"아, 예."

이재복 학인은 형편이 딱한 제자를 위해 공부길을 열어주신 영호스님의 세심한 배려에 그만 가슴이 뭉클해졌다. 얼마전 자신을 불러 '결단을 내려라, 결단을!' 하고 말했을 때, 스승의 그 깊은뜻을 헤아리지 못하고 '이제 그만 집으로 내려가겠습니다' 하고 대답했던 자신의 우둔함이 가슴을 치고싶도록 밉고 부끄러웠다.

최남선은 상념에 빠져 있는 이재복 학인을 잠시 지켜보다가 서가에서 책 한 권을 빼어들더니 책먼지를 털면서 말했다.

"자 그럼 오늘 당장 이 책을 드릴테니 이걸 한 번 베껴오시지요."

"예, 선생님. 정말 고맙습니다."

이재복은 최남선이 건넨 책을 소중하게 품에 끌어안고 일남각을

나왔다. 밖에는 어느새 굵은 눈발이 흩날리고 있었다. 그러나 이재복 학인은 추운 줄도 모르고 전차를 탈 생각도 없이 걷고 걸어 대원암으로 돌아왔다. 눈길을 걸어오는 동안, 내내 그의 머릿속에는 육당 최남선의 한마디가 자리하고 있었다.

"철필로 베끼면 한 장에 1전, 붓으로 베끼면 한 장에 3전입니다."

암자로 돌아온 학인 이재복은 그날 밤부터 당장 먹을 갈아 정성껏 책을 베끼기 시작했다. 조실스님의 시봉을 들고 있던 이재학은 그런 이재복 학인을 부러운 눈으로 지켜보고 있었다.

"와아! 정말로 한 장 베끼는데 3전을 준단 말씀입니까?"

"그렇게 약조하시던걸."

부러운 마음에 침을 꿀꺽꿀꺽 삼켜가며, 필사에 열중하고 있는 재복을 바라보고 있던 재학은 화로에 조실스님 약을 올려놓은 것을 깜빡 잊고 말았다.

'공부도 하고 돈도 벌 수 있으니 이재복 학인은 얼마나 좋을까?'

재학은 속으로 열심히 계산을 해보았다.

"한 장에 3전이면, 열 장만 베끼면 3원! 우악! 쌀 세 말 값은 금방 벌겠네요!"

그런데 한참 붓글씨 쓰기에 열중해 있던 이재복 학인이 코를 실룩거리더니 재학을 빤히 바라보며 말했다.

"아니 그런데, 흠흠. 이게 무슨 냄새지?"

"예에?"
 일하다 말고 뭔 뚱딴지 같은 소리냐는 듯이 이재복 학인을 멀뚱히 바라보던 재학은 갑자기 사색이 된 얼굴로 공양간을 향해 뛰어가며 외쳤다.
 "아이구! 이거 큰일났네! 큰스님 약이 다 타버렸겠네!"
 이재복 학인은 스님 약이 타버렸다는 말에 놀라 재학의 뒤를 쫓아 공양간으로 달려갔다. 재학은 망연자실한 얼굴로 공양간 바닥에 털썩 주저앉았다.
 "아이구! 이 일을 대체 어쩌면 좋지요?"
 재학은 약탕기를 가리키며 울상을 지었다.
 "약이 많이 탔는가?"
 "아이구! 이거 많이 탄 정도가 아니라 아무리 짜도 약 한방울 안 나오게 생겼으니 이 일을 대체 어쩌지요?"
 "조실스님께 사실대로 말씀드리고 새 약을 다리는 게 좋지 않을까?"
 "아이구! 그럼 오늘밤에는 약을 못 잡수시게요?"
 "그렇다고 이 약을 이대로 건더기만 갖다드릴 셈이신가?"
 "아이구 그럴 수야 없지요!"
 이재복 학인은 딱하다는 듯이 혀를 끌끌 차며 말했다.
 "이것도 안되고 저것도 안되고 그럼 대체 어쩌시겠단 말인가?"
 "아이구! 좀 가만가만 말씀하세요! 조실스님 들으시겠습니다."

"허허, 나 이 사람! 가서 사실대로 잘못했습니다 그러시래도 그러네."

"아이구 알았어요! 벼락을 맞더라두 내가 맞을테니 나 하는 대로 가만 계십시오."

재학은 되려 언성을 높이며 툴툴거리더니 커다란 바가지로 물을 떠다가 약탕기에 들이붓기 시작했다. 그것을 본 이재복은 깜짝 놀라 외쳤다.

"아니 이 사람! 훗물을 부어서 어쩌려고 이러시는가?"

"아 그럼 어쩌란 말씀입니까? 이렇게 해서라도 다시 끓이면 그게 그거지요 뭐."

"이런다고 조실스님이 약맛을 모르실 것 같은가?"

"아이구 글쎄 벼락을 맞더라도 제가 맞을테니 스님은 들어가서 돈이나 부지런히 버세요."

시봉스님 재학이 퉁명스레 쏘아붙이자 이재복 학인은 더이상 할 말을 잃고 말았다.

"허허, 나 이 사람! 그럼 난 그만 들어가네."

이재복 학인이 가고 난 후 공양간에 혼자 남은 재학은 속이 바짝바짝 탔다.

"아이구 이거! 빨리 끓어야 할텐데 불까지 왜 시들시들 속을 썩이나 그래!"

그러나 누구를 탓하겠는가! 모두 다 재학 자신이 한눈 판 사이에 일어난 일이었다.

"에이 참! 내가 공연히 남 돈버는 거 부러워하며 구경하다가 약만 태웠네. 그러나 저러나 제발 빨리 좀 끓어줘야 할텐데."

마음이 조급해진 재학은 시들시들 꺼져가는 불에다 대고 부채질을 해대기 시작했다. 그러나 훗물을 한 바가지나 부은 약탕기가 어디 그리 쉽게 끓어주겠는가. 부채질로도 불길이 일어나지 않자 재학은 급기야 바닥에 엎드려 입바람을 불기 시작했다.

"후! 후우!"

시봉스님이 이렇게 애가 달아서 입으로 불고 부채질을 하며 혼자 마음을 졸이고 있는 판에 영호스님이 찾는 소리가 들려왔다.

"거기 누구 없느냐?"

순간 재학은 가슴 속에서 무거운 바윗돌이 쿵하고 내려앉는 소리를 들었다.

"아이구! 아이구 이거 큰일났네!"

재학은 떨리는 가슴을 가까스로 진정시키며 목소리를 억지로 쥐어짜 대답을 했다.

"여, 여기 있습니다. 조실스님."

그런데 재학의 대답이 떨어지자마자 공양간 문이 덜컹 열리더니 영호스님이 비죽 얼굴을 내밀었다.

"아니 이 녀석아! 아직두 거기서 뭘 하고 있단 말이냐?"

"아, 예. 저 숯이 젖어서 그런지 불이 시원치가 않아서요."

"어, 그래? 약이 아직 덜 달여졌다 그런 말이더냐?"
"예. 하오나 금방 다 되어갑니다, 조실스님."
"어지간 허거든 그냥 짜 오너라. 덜 달여졌으면 재탕 때 또 달이면 되는 것이니라."
"아, 예. 금방 짜서 올리겠습니다."
그러나 훗물을 부은 약이 제대로 달여질 리가 있겠는가. 재학은 별수없이 끓인 둥 만 둥한 약을 짜가지고 조실스님 방에 가지고 들어갔다.
"조실스님. 약을 가져왔습니다."
"오냐, 수고했다."
제대로 달여지지 않아 멀겋기만 한 약사발을 영호스님이 받아들자 재학은 그만 쥐구멍이라도 있으면 숨어버리고 싶은 심정이었다.
'에라, 나도 모르겠다! 될 대로 되라!'
재학은 고개를 꾸벅 하며 빈 쟁반을 들고 일어섰다.
"그럼 조실스님 편히 주무십시오."
"잠깐만!"
"예에?"
"너 거기 좀 앉아 있거라."
"예에."
다시 방바닥에 주저앉는 재학의 등에 한줄기 식은 땀이 흘러내렸다. 후회막급이었다. 이재복 학인의 말마따나 진작에 조실스님께

이실직고하고 잘못을 빌었으면 이런 마음 고생은 안 해도 좋았을 것을! 그러나 이미 벌어진 일, 후회하면 무엇하겠는가.

 재학은 영호스님의 눈길이 멀건 약사발에 닿아 있는 것을 곁눈으로 보면서 불벼락이 떨어지기만을 마음 졸이며 기다리고 있었다. 그러나 이상하게도 영호스님은 아무 말 없이 약을 그대로 다 마시는 게 아닌가. 오히려 평소보다 더 달게 약을 마시는 것 같았다.

 약사발을 내려놓은 영호스님은 손등으로 입을 훔치면서 빙긋이 웃었다.

 "허허. 너 이 녀석! 오늘은 약맛이 아주 별스럽구나?"

 "예에?"

 "하하하하. 그래 약은 오늘같이 이렇게 넉넉하게 달여야 하느니라."

 "예?"

 "약을 너무 바짝 달이면 너무 진해서 먹기 안 좋느니라."

 영호스님의 부드러운 눈길에 재학은 양심에 걸려서 견딜 수가 없었다. 재학은 고개를 숙인 채로 더듬거리며 입을 열었다.

 "저 조실스님. 사실은 저……"

 그러나 영호스님은 딴전을 피우며 엉뚱한 질문을 던지는 것이었다.

 "내 그동안 네 공부를 챙겨주지 못했거늘 공부는 제대로 하고 있느냐?"

"저. 살림살이 하느라고……"

"그래? 그러면 '처처불상이요, 사사불공'이라는 말씀, 무슨 말씀인지 터득을 했겠구나?"

"예. 삼라만상이 다 부처님이요, 하는 일이 모두 다 불공이니……"

영호스님은 재학의 대답이 만족스러운듯 껄껄 웃으며 말했다.

"하하하. 바로 그렇느니라. 법당에 들어가서 부처님께 드리는 불공만이 불공이 아니니, 뜰 아래 서 있는 저 나무도 부처님이요, 아침으로 우짖는 까치도 부처님이요, 여기서 공부하는 학인들도 부처님이요, 두부장수 콩나물장수도 다 부처님이니 밥짓는 일도 불공들이듯 정성들여 해야 할 것이요, 콩나물 다듬는 것두 불공드리듯 해야 할 것이요, 책 한 줄 읽을 적에도 불공들이듯 해야 할 것이요, 빨래를 할 적에도 불공들이듯 해야 할 것이니."

고개를 푹 수그리고 스님의 말씀을 듣고 있던 재학이 방바닥에 눈물을 뚝뚝 흘리며 말했다.

"조실스님, 제가 잘못했습니다. 용서하여 주시옵소서."

"아니 왜, 그동안 네가 불공을 잘못들인 일이라도 있었단 말이더냐?"

"제가 잘못했습니다, 조실스님. 제가 한눈 팔다가 약을 태우고 그만 물을 부었습니다, 조실스님."

"허허허."

"제가 큰 죄를 지었사오니 엄한 벌을 내려주십시오, 조실스님."
"너 이 녀석! 약은 이미 내가 맛있게 마셨거늘. 이게 모두 다 부처님 공부니, 앉고 서고 걷고 말하고 생각하는 모든 일이 불공들이는 정성에서 한치의 어긋남이 없어야 할 것이야."
"예, 조실스님. 명심하겠습니다."
영호스님은 울먹이며 고개를 조아리는 재학의 등을 토닥이며 빙그레 미소지었다.

5
이태백보다 뛰어난 시인이 되려면

개운사 대원암에도 봄이 찾아왔다.

황량한 산과 들에 버티고 서서 겨울 내내 모진 눈바람에 시달리던 수풀과 나무들이 따사로운 햇볕 아래 기지개를 켜기 시작했다.

이른봄 대원암 뜨락에 밝게 내리쪼이는 햇살의 따사로움을 즐기며 이리저리 거닐던 영호스님은 시봉스님을 손짓해 불렀다.

"너 가서 지필묵 좀 가져오너라."

"예, 스님."

재학이 먹을 갈 동안 잠시 눈을 감고 묵상에 잠겨 있던 영호대종사는 붓끝에 먹물을 듬뿍 찍어 흰 종이 위에 붓을 휘두르기 시작했다. 스님이 글씨를 쓰기 시작하자 앞다투어 달려온 제자들이 스님을 빙 둘러싸고 구경하였다. 시문에 능할 뿐만 아니라 글씨가 유려

하기로 이름난 영호스님이었다.

잠깐 사이에 두 장의 시가 완성되었다.

이른 봄 꽃샘추위를 뚫고 피어난 매화송이인듯, 청량하게 지저귀는 봄새들의 날개짓인듯 글씨 한 자 한 자에 더할 수 없는 생동감이 넘쳐 흘렀다. 젊은 학인들은 묵향에 취하기라도 한 것처럼 조용히 스님의 글씨를 바라보았다.

이윽고 영호스님의 시봉 재학이 침묵을 깨고 입을 열었다.

"조실스님. 이 글씨는 주련으로 쓰신 것이옵니까요?"

"그래 그래. 하나는 이쪽 기둥에 붙이고, 또 하나는 저쪽 기둥에 붙이거라."

"예."

주련(柱聯)은 절간 기둥에 써붙이는 글귀를 말한다. 이날 여러 학인들이 조심스럽게 손을 맞잡아 스님이 쓰신 글귀를 기둥에 바르니 대원암 뜨락에는 새로운 봄기운이 감도는 것 같았다. 스님은 젊은 제자들과 함께 새로 써붙인 주련을 감상하다가 문득 서정주에게 말했다.

"여보게, 증주."

"예, 조실스님."

"자네가 어디 한번 이쪽 글귀의 뜻을 새겨 보게나."

"아유, 제가 어떻게……"

"허허, 그렇게 어려워 말구 한번 새겨 보게나."

"틀려도 괜찮겠습니까, 조실스님?"
"틀릴 때 틀리더라도 한번 새겨봐. 아 어서!"
"예. 그럼 한번 새겨보겠습니다. 틀리더라도 야단치진 마십시오, 조실스님."
"허허, 이 사람! 어서 한번 새겨봐!"
"소상강 넓은 호수 자욱한 구름
구름이 벗겨지니 저문 산이 나오네.
파촉의 눈이 녹으니 봄물이 오는구나."
"허허허."
"아니 스님 왜 웃으시옵니까?"
"됐어, 됐어! 아주 썩 잘했어!"
"정말이시옵니까, 조실스님?"
"그래 그래. 내 글씨보다두 증주 자네 새김질이 더 좋으이, 으응? 허허허. 자 그러면 이번에는 재복이 자네!"
"저, 저요? 조실스님?"
"그래 자네는 이 글귀를 한번 새겨보게나."
"아유! 전 자신 없는데요, 조실스님."
"허허, 공부하는 사람이 꽁무니 뺄 일이 따로 있지! 어서 새겨보게나."
"저, 그럼 한번 새겨보긴 새겨보겠습니다만."
"아 어서 새겨봐! 아 어서!"

"산은 첩첩이요 물은 겹겹이라 길이 없는가 의심을 했더니
버들은 푸르고 꽃은 밝게 피었는데
고개 하나 넘고 보니 또 한 마을이 거기 있더라."
"좋다, 좋아! 정말 좋구나! 응? 하하하하."
두 제자의 빼어난 새김질에 영호스님은 절로 흥이 나는지 손뼉을 치면서 어린애처럼 탄성을 질렀다. 그러나 서정주와 이재복은 너무 쉽게 스님의 칭찬을 받고 보니 좀 꺼림칙했다. 이렇게 긴장을 풀어 놓은 다음에 한 방 후려치시려는 것은 아닌가 은근히 두렵기도 했다.
이재복 학인이 조심스럽게 입을 열었다.
"조실스님, 정말 틀린 데 없었습니까요?"
"틀린 데 없느냐구?"
곁에 있던 서정주가 얼른 대답을 올렸다.
"예, 조실스님."
"없어, 없어! 아 자네들이 누구 제자들인가?"
"정말이십니까, 조실스님?"
두 학인들이 입을 헤 벌리며 기뻐하는데 영호스님은 눈을 가늘게 뜨고서 시를 읊듯 감정을 넣어 말했다.
"스승의 글씨보다 학인들의 새김질이 뛰어나니 스승은 이제 할 일이 없어졌구나! 응? 하하하하."
"하하하."

바로 그날 저녁이었다.

영호스님은 사십여 명의 학인들을 한자리에 앉혀놓고 뜻깊은 가르침을 내리셨다.

"여러 학인들도 잘 알겠지만은 소상강은 중국의 넓은 호수, 그 호수에 구름이 내려앉고 안개가 자욱하면 앞에 아무 것도 보이지 않는 법! 허나 어느 땐가는 구름이 벗겨지고 구름이 벗겨지면 아름다운 산이 그 자태를 드러내나니 중국의 가장 험한 산속 파촉에도 봄이 오면 쌓인 눈이 녹아 그 눈 녹은 물이 흘러내릴 것이니 여러 학인들은 이 싯귀의 뜻을 새겨 들어 간직해야 할 것이야!"

"예, 스님."

"또한 산은 첩첩 물은 겹겹 길이 없는가 의심했더니 버들은 푸르고 꽃은 밝게 피었는데 고개 하나 넘으니 또 한 마을이 거기 있더라 하는 이 싯귀도 뜻은 같으니 여러 학인들은 이 싯귀에 담긴 뜻을 곰곰 되짚어서 깊이 깊이 간직해야 할 것이야."

"명심하겠습니다, 스님."

"으음. 거기 앉아 있는 증주 자네!"

"예."

"자네 한번 일어나 봐!"

"예."

"오늘 써붙인 싯귀에 담긴 뜻은 대체 무엇이라고 생각하는고?"

"예. 저 우리 조선이나 조선 백성들에게 지금은 구름이 덮여 앞이 잘 보이지 않지만 언젠가는 구름이 걷힐 날 있을 것이요, 봄물이 흘러내릴 날이 있을 것이니 희망을 잃지 말아라 하는 그런 뜻으로 쓰신 것 같사옵니다."

"하하하하. 좋아 좋아! 그럼 이번에는 거기 있는 이재복이 자네 일어나 봐!"

"예!"

"자네는 뜻을 어찌 새기겠는가? 어디 한번 말해봐!"

"예. 저 조선의 형편도 형편이지만 걸망 하나 짊어지고 배우러 온 우리 같은 젊은 학인들, 공부가 하두 어려워 깜깜절벽이니 공부하기 힘겨워 중도에 포기하고 싶을 테지만 참고 견디고 공부를 계속해 나가면 언젠가는 또한 훤한 경지를 만나게 될 것이니 더 힘을 내서 공부를 해야 할 것이다 하는 그런 뜻으로 주신 것 같사옵니다."

"허허허."

이날 따라 영호스님은 작은 일에도 어린애처럼 좋아하시고 즐거워 하셨으니 스님의 시봉을 들던 재학이 의아해 하는 것도 무리는 아니었다. 하루종일 스님의 웃는 모습을 지켜보던 재학은 궁금증을 참지 못하고 스님께 여쭈었다.

"조실스님! 오늘은 어인 일로 하루 종일 웃고만 지내셨습니까요?"

"아 인석아! 이 늙은이 좀 웃고 사는 것도 배가 아프냐?"

"아이 조실스님두! 그게 아니구요."
"인석아! 너도 두고 보면 알 일이지만 우리 학인들 가운데서 큰 인물이 여럿 나올 것이다. 알겠느냐?"
그날 밤, 학인들이 모두 다 잠든 고요한 밤에 영호대종사는 가만히 문을 열고 밖으로 나왔다. 절마당에 나온 스님은 하늘을 올려다 보며 숨을 크게 내쉬었다. 새카만 밤하늘에 금가루를 뿌려놓은 듯 수백, 수천개의 별들이 떠있고 그 사이로 둥그런 보름달이 은은한 빛을 발하고 있었다.
영호스님은 조심스럽게 돌계단을 더듬어 칠성각으로 올라갔다. 서정주가 머물고 있는 칠성각에는 이미 불이 꺼져 있었다. 스님은 문앞에서 잠시 망설이다가 가만히 문고리를 흔들며 나직이 속삭였다.
"여보게 증주, 증주 자는가?"
서정주는 벌써 잠들었는지 안에서는 별다른 기척이 들리지 않았다. 영호스님은 조금 큰소리로 서정주를 불렀다.
"여보게 증주! 자는가 자네?"
"아, 아닙니다, 스님!"
아닌 밤중에 영호스님의 목소리가 들리자 깜짝 놀란 서정주는 부랴부랴 방문을 열었다.
"으음. 잘 자는 걸 공연히 깨웠나?"
"아, 아닙니다. 잠깐만 기다리십시오. 불을 켜겠습니다."

"아니야. 불 켤 것 없네."
"들어오시지요, 조실스님."
"내 잠깐 들어가겠네."
"아, 예. 스님."
"문은 그냥 열어두세나. 달빛이 저렇게 휘영청 밝지 않은가."
"아, 예."
아닌 게 아니라 열어놓은 문틈으로 박속같이 하얀 달빛이 쏟아져 들어오고 있었다. 영호스님은 차분한 목소리로 입을 열었다.
"자네 내가 읽으라고 준 능엄경은 얼마나 읽었는가?"
"아, 예. 열심히 읽는 중이옵니다."
"어떤가? 읽어나갈만 하던가?"
"글쎄요. 불교 공부가 짧아서……"
"그럴 것이네. 증주 자네 똘스또이에 홀딱 빠졌었다고 그랬지?"
"예. 저 한 때 그랬었습니다만 지금은……"
"허허 이 사람! 그게 어디 허물이라서 내가 그러는게 아니야. 자넨 문학 청년이 아니냐 그거지 내 말은! 아닌가?"
"그야…… 문학을 좋아했으니까요."
"그것 보게. 증주, 자네 이태백이 같은 시인이 되고 싶은 겐가?"
"아, 글쎄요. 하지만 저 같은 사람이 어디."
"허허 이 사람! 증주 자네 이태백이보다 더 뛰어난 시인이 되려면 내 말을 잘 들어야 하네."

"예에? 무슨 말씀이신데요, 조실스님?"

'이태백보다 더 뛰어난 시인'이라는 말에 서정주는 눈을 동그랗게 뜨고 스님께 여쭈었다.

"하하하하. 왜, 자네 귀가 솔깃해지는가?"

"그, 글쎄요."

"이 사람아! 똘스또이만 알아가지고는 큰 시인이 못되네. 옛부터 이르시기를 우리 불교의 선과 시는 같다고 하셨네."

"선이라면 참선 말씀이신가요?"

"그래. 바로 그 선과 시는 하나이니 우리 불가에도 이태백이보다 훨씬 뛰어난 멋진 스님들이 아주 많으시다네."

"아니 그럼 옛 스님들께서도 시를 지으셨단 말씀이신가요?"

"허허 이 사람! 옛 조사들이 남긴 선시가 어떤 경지인지 자네 한 번 들어보겠는가?"

"예, 스님."

스님은 눈을 지그시 감고 옛 조사들이 남긴 아름다운 선시를 하나하나 읊기 시작했다.

영호스님이 첫번째로 읊은 시는 옛날 인도의 마갈타국 제디카 존자의 선시였다.

　　본래의 법과 마음 통달하고 나면
　　법도 없고 법 아님도 없어

깨닫고 나면 깨닫기 전과 같나니
마음도 없고 법도 없네.

영호스님은 또 중국의 해능스님께서 남긴 시를 읊었다.

뜻 있는 곳에 씨가 내려
인연 닿는 곳에서 열매를 맺네
뜻이 없으면 씨 또한 없으니
성품이 없으면 생 또한 없네.

마지막으로 영호스님은 중국의 조주선사께서 남긴 시를 읊었다.

지극한 이치는 어려울 것이 없으니
조심할 것은 분별이니라
미워하지도 말고 사랑하지도 말라
그리하면 환하게 밝아지리라.

낭송을 끝낸 영호스님은 아직도 시가 주는 여운에 잠겨 있는 서정주를 보고 빙긋 미소지으며 말했다.
"어떤가, 자네?"
"스님! 스님들도 정말 그렇게 시를 지으셨단 말씀이지요?"

"이보다 더 멋들어진 선시도 수없이 많다네. 어떤가 증주! 자네가 공부를 열심히 해서 직접 찾아 읽어보는 것이."

"알겠습니다, 스님! 꼭 그렇게 하겠습니다, 조실스님!"

서정주는 감격에 달뜬 얼굴로 소리쳤다. 여태껏 시는 시요, 불교공부는 불교공부일 뿐 별개의 것이라고 생각해왔던 서정주에게, 이날 밤 영호스님을 통해 처음으로 접한 선시의 세계는 실로 가슴 떨리는 경험이었다.

감히 도달할 수만 있다면 '선과 시가 하나로 되는' 그 경지로 성큼 들어가보고 싶었다. 그 경지로 들어서면 넝마주이 소굴에서의 치열한 삶의 체험 속에서도 채 풀지 못했던 생의 갈증이 풀릴 수 있을 것만 같았다.

한편 육당 최남선의 개인 도서관 일남각에서 필사를 해주고 학비를 벌게된 학인 이재복은 그 수입이 제법 짭짤했다. 이재복은 필사를 해주고 받은 돈이 어느 정도 모이자 제일 먼저 밀린 월사금부터 갚아버리기로 마음 먹었다.

어느날 영호스님의 시봉을 드는 재학이 절마당에 앉아 나물을 다듬고 있을 때였다. 아침 공양들자마자 일남각에 다녀온다며 나갔던 이재복 학인이 웬 커다란 가마니를 짊어진 사내를 데리고 대원암에 들어섰다.

이재복 학인은 공양간 옆 뒤주를 가리키며 사내에게 말했다.

"이쪽입니다, 아저씨! 여, 여기다 조심해서 부려 주세요."

짊어지고 있던 가마니가 꽤 무거운 것이었는지 이재복이 옆에서 거드는데도 사내는 한참 동안 낑낑거리다 간신히 바닥에 내려놓는 것이었다.
"어, 어이차! 아유, 힘들다!"
"아이구! 수고하셨습니다. 조심해 가십시오."
"예, 저 그럼."
사내가 암자 밖으로 사라지자 재학은 궁금증을 참지 못하고 이재복 학인에게 쪼르르 달려가서 물었다.
"아니 이게 무슨 가마니랍니까?"
"보시다시피 내 쌀 한가마 들여왔습니다, 스님!"
이재복 학인은 두 손을 탁탁 털며 의기양양한 얼굴로 말했다.
"어이구! 아니 그럼 이게 쌀가마란 말이에요?"
한달에 소두 서 말도 못내서 쩔쩔 매던 게 엊그제 일인데 한 두 말도 아니고 한 가마니나 턱하니 사왔으니 재학은 벌린 입을 다물지 못했다. 이재복 학인은 싱긋 웃으며 재학에게 말했다.
"그동안 밀린 것도 많으니 받아 두시오."
"아이구 정말! 아니 그럼 그 책만 베껴다 주니까 정말로 돈을 주더란 말입니까요?"
"아 그럼 천하에 육당 선생님이 우리 같은 젊은 학인을 상대로 설마 거짓말을 하시겠소?"
"야아! 거 정말! 저기요, 그럼 나도 그 일 좀 하면 안될까요?"

"글쎄올시다. 그거야 조실스님께 먼저 말씀드리고 허락을 받아야 할 거요. 헌데 조실스님은 안에 계십니까?"

"예. 계실 겁니다요."

학인 이재복은 시봉스님의 부러운 시선을 뒤로 하고 조실방 쪽으로 걸어갔다.

"스님! 안에 계십니까?"

"오, 자네구먼! 어서 들어오게."

조실방에 들어선 이재복은 인사를 드리고 스님 앞에 선물꾸러미를 내밀었다.

"저, 이거 스님 잡수시라고 사왔습니다."

"그것이 무엇인고?"

"예. 저 곶감입니다, 조실스님."

"하하하하. 내가 곶감 좋아하는 걸 어찌 알았는가?"

"아 그야 조실스님 곶감 좋아하시는 건 모르는 학인이 없습지요."

"하하하하. 거 고마운 일이구먼. 헌데 말이야."

"예, 조실스님."

"필사를 해주고 돈을 벌었으니 고향에 홀로 계시는 노모님께 송금을 좀 해드렸는가?"

"예?"

밀린 월사금을 갚아야 한다는 것 외에는 미처 생각을 해보지 않왔던 터라 이재복은 당황해서 말이 제대로 나오질 않았다. 속이 뜨끔해진 이재복이 쭈뼛거리며 대답을 하지 않자 영호스님은 죽비로 좌탁을 두드리며 다시 한번 소리쳤다.
"아, 홀로 계시는 노모님께 송금 해드렸냐니까?"
"아, 아직 못해드렸습니다만."
"에이끼 이런!"
노발대발한 영호스님의 호령이 조실방을 쩌렁쩌렁 울렸다.
"아무리 삭발출가를 했기로소니 홀로 계신 노모님께 자식된 도리를 잊는데서야 말이 되겠는가!"
"죄, 죄송합니다, 조실스님!"
잘못을 아뢰는 이재복의 눈가에 어느덧 뜨거운 눈물이 고이기 시작했다.
"시끄럽네! 이 곶감 먹고 싶지 않으니 가지고 나가게!"
영호스님은 좌탁에 놓여 있던 곶감 꾸러미를 손으로 탁 치며 돌아앉았다. 그 서슬에 곶감 꾸러미가 방바닥으로 데굴데굴 굴러 떨어졌다. 방바닥을 구르는 토실토실한 곶감알을 보는 순간 이재복 학인은 그제서야 영호스님이 노여워 하시는 참뜻을 알 수 있을 것 같았다.
스승께서 자신을 일남각으로 보낸 뜻은 홀로 고향에 남아계시는 노모에 대한 도리를 다하여 더욱 참된 정진의 한 길로 나아가게 하기 위함이었던 것이다. 그런데 자신은 어떠했던가. 필사를 해서 돈

을 좀 벌게 되었다고 시봉스님이나 다른 학인들 앞에서 얼마나 의기양양 했었던가.

그런데도 전혀 부끄러운 줄도 모르고 곶감이나 사들고 스님을 찾아뵈었으니!

이재복 학인은 벽쪽으로 돌아앉아 계신 영호스님 앞에 무릎을 꿇은채 엎드렸다. 그의 두 눈에서는 쉴새없이 눈물이 흐르고 있었다.

"자, 잘못 했습니다, 조실스님! 용서하여 주시옵소서!"

"……"

"용서하여 주시옵소서, 조실스님! 으흐흑!"

6
기지도 못하면서 날기부터 하겠다니

　영호 대종사의 속명은 박한영이었다. 다른 스님과는 다르게 박한영이라는 속명으로도 잘 알려져있다. 스님은 이 땅이 일제의 군화발에 짓밟혀 있던 암울한 시대에 오세창, 정인보, 최남선 등 당대 이름을 날리던 예술가, 석학들의 정신적 지주였다.
　춘원 이광수의 머리를 손수 깎아주기도 했는가 하면 서정주, 오장환, 신석정, 조지훈 등 기라성같은 한국의 대표적인 시인들을 무수히 길러내기도 했다. 그것은 예술과 학문에 대한 탁월한 안목과 식견 없이는 도저히 불가능한 일이었다.
　영호스님의 제자였던 운성(雲惺)스님은 스승에 대해 이렇게 술회하고 있다.
　"우리 스님에게는 세속의 명사들이 많이 출입하였다. 저들이 스님을 존경하였거니와 스님도 잘 대해 주셨다. 당시 재주있는 세 사람이라고 일컬어졌던 정인보 씨, 최남선 씨, 이광수 씨 등은 일주일에 몇 번씩 찾아올 때도 있었다. 그 밖에도 기억에 남는 분은 안재홍(安在鴻)씨, 홍명희(洪命熹)씨, 홍종인 씨, 안오성 씨, 모윤숙 씨, 고희동 씨, 조각가 김복진 씨, 서예가 오세창 씨 등이다."
　그 뿐만이 아니었다.
　청담스님, 운허스님, 경보스님 등 훗날 한국 불교계의 거목으로 우뚝선 기라성 같은 스님들이 다 영호대종사의 문하에서 배출되었으니 영호대종사가 인재 양성에 얼마나 많은 노력을 기울였는지 능히 짐작할 수 있다.
　영호대종사가 서울 안암동 개운사 대원암에서 여러 젊은 학인들을 가르치고 있던 1934년 봄의 일이었다. 당시 갓 스무살이던 문학청년 서정주는 졸지에 머리를 깎고 대원암 강원에서 불경 공부를 하고 있었다. 영호스님 밑에서 불경 공부를 하며 대원암에서 지낸 지 수개월이 지났으나 아직 서정주는 담배를 끊지 못하고 있었다. 그래서 아무도 없을 때마다 기회를 봐서 몰래 몰래 한 대씩 담배를 피우곤 했다.
　어느 늦은 봄날이었다. 그날 서정주는 아침 공양을 마치고 대원암 뒷뜰 별채 툇마루에 나와서 몰래 담배를 피우고 있었다. 대원암 뒷뜰은 학인들의 발길이 뜸한 한적한 곳이어서 담배를 피우고 싶을 때마다 그가 자주 애용하는 곳이었다.
　늦은 봄의 나른한 햇살을 등덜미에 받으며 서정주가 한참 담배

를 맛있게 피우고 있는데 갑자기 영호스님의 목소리가 뒤통수를 때렸다.

"이것 봐라, 증주!"

"아, 아니? 아이구, 이거!"

황망결에 아무데나 담배를 비벼 끄고 자리에서 일어난 서정주는 차마 스님과 눈을 마주치지 못하고 고개를 푹 수그리고 있었다. 영호스님은 귓부리까지 달아오른 서정주의 얼굴을 기가 막히다는 듯 쳐다보더니 혀를 끌끌 차며 말했다.

"쯔쯔쯔! 공장 굴뚝에서 연기 나오듯 하는구나."

"죄, 죄송합니다, 스님."

벼락을 내릴 줄로만 알았던 영호스님이 탄식하듯 한마디 던지고 말자 서정주는 한층 더 당황스러웠다. 스님의 태도는 화가 났다기보다는 차라리 측은해 하는 것 같았다. 한참을 딱하다는 눈으로 제자를 바라보던 영호스님은 문득 입을 열어 말했다.

"자네 육당 최남선이 알지?"

"예."

"그 육당 최남선이 같은 사람도 공부를 차리려고 담배를 아주 딱 끊어 버렸어!"

"…… 죄송합니다, 스님."

"쯔쯔쯔! 그 까짓것 하나를 주체하지 못해 가지고 무슨 공부를 어떻게 해, 이 사람아!"

"……"

아무 말도 못하고 송구스러운 표정으로 고개를 조아리는 서정주를 물끄러미 바라보던 영호스님은 조용히 발길을 돌려 안으로 들어가 버렸다.

혼자 남은 서정주의 귓전에는 아직도 스님의, 탄식하듯 혀 차는 소리가 들려왔다.

"쯔쯔쯔!"

아무렇게나 비벼끈 담배 꽁초가 서정주의 눈앞을 어지럽게 만들었다. 생각해보면 그리 호되게 야단을 맞은 것도 아닌데 탄식하듯 던지고 간 스님의 음성이 왜 이다지 가슴을 저리게 하는 것인지 알다가도 모를 일이었다.

홀로 툇마루에 앉은 서정주는 송이 구름이 둥실 떠가는, 눈이 시리게 푸른 하늘을 쳐다보며 눈시울을 적셨다. 어디선가 뻐꾸기가 애잔한 소리를 내며 뻐꾹 뻐꾹 울었다.

안에서 무슨 소리를 들었는지 이재복 학인이 서정주를 찾아 대원암 뒤뜰로 왔다. 재복은 서정주의 눈에 가득 고인 눈물을 보더니 흠칫 놀라며 소리쳤다.

"아니 여기서 뭘 하고 있는 거요?"

"예? 아 예에."

서정주는 남몰래 눈물짓는 모습을 들킨 것이 부끄러워 얼른 고개를 숙였다.

"담배를 피우다가 조실스님한테 들켰다던데 정말이오?"
"……예."
"아니 그래 조실스님께서 뭐라고 크게 야단을 치십디까?"
"아, 아니요."
"그럼 왜 두 눈에 눈물이 그렁그렁 합니까?"
"예? 아, 예. 뭐, 그냥……"
"따귀라도 한 대 얻어맞은 거요?"
"아, 아닙니다!"
"그럼 왜 그래요?"
"글쎄요. 그냥 조실스님 목소리가 너무 슬퍼서요."
"목소리가 슬퍼요?"
"……예."

조실스님 목소리가 너무 슬펐다는 서정주의 시인다운 표현을 단순하게 이해한 이재복은 고개를 갸웃거리더니 이렇게 말했다.

"그럼 혹시 내보낼지도 모르겠는데요?"
"네에?"
"그대는 이 절에서 소용없는 사람이니 다른 길로 가거라. 뭐 어쩌다 한 번씩은 그런 일이 있거든요."
"아니 그럼?"

이재복 학인의 설명에 서정주는 소스라치게 놀랐다.
'그렇다면 정말 영호스님께서는 나를 제자로 거두기를 포기하셨

단 말인가! 그래서 당신의 표정이 그렇게 슬퍼 보였는가!'
　정말 알 수 없는 일이었다. 그저 다가올 일들이 두렵기만 했다.
　그 다음날 아침이었다.
　영호스님의 시봉을 드는 재학이 칠성각을 찾아왔다.
　"저. 서정주 학인, 안에 계십니까?"
　방에 단정히 앉아 능엄경을 보고 있던 서정주가 문을 열고 밖으로 나왔다.
　"예. 저를 찾으셨습니까?"
　"예, 저 조실스님께서 좀 내려오시라는데요."
　"저를 말씀입니까?"
　"예, 지금 좀 오시랍니다."
　"아, 알겠습니다."
　칠성각을 내려가는 서정주의 마음은 무겁기 그지 없었다. 어제 이재복 학인의 말대로라면 필시 조실스님이 오늘 자신을 부른 뜻은 '이제 그만 대원암을 나가달라'는 이야기일 것이었다.
　'아! 기어이 올 것이 왔구나!'
　서정주 학인은 두려움으로 죄어오는 가슴을 쓸어내리며 영호대종사 앞에 무릎을 꿇고 앉았다.
　"부르셨습니까, 조실스님?"
　"그래 증주 자네 말이야."
　"……예, 스님."

"난 자네가 큰 중이 될 재목으로 보았는데 아마도 중 되기는 틀린 모양 같아!"

"……"

역시 이재복 학인의 예상이 적중한 것 같았다. 서정주는 고개를 떨구고 기름먹인 장판지를 뚫어지게 내려다 보고 있을 뿐이었다. 영호스님의 말이 계속되었다.

"그러니 증주 자네는 불경 공부보다는 차라리 이런 책을 읽어보게나."

스님은 미리 준비한 듯한 책을 두어 권 꺼내놓더니 다시 입을 열었다.

"이건 두보의 시문집이고 이건 이백의 문집이야."

"아, 아닙니다, 스님! 불경 공부를 좀더 해보겠습니다."

"글쎄. 불경 공부도 불경 공부지만, 자넨 아무래도 중 되긴 틀린 사람 같고 아마도 저 하늘가를 훨훨 날아다니는 황새같은 그런 시인이나 될 사람이야."

"아니 그럼 조실스님!"

"사실은 내 증주 자넬 꼭 똑똑한 중으로 만들고 싶었네."

서정주 학인의 눈을 응시하는 영호스님의 표정은 쓸쓸한 기운이 가득 서려 있었다. 노스님을 실망시켜 드렸다고 생각하니 너무나도 가슴이 아프고 쓰라렸다. 서정주는 울먹이며 영호스님께 말했다.

"이제부터라도 열심히 공부를 하겠습니다, 스님!"

그러나 영호스님은 쓸쓸히 웃으며 천천히 고개를 젓는 것이었다.

"허허. 열심히만 한다고 해서 누구나 다 중이 되는 게 아니야. 이제 보니 자넨 중보다는 저 하늘에 떠도는 구름처럼 시인이 되는 게 어울릴 사람! 억지로 만들려고 해서 만들어지는 게 아니요 억지로 되려고 해서 되는 게 아닐세."

영호스님의 말투는 따뜻하기 그지 없었다. 아마도 곧 자신의 품을 떠날 젊은 제자에게 상처를 주지 않으려는 배려인 것 같았다. 서정주는 눈물을 머금고 스님께 여쭈었다.

"그렇다면 조실스님!"

"그래 나한테 무엇을 묻고 싶은가?"

"결국 절더러 이 대원암을 떠나라는 말씀이시옵니까?"

"으응?"

영호스님은 멀뚱히 서정주의 얼굴을 쳐다보더니 이윽고 큰소리로 웃기 시작했다.

"하하하하."

애가 닳은 서정주는 간곡한 얼굴로 스승께 애원하기 시작했다.

"스님! 뭐든 스님께서 시키는 대로 하겠사오니 말씀하십시오."

"이 사람, 증주! 자네 내 말을 오해한 듯 싶네. 증주 자네를 대원암에 불러들여 주저 앉힌 것은 분명히 내 뜻이었네. 하지만 이 대원암에 머물고 아니 머물고는 자네의 뜻에 달렸으니 그리 알게나."

"예에? 하오면 스님!"

"허허 이 사람! 말귀가 어둡군 그래! 시인이라고 해서 그냥 황새처럼 구름처럼 떠돌아다니기만 하면 되는 줄 아는가? 능엄경도 읽고 화엄경도 읽고, 선문 염송도 배우고, 장자도 보고, 제자백가도 접하고 이백도 만나고 두보도 통달해야 비로소 시인다운 시인이 되는 게야. 자네, 알겠는가?"

"예, 스님. 명심해서 배우겠습니다."

스승의 뜻이 그렇지 않다는 것을 알게 된 서정주 학인의 얼굴은 봄날 벚꽃송이처럼 화사한 빛으로 타올랐다. 이재복 학인의 엉뚱한 말 한마디를 곧이 듣고 지난밤 내내 잠 한숨 자지 못한 게 우습기도 했다.

영호대종사는 학인들을 직접 가르침에 있어 다양한 방식을 활용했다. 때로는 자유토론을 시키기도 하고 때로는 질의응답을 통해 불교의 진리를 터득케 하였다.

어느날 강의시간의 일이었다.

강단에 선 영호스님은 웅성거리는 대중들을 쓰윽 한번 둘러보고서 맨 앞에 앉은 재학에게 물었다.

"학인들은 다들 들어왔는가?"

"예, 다들 들어왔습니다, 조실스님."

"으음. 그러면 오늘은 여러 학인들이 그동안 공부하면서 궁금했거나 막혔던 것들을 물어보고 대답하는 그런 공부를 하겠는데, 오늘은 누가 먼저 어떤 것을 물을 것인고?"
 스님의 말이 떨어지기 무섭게 자리에 앉은 대중들은 제가끔 한 마디씩 하느라고 수런대기 시작했다.
 "허어! 물논에 개구리들처럼 웅얼거리지만 말고. 그래 그동안 공부하면서 궁금한 것도 없고 막힌 것도 없었다 그런 말들인가?"
 "아, 아닙니다, 조실스님."
 이재복 학인의 목소리였다.
 "그래, 자네는 무엇이 막혔었던고?"
 "막혔었다기보다는 궁금한 게 한가지 있사옵니다, 조실스님."
 "그래, 무엇이 궁금한지 어디 한번 이야기를 해보게나."
 "예. 저, 참선수행만을 하는 스님들이 말씀하시기를 불립문자, 직지인심, 견성성불이면 그만이지 능엄경이니 화엄경이니 금강경이니 하는 경공부가 무슨 소용이 있느냐, 그러시던데 조실스님께서는 어찌 생각하시고 저희 학인들에게 경공부만 가르치시는지 그게 궁금하옵니다."
 "그래 그래. 그거 아주 썩 잘 물었어. 참선만 고집하는 스님들이 두고 쓰는 문자에 '불립문자, 직지인심, 견성성불이라. 문자를 사용하지 아니하고 마음을 바로 꿰뚫어 가리켜 본성을 보고 성불한다' 이 말을 부적처럼 내걸고 있는데 이거 아주 잘못된 생각들이야."
 이재복 학인이 질문한 것은 공부하는 학인들이라면 누구나 궁금

해 하는 문제라 모여앉은 대중들은 고개를 끄덕이며 웅성대기 시작했다.

영호스님은 죽비로 탁자를 두드리며 소리쳤다.

"허허! 떠들지들 말고 내 이야기를 끝까지 들어봐! 선불교를 처음 열어보이신 달마조사께서 소림굴에 머물면서 9년간 면벽수행하시며 일체 말씀이 없었으니 자칫 잘못 생각하면 여기에 불립문자의 근원이 있었다, 이렇게들 생각하기 쉬운데 말이야. 이 달마조사께서 2대 혜가스님에게 법을 전하시며 이것은 부처님의 마음이다 하면서 능가경 네 권을 보여 주었으니 이것이 어찌 불립 문자인가? 게다가 또 달마조사께서는 사행론 등의 저술을 남기셨으니 이 또한 불립문자가 아닌 것이야!"

영호스님이 잠깐 말을 멈추자 젊은 학인들은 조용히 귀를 기울이며 스승의 다음 말을 기다리고 있었다.

"어디 그 뿐이겠는가. 6조 혜능조사께서도 나이 오십오 세까지 글자 한 자 모르다가 어느날 시장거리에서 어느 스님이 금강경 외우는 소리를 듣고 문득 깨달아 큰스님이 되셨으니, 이 또한 금강경 한 귀절로 득도한 셈이라 불립문자가 아니지. 어디 그뿐이겠는가? 부처님께서도 출가하시기 이전에 이미 예순 가지의 학문과 무예를 통달했었고, 출가한 이후에도 아흔여섯 가지 다른 종교의 학설을 모두 배우고 익혀 그걸 토대로 해서 끝내는 큰 깨달음의 경지에 이르셨거니와 만일 부처님께서 문자가 무슨 소용이냐, 말이 무슨 소용이냐, 그런 것 다 소용없다, 그렇게 생각하셨다면 대체 무엇 때문에 팔만사천 법문을 남기셨겠는가?

옛 조사님이 불립문자라고 말씀하신 것은 글자에 너무 매달리지 말라는 뜻이지 글자를 몰라도 좋다, 가르침을 몰라도 좋다, 경학에 대해서 무식해도 좋다, 그런 뜻은 결코 아니라는 것을 여러 학인들은 명심해야 할 것이요, 부지런히 경학을 공부해야 할 것이야! 부처님 가르침은 쥐뿔도 모르면서 썩은 등나무처럼 앉아서 참선만 하거나 허구헌날 뜻도 모르는 염불만 하는 것은, 이것은 죽은 불교지 산 불교가 아니야!"

그러나 당시의 젊은 학인들 가운데 어려운 한문으로만 기록되어 있는 불교 경전을 공부하는 것보다는 심산유곡의 절간에 들어앉아 면벽수행하는 참선공부에 더 매력을 느끼는 경우가 많았다. 문학청년 서정주도 그 가운데 한 사람이었다.

참선공부를 하기로 작심한 서정주 학인은 어느날 영호스님을 찾아뵙고 말했다.

"조실스님께 허락을 받고자 합니다."

"아니 허락이라니? 무슨 얘기인고?"

"저 금강산에나 들어갔으면 하오니 허락하여 주십시오, 조실스님."

"금강산에는 왜?"

"참선 공부를 하고 싶어서요."

"참선공부?"

"예."

"허허허."

"조실스님."

한동안 조실방이 떠나가라 하고 큰소리로 웃어대던 영호스님이 불현듯 엄한 눈길로 서정주에게 말했다.

"이제 겨우 방바닥을 기어다니는 아이가 천리길을 어찌 가겠다 하는고?"

"구경이나 가자고 그러는 게 아니오니 허락하여 주십시오, 조실스님."

"이것보게, 증주!"

"예, 조실스님."

"3층집을 짓자면 어디서부터 일을 시작해야 하는가?"

"예?"

"3층집을 지으려면 무슨 일부터 착수해야 하느냔 말일세."

"그야 일층부터 지어야겠습지요."

"그것도 틀렸어."

"예에?"

"1층을 짓기 전에 기초공사를 튼튼히 해야 하는 법! 그러구 나서야 1층을 짓고 1층을 지은 뒤에야 2층을 짓고 2층을 짓고 난 다음이라야 3층을 지을 수 있는 법! 그렇지 아니한가?"

"그, 그건 그렇습니다."

"그런데 자넨 어쩌자고 기초공사도 아니해놓고 3층부터 짓겠다고 이리 나서는고?"

"죄송하옵니다만 금강산에 꼭 한번 들어가서 참선공부를 하고 싶어서요."

영호스님은 무섭게 눈을 부릅뜨고 손바닥으로 책상을 내리치며 소리쳤다.

"기지도 못하면서 날기부터 하겠다면 이게 어디 말이나 되는 소린가!"

7
금강산 구경은 잘하고 왔는가

비칠 영(映) 자 호수 호(湖) 자 영호는 스님의 법호요 시호는 석전이었다. 후세 사람들은 스님을 영호대종사라 부르기도 하고 박한영 스님이라 부르기도 하고 혹은 석전스님이라 부르기도 했다.

금강산에 가서 참선 공부를 하고 싶어 하는 제자를 대갈일성 호되게 꾸짖었던 영호대종사는 며칠동안 서정주 학인의 모습을 눈여겨 지켜보았다. 일단 표면적으로는 그 생활이 크게 달라진 것은 없어 보였다.

그러나 한번 한쪽으로 생각이 기울면 경험을 통해 몸소 터득하고 교훈을 얻지 않는 한 누가 뭐라고 해도 그 진정한 뜻을 납득하지 못하는 게 젊은이들의 특징이었다. 스스로 호된 경험을 치르기 전에는 누구의 어떤 소리도 전혀 귀에 들어오지 않는 법이다.

서정주 역시 더이상 스승께 금강산에 가겠노라 떼를 쓰지는 않았지만 마음속은 참선에 대한 깊은 열망으로 가득차 있을 것임을 영호스님은 잘 알고 있었다.
 어느날 스님은 서정주를 다시 조실방으로 불러들였다.
 "그래 아직도 그 금강산에 가고 싶은가?"
 "예에. 사실은 꼭 한번 가서 참선공부를 꼭 한번 해봤으면 합니다."
 "하하하하. 꼭 이라는 소리를 여러 번 하는 걸 보니 자네가 금강산 병이 걸려도 단단히 걸린 모양일세 그려. 응? 하하하하."
 "죄송합니다, 조실스님."
 "금강산 병이 그토록 단단히 들었으면 별 수 있겠는가? 약을 먹어야지."
 "약이라니요, 스님?"
 영호스님은 빙그레 미소지으며 서정주 학인의 얼굴을 들여다 보다가 불쑥 말했다.
 "약 먹는 셈치고 다녀오란 말일세. 금강산!"
 "그럼 정말로 허락을 해주시는 겁니까, 조실스님?"
 스님의 허락을 얻은 서정주는 뛸듯이 기뻐하며 소리쳤다. 그런데 영호스님은 혼잣말처럼 의미심장한 한마디를 흘리는 것이었다.
 "하지만 증주 자넨 금강산에 가봐야 며칠 못 견디고 돌아오고 말 것이네."
 "아, 아닙니다, 조실스님! 저도 한번 참선 공부를 제대로 해보겠

습니다."

"하하하. 교리도 제대로 모르면서 참선 공부? 어디 한번 가서 부딪쳐 보게나! 거 옆방에 누구 있느냐?"

"예에, 조실스님임. 여기 있습니다아."

옆방에서 말꼬리를 길게 늘이는 대답 소리가 들려왔다. 잠시 후 문이 열리고 재학이 방에 들어왔다.

"부르셨습니까, 조실스님?"

"그래 지금 네가 맡아가지고 있는 돈이 얼마나 되느냐?"

"한 푼도 안 남았습니다요, 조실스님."

"그래? 그럼 저기 걸린 내 두루마기 좀 이리 가져오너라."

"예. 여기 있습니다, 스님."

재학이 못에 걸린 두루마기를 가져오자 영호스님은 턱짓으로 주머니를 가리키며 말했다.

"으음. 거 주머니에 뭐가 남아 있는지 꺼내 보아라."

"예."

두루마기 주머니를 뒤적거리던 재학이 말했다.

"돈이 좀 들어있습니다, 조실스님."

"몇 푼이나 되는고?"

"예. 저 1원하고 70전입니다요, 조실스님."

"으음. 증주 자네!"

"예, 조실스님."

"이거 받아 넣게나."
"예에?"
"풍족하진 못할테지만 금강산까지 노자는 될 걸세."
영호스님이 주머니에 있는 돈을 몽땅 털어 주자 서정주는 송구스러워 어쩔 줄을 몰랐다.
"아, 아닙니다, 조실스님. 어차피 고생을 해보자고 나서는 길이니 걷고 걸어서 가 보겠습니다요."
"쓸데없는 고집 부리지 말고 시키면 시키는 대로 하게나. 자!"
"감사합니다, 조실스님."
"그리고 저기 구석에 내가 신던 편리화가 한 켤레 있으니 그걸 신고 가게나. 발이 한결 편할 게야."
"아, 아닙니다, 조실스님."
그러나 영호스님은 서정주의 말은 들은 척도 않고 옆에 있는 재학에게 말했다.
"아, 넌 뭘하고 있느냐! 편리화 먼지 털어서 갖다 주지 않구?"
"아, 예. 알겠습니다, 조실스님."
스님의 분부를 받은 재학이 문 밖으로 나가자 영호스님은 서정주에게 말했다.
"내 오늘밤 서찰을 써놓을 터이니 길 가다가 날이 저물면 아무 절이나 찾아가서 주지스님한테 내보이도록 하게나!"
"예, 스님. 정말 감사합니다."

다음날 아침이었다.
 재학이 가져다 준 영호스님의 편리화를 신고 걸망을 챙겨멘 서정주는 금강산을 향해 대원암을 떠나게 되었다. 품 속에는 영호스님이 써주신 두 통의 서찰이 들어 있었다.
 길을 떠나는 서정주의 얼굴은 앞날에 대한 기대와 호기심으로 자못 상기되어 있었다.
 "조실스님, 그럼 안녕히 계십시오."
 "그래. 동두천 나루만 건너면 어려운 길은 별로 없을 테니 잘 다녀오게. 보나마나 자네는 금강산에 오래 머물지는 못할 게야."
 영호스님은 어젯밤과 똑같은 말을 잊지 않고 덧붙였으나 서정주는 귓등으로 흘려듣고 말았다. 사실 서정주의 결심은 그게 아니었다. 몇 년이고 참선공부를 제대로 해서 보란 듯이 영호스님 앞에 돌아오고 싶었던 것이다.
 서정주는 기차에서 내린 후 걷고 걸어 금강산에 도착했다. 금강산의 화려한 위용과 기상은 아랫녘의 푸근하고 나직나직한 산야에만 익숙해져 있던 서정주를 압도하고도 남음이 있었다. 산 어디를 둘러봐도 불상처럼 우뚝우뚝 솟은 아름다운 기암절벽이 저절로 혀를 내두르게 만드는 것이었다.
 "아! 역시 금강산이로구나!"
 푸근한 햇살과 맑고 투명한 공기가 금강산의 신비로움을 더해주는 듯 싶었다. 서정주는 말로만 듣던 금강산의 기가 막힌 절경에 취해 넋을 잃고 말았다. 세속의 때가 미치지 못하는 이런 곳에서야 말로 진정한 참선이 이루어질 듯 싶었다.

금강산 마하연 영원암에 당도한 서정주는 당대의 선지식 만공스님을 찾아뵈었다. 기왕 참선을 할 바에는 최고의 선지식 밑에서 하리라는 각오였다.

서정주의 인사를 받은 만공스님은 가볍게 고개를 끄덕이며 조용히 입을 열었다.

"그래 한양에 있는 개운사 대원암에서 왔다구?"

스님의 목소리에는 쉽게 범접하기 힘든 위엄과 기품이 스며 있었다. 서정주는 품 속에 고이 간직해온 영호대종사의 소개편지를 꺼내 만공스님께 올렸다.

"예. 여기 이렇게 영호당 석전 큰스님께서 서찰을 써주셨습니다."

"흐음."

만공스님은 서정주에게서 받은 영호스님의 편지를 읽기 시작했다.

"참선 공부를 하고자 하는 학인이니 잘 지도해 주기를 부탁하신다, 그렇게 이르셨구먼."

"그, 그렇사옵니다, 스님. 부디 잘 좀 부탁드리옵니다."

그러나 인연이 닿질 않아서였던가. 만공스님은 별로 반가운 기색을 보이지 않은 채 먼산을 바라보면서 냉냉하게 말했다.

"기왕 왔으니 저기 저 객사에서 며칠 푹 쉬면서 다시 한번 잘 생각을 해 보시게! 그럼 난 이만 들어가 봐야겠네."

만공스님은 그 말 한마디를 남기고 훌쩍 자리에서 일어나 안으로 들어가 버렸다. 서정주는 만공스님의 차가운 태도에 그만 비위가 상했다.

'아무리 이 나라에서 첫손가락에 꼽히는 당대의 선지식이라지만 먼 길을 찾아온 사람을 이토록 냉대하는 법이 어디 있단 말인가!'

생각해보면 만공스님과 훗날의 대표적인 시인 서정주가 금강산에서 만나긴 만났으되 스승과 제자의 인연을 맺지는 못했으니 이 또한 기묘한 사연이라고 하겠다. 아무튼 첫날부터 기분이 상할대로 상해버린 서정주는 단 며칠도 금강산에 머물지 아니한 채 영호대종사의 예언 그대로 외금강에서 한양으로 가는 기차를 타고 말았다.

서정주는 달리는 기차 속에 앉아 차창 밖을 내다보며 상념에 잠겨 있었다. 자신의 앞날을 손바닥 들여다보듯 정확하게 예언하셨던 영호대종사의 목소리가 환청처럼 들려왔다.

'하하하! 보나마나 자네는 금강산에 오래 머물지는 못할 게야.'

"이럴 수가! 과연 그렇다면 조실스님은 내 장래를 훤히 내다보고 계신단 말이 아닌가?"

정말 영호스님은 생각할수록 기이한 분이었다. 깨이지 못한 속인들로서는 감히 그 비상한 예지의 깊이를 짐작할 수가 없었다.

다음날 아침이었다. 영호스님이 머물러 계시는 대원암 앞뜰에는 아름드리 큰 보리수 나무가 한 그루 서있었는데 이날따라 웬 까치 한 마리가 날아와 우짖는 것이었다. 아침부터 몰려드는 잡무에 이리저리 분주하게 뛰어다니던 시자 재학은 까치소리마저도 짜증스럽게 들렸다.

"아니 웬놈의 까치가 아침부터 이렇게 와서 시끄럽게 짖어대는 거야 이거? 훠이! 훠이!"

재학이 싸리빗자루로 보리수 나무 가지를 탁탁 치며 까치를 쫓는데 뒤에서 영호스님의 호통소리가 들려왔다.

"에이끼, 녀석! 아 왜 멀쩡한 까치를 쫓아내는 게냐?"

"아침부터 너무 깍깍 대니까 시끄러워서요!"

"에이끼 이런 녀석! 까치소리가 시끄럽다는 녀석은 처음 보겠다!"

"아니 그럼 조실스님은 저 까치소리가 듣기 좋으십니까?"

"자고로 까치가 와서 울면 반가운 손님이 오신다고 했느니라."

"원 참 조실스님두! 아 이 절간에 반가운 손님은 무슨 반가운 손님이 오신다고 그러십니까요? 객승이나 안오면 다행이지요."

"허허 이런 녀석, 말하는 것 좀 보게! 아 인석아! 절간에 객승 찾아오는 거야 당연한 이치지 그게 무슨 못마땅한 일이라구 그래?"

"어이구 참 조실스님두! 아 공양간 쌀뒤주에 양식만 철철 넘치면야 제가 왜 그런 말씀을 하겠습니까요?"

"하하하하. 요 녀석 이거! 사내대장부로 태어나서 출가를 했기 망정이지 여자로 태어났더라면 집에서 바가지깨나 박박 긁을 뻔 했다니까, 응? 하하하하."

목젖을 내보이며 박장대소를 하고 있는 영호스님 뒤로 서정주 학인이 휘적휘적 걸어오고 있었다. 재학이 피식 웃으며 스님께 말했다.

"조실스님!"

"왜?"

"반가운 손님이 오실 거라더니 식구 한 사람 저기 오십니다요!"

"으음? 아니 저건 증주 아니냐?"

"그러게요. 금강산에 갔으면 한 몇 년 계시다 올 것이지."

"하하하. 내 그럴 줄 알았지. 금방 올 줄 알았어. 하하하하."

머뭇머뭇 거리며 영호스님 쪽으로 다가온 서정주는 겸연쩍은 얼굴로 입을 열었다.

"저 왔습니다, 조실스님."

"그래 그래. 잘왔네, 잘왔어. 하하하하. 그래 금강산 구경은 잘하고 왔는가?"

"죄송합니다, 조실스님."

"하하하. 이 사람이 금강산 폭포소리에 귀를 상했는가 아니면 만물상 경치에 눈이 상했는가 응?하하하하."

"정말 뵐 면목이 없습니다, 조실스님."

"에이끼! 이런 못난 사람 같으니라구! 참선공부는 못했더라도 금강산 경치는 제대로 봤을 터인즉! 그것만 해도 큰 공부가 되었을 걸세. 안 그런가 이 사람? 허허허. 자 자, 여기 이렇게 서 있지만 말고 어서 들어가서 아침 공양 들어야지?"
 "아, 아닙니다, 스님. 정거장에서 요기를 하고 왔습니다."
 "그랬어? 그럼 내 방에 들어가서 차나 한 잔 마시게. 아, 어서 들어와 이 사람아!"
 "…… 예, 스님."
 금강산에 들어가 당대의 선지식 만공스님 밑에서 참선공부를 하기로 결심했던 서정주는 그 꿈이 수포로 돌아가자 착잡한 심정을 감출 길이 없었다. 게다가 또 자신의 장래 일을 훤히 내다보고 계신 것만 같은 영호큰스님을 뵙기가 어쩐지 송구스럽고 두려운 마음까지 들었다.
 말갛게 우러난 찻물을 들여다보며 묵묵히 앉아 있던 서정주가 조심스럽게 입을 열었다.
 "저 스님."
 "왜 그러는가?"
 "저 아무래도 고향에 한번 다녀왔으면 합니다만."
 "고향에?"
 "예."
 "자네 고향집이 전라도 어디라고 그랬던가?"

"고창군 서운리에 있습니다."

"어 그래. 선운사 바로 밑에 있는 마을이라고 그랬었지?"

"예."

"다녀오도록 하게. 헌데 자네?"

"예, 스님."

"마음을 단단히 붙잡아 매야 하네. 고삐 풀어진 망아지처럼 마음이 이리저리 뛰어다니면 세상에 되는 일이라고는 아무 것도 없는 법이야!"

"예, 스님."

"사람은 누구나 마음을 차분히 가라앉혀야 농사도 제대로 지을 수 있고, 장사도 제대로 할 수 있는 거고, 사업도 제대로 할 수 있는 법! 하물며 마음을 가라앉히지 않구서야 어떻게 큰 중이 되고 어떻게 큰 시인이 될 수 있겠는가?"

"여러가지로 걱정만 끼쳐드려 죄송합니다, 스님."

"아니야, 아니야! 다른 생각말고 훵하니 한바퀴 돌고 오게! 심란할 적엔 뭐니뭐니 해도 그저 고향이 제일이니 고향에 다녀오면 자네 마음도 편안해 질 걸세."

"그럼 다녀오겠습니다, 스님."

그러나 고향에 다녀오겠다고 대원암을 떠난 서정주 학인은 한달이 지나고 두달이 지나도록 소식이 없었다. 이제나 저제나 하고 제자의 소식을 애타게 기다리던 영호대종사는 여간 걱정을 하시는게 아니었다.

　서정주가 모처럼 참선공부를 하겠다고 큰 마음을 먹고 금강산에 갔던 일이 수포로 돌아가자 이만저만 낙심한 게 아닌 모양이었다. 영호스님은 생각다 못해 이재복 학인과 시자 재학을 시켜 서정주의 고향집에 연락을 해보도록 했다.

　서정주의 고향집에서 소식을 기다리던 영호스님은 답답한 마음에 이재복 학인을 불렀다.

　"아니 그래 그 친구 고향에 기별을 했는데도 여태 소식이 없단 말이냐?"

　"예, 저. 사실은 고향에 없다고 합니다."

　"무엇이? 고향에 없다니?"

　이재복 학인은 조심스럽게 영호스님의 눈치를 살피며 말했다.

　"제가 몇군데 수소문을 해봤는데요, 스님."

　"그래 자네가 수소문을 해보니 어디 있다고 하던가?"

　"사실은 저… 이미 한양에 올라와서 어느집 독선생을 하고 있다고 그럽니다."

　"무엇이? 한양에 올라와서 독선생을 하고 있다구?"

　잠자코 앉아만 있던 시자 재학이 나서서 스님께 여쭈었다.

　"예에. 저기 저 돈화문 앞 와룡동에서 독선생을 하고 있다고 그럽니다요."

　"그게 틀림없는가?"

"예, 스님. 틀림없습니다."

이재복 학인이 고개를 끄덕이며 말하자 영호스님은 상심한 얼굴로 묵묵히 앉아 있었다. 고향에 다녀오겠다고 내려간 제자가 서울에 올라와서도 연락 한번 없다니! 실로 놀라웁고 안타까운 일이었다.

한동안 침묵에 빠져있던 영호스님이 무겁게 입을 열었다.

"그 집이 어떤 집인지 위치도 알고 있는가?"

"그건 아직 잘 모르겠습니다, 스님."

"그 집이 어떤 집인지 그것을 알아내어서 반드시 나한테 데리고 와야 해! 알겠는가?"

"예, 스님."

독선생이란 요즘 말로 입주 가정교사를 말함이다.

그 가정교사를 하고 있다는 제자 서정주를 반드시 찾아내어 데려오라는 영호대종사의 엄명이 떨어지자 재학과 재복은 하는 수 없이 와룡동 일대를 샅샅이 뒤지고 다녔다. 두 사람이 온 동네를 돌아다니며 이 집 저 집 대문을 무작정 두드리고 수소문을 한 지 며칠이 지난 어느날이었다.

그날도 두사람은 와룡동 어느집 대문을 두드리며 주인을 찾고 있었다.

"여보십시오! 안에 아무도 안 계십니까? 예?"

"누굴 찾으십니까?"

"예. 저 말씀 좀 여쭙겠습니다."

잠시후 신발 끄는 소리가 들리더니 삐이꺽 하고 대문이 열렸다. 헌데 열린 대문 사이로 보이는 얼굴은 놀랍게도 서정주 학인이었다. 연일 허탕을 친 탓에 오늘도 큰 기대없이 대문을 두드렸는데 예기치 않게 서정주가 떡하고 모습을 드러낸 것이다.

"아이구 접니다! 고창거사님!"

서정주는 어리둥절한 얼굴로 재학과 재복을 번갈아 바라보더니 겨우 입을 열어 말했다.

"아니 이거 어쩐 일들이시오?"

이재복 학인이 한숨을 내쉬며 말했다.

"아휴! 말씀 마십쇼! 거사님 찾으려고 돈화문 앞에서부터 집집마다 안 가본 데가 없습니다."

"아니 어쩐 일로 이렇게 날 찾아나섰단 말씀이십니까?"

옆에 있던 재학이 입을 삐죽이며 말했다.

"아유 참! 거사님도 정말 너무하셨습니다. 조실스님께서 얼마나 걱정을 하고 계신데 여기 이렇게 숨어 계십니까요 그래?"

영호스님 이야기가 나오자 서정주의 얼굴엔 순간 어두운 그늘이 드리워졌다.

"조실스님 뵐 면목이 없어서 찾아뵙지도 못하고 있었는데……"

분위기가 무거워지자 이재복이 짐짓 활발한 어조로 말했다.

"자, 어서 같이 가십시다. 조실스님께서 꼭 모셔오라는 분부십니

다."

"허지만 제가 무슨 면목으로 조실스님을 뵐 수가 있겠습니까?"

"무슨 말씀이십니까? 거사님이 안가시면 우리도 대원암에 못돌아갑니다요!"

"아니 그럼 정말로 조실스님께서 절 데려오라고 그러셨단 말씀이십니까?"

서정주는 어리둥절한 얼굴로 두 사람을 바라보았다.

"아니 그럼 우리가 왜 이렇게 헤매고 다니면서 거사님을 찾아 나섰겠습니까?"

"……"

"자 어서 가십시다, 거사님! 무슨 일인지는 잘 모르겠습니다마는 거사님을 반드시 찾아내어 꼭 모셔오라는 분부시니 우린들 어쩌겠습니까?"

아랫입술을 지그시 깨물며 잠시 망설이고 섰던 서정주는 이윽고 고개를 들고 두 사람에게 말했다.

"알겠습니다. 그럼 가뵙도록 하지요."

8
평생에 걸친 화두

그날 저녁 서정주는 영호스님 앞에 꿇어앉았다. 영호스님은 조용히 서정주의 눈을 응시하며 침묵을 지키고 있었다. 오랜 침묵을 깨고 서정주가 입을 열었다.
"조실스님, 정말 큰 죄를 지었습니다. 용서하십시오."
"그래 그동안 가정교사를 하고 있었다고 그랬겠다?"
"예."
"그래 이번에도 또 그 똘스또이의 인도주의인가?"
"아, 아닙니다."
"그러면 먹고 자고 할 곳이 없어서 가정교사를 했는가?"
"……"
"왜 이 대원암에서는 고깃국을 못 먹으니 못 견디겠던가?"
"아, 아닙니다, 스님."

"그러면 대체 어찌된 연유로 한양에 올라와 있으면서도 이 대원암에는 들리지 아니했는고?"
"……죄송합니다, 스님."
"까닭이 있을 게 아니겠는가?"
"스님 뵐 면목이 없어서 그랬을 뿐 다른 까닭은 없었습니다."
"이 늙은 중이 보기 싫어졌더라 그런 얘기던가?"
"아, 아니옵니다, 스님."
"허허허."
 돌연 영호스님의 웃음소리가 방안의 무거운 공기를 뒤흔들었다. 서정주는 곤혹스러운 얼굴로 가만히 앉아 있었다. 지난 수개월 동안 대원암에서 공부하며 스님을 접해 보았던 서정주는 수시로 터져 나오는 그 웃음소리가 얼마나 많은 의미를 내포하고 있는지 익히 알고 있었다.
 때로는 어린 학동의 천진하고 장난스런 심술궂은 웃음이었고, 때로는 스님이 가진 넉넉함과 관대함의 표현이었으며, 또 때로는 칼날같은 비판과 불같은 호령을 예고하는 웃음이기도 했다. 그러나 너무나 명확한 잘못을 저지른 제자 앞에서 터뜨린 이 웃음의 의미는 도무지 알 길이 없었다.
 어떻게 보면 잘못을 감싸안으려는 따뜻한 온기가 느껴지는 것도 같고 또 어떻게 보면 터져나오는 분노를 잠시 억누르는 웃음인 듯도 했다.

　서정주의 착잡한 표정을 바라보던 영호스님은 이윽고 부드러운 목소리로 입을 열었다.
　"이보게, 증주!"
　"예, 스님."
　"내 자네한테 부탁이 있는데 반드시 들어주어야겠네."
　"……"
　"자네 금강산에 가겠다고 했을 적에 꼭 한번 가서 꼭 한번 참선 공부를 하고 싶다고 꼭 소리를 여러 번 했었지?"
　"…… 예."
　"나도 꼭 자네한테 부탁을 해야 겠으니 자네도 꼭 들어주어야겠네."
　"무슨 말씀이신지요, 스님?"
　"하하하. 설마한들 이 늙은 중을 위해서 목숨이야 내놓으라고 하겠는가? 자네가 꼭 들어줘야 할 부탁이니 그리 알고 지금 당장 가서 보따리를 챙겨가지고 오게."
　"예에? 지금 당장에요?"
　"그래! 지금 당장! 왜 내 이 부탁을 거절한 생각인가?"
　"아, 아닙니다, 스님."
　"그럼 여러 말 할 것 없네. 옷 보따리 챙겨가지고 와서 다시 얘기를 하세. 알겠는가?"
　서정주는 영문을 모른 채로 서둘러 보따리를 챙겨 대원암으로 돌아왔다. 그날 밤 다시 서정주와 마주앉은 스님은 더없이 기뻐하며 말했다.
"하하하하. 아니 그래 보따리 하나가 자네 이삿짐 전부란 말인가?"
"……예."
"중 살림이나 자네 살림이나 간편하긴 마찬가질세 그려. 응? 하하하하."
"저. 스님!"
"무슨 부탁이냐, 그런 말이렷다?"
"……예."
"자네 내일부터 이 대원암에서 선생 노릇을 해 줘야겠네."
"예에? 아니 절더러 선생 노릇을 하라니요, 스님?"
거두절미하고 대원암에서 선생 노릇을 하란 영호스님의 말에 서정주는 몹시 놀라 소리쳤다.
"하하하. 놀래긴 이 사람아! 자네도 아다시피 우리 강원에는 학인이 사십여 명! 모두가 다 중앙불교 전문학교에 청강생으로라도 진학을 하고 싶어 하고 있네. 그건 자네도 알고 있겠지?"
"예. 하온데?"
"중앙불교 전문학교에서는 일본인 교수도 여러 명! 일본말로 강의를 하고 있으니 일본말을 몰라가지고는 강의를 들을 수가 없지 않겠는가?"

"아니! 그러면 스님!"

"그러니 자네가 우리 학인들에게 일본어를 가르치는 선생이 되어줘야겠다 그런 말이야! 알겠는가?"

"허지만 스님! 제가 감히 어떻게 학인들을 가르칠 수 있겠습니까?"

"허허, 이 사람! 모르는 것은 손주에게서도 배워야 하는 법! 일본어 선생 나이가 어려서 배우기 싫다는 녀석들은 전문학교 진학을 안 시키겠네!"

"하오나 스님!"

"여러 얘기 할 것 없네! 그리고 자네도 이제 똘스또이 청년 노릇은 그만하고 새 학기에는 전문학교에 입학을 해야 하네."

"아니 스님 절더러……"

"입학은 내가 시켜줄 것이니 그리 알고 있게."

그런데 참으로 이상한 일이었다. 영호대종사가 전문학교에 입학을 시켜주겠다고 하는데도 문학청년 서정주는 별로 반가운 기색이 아니었다. 반가워하기는 커녕 오히려 난처한 기색이었다. 영호스님은 의아하다는 듯이 서정주에게 말했다.

"아니 증주 자네. 전문학교에 진학을 하라는데도 어째서 대답을 아니하는가?"

한참 동안 머뭇거리며 입을 열지 못하던 서정주가 조심스럽게 말문을 열었다.

"저 사실은 스님."
"왜? 전문학교에 가기 싫단 말이던가?"
"가기 싫은 게 아니오라."
"그럼 어째서 그러는가?"
"저는 전문학교에 입학할 자격이 없사옵니다, 스님."
"자격이 없다구?"
"예."
전문학교에 입학할 자격이 없다는 서정주의 말에 영호스님은 깜짝 놀라 말했다.
"아니 그건 또 무슨 소리던고? 아니 자네는 분명히 고등보통학교까지 다녔다고 그러지 않았는가?"
"예. 하오나 졸업을 하지 못했습니다, 스님."
"허허, 이 사람 이거! 졸업을 하지 못했다구? 허어. 갈수록 도깨비같은 사람일세 그려! 대체 자네는 어느 고보에 다녔었는가?"
"예. 저 계동에 있는 중앙고보에 다녔습니다."
"그런데 무슨 일로 그만두었단 말이던고?"
"예, 저. 광주학생 사건이 일어난 후 우리 학생들도 가만히 있을 수 없다 해서 '식민지 노예교육을 철폐하라', '어용교사 물러가라'는 구호를 외치고 조선독립만세를 불렀습니다."
"하하하하. 그래 그래. 그런 사건이 몇 년전에 있었어. 그래 자네도 그때 체포됐었고 그래서 퇴학을 맞았단 말인가?"

"……예."

"하하하하. 그래 그후로는 쭈욱 똘스또이 청년 노릇만 해왔단 말이던가?"

"아, 아닙니다. 그후 고향에 내려가서 고향 고보에 편입을 했었는데……"

"그런데 거기서도 또 졸업장을 못 탔단 말인가?"

"예."

"아니 그럼 고향 학교에서도 또 조선독립만세를 불렀단 말이던가?"

"아, 아닙니다."

"그럼 왜 또 중도에 그만뒀어?"

"백지동맹을 했다가 자퇴를 하라고 해서."

"백지동맹이라면? 시험칠 때 백지를 냈드라 그런 말인가?"

"……예."

"예이끼 이런! 아, 백지동맹은 공부하기 싫고 시험에 자신없는 녀석들이 하는 수법이거늘… 아, 자네도 어지간히 공부가 싫었던 모양이군 그래. 그랬었지?"

"예."

서정주가 힘없이 시인하자 영호스님은 유쾌한듯 껄껄 웃으며 말했다.

"하하하하. 자네도 어지간히 역마살이 끼었군 그래. 나이도 들기 전에 고창에서 한양으로 한양에서 고창으로 고창에서 다시 또 한양으로. 아, 그래 이번에는 또 어디로 헤매고 다닐 작정이던고?"
"……"
문득 서정주는 지난 봄 이백과 두보의 시집을 내어 주면서 스님이 하신 말씀이 떠올랐다.
'시인이라고 해서 그냥 황새처럼 구름처럼 떠돌아다니기만 하면 되는 줄 아는가? 능엄경도 읽고 화엄경도 읽고, 선문염송도 배우고, 장자도 보고, 제자백가도 접하고 이백도 만나고 두보도 통달해야 비로소 시인다운 시인이 되는 게야!'
마음이 저려왔다. 정말 이러다가 스님 말씀처럼 시다운 시 한편 못써보고 황새처럼 구름처럼 부질없이 떠돌아 다니기만 하다가 하릴없이 생애를 마치게 되는 것은 아닌지…
"자네 중앙고보는 몇 학년까지 다녔었던고?"
"2학년까지 다녔었습니다."
"그럼 고창고보는?"
"다시 또 2학년으로 편입해서 1년간 다녔습니다."
"하하하하. 그럼 여기서 2년, 저기서 1년이니 햇수는 다 채웠네 그려 응? 하하하하."
"허지만 끝내 졸업장을 받지 못했으니…"
"허허, 이 사람!"
서정주가 계속 풀기없는 목소리로 대답하자 영호스님은 별안간

손바닥으로 탁상을 두드리며 호령을 하기 시작했다.

"자네는 지금 공부 안할 핑계를 찾고 있는 겐가? 그 동안 허송세월 했거든 이제라도 분발해서 공부할 생각을 해야지 그 무슨 딴소린가! 학력은 그만하면 됐으니 여러 소리 할 것 없네. 내가 시키는 대로 중앙불교 전문학교에 진학을 하게, 알겠는가!"

"……예, 스님."

"자네, 닭이 알을 품는 것을 본 적 있나? 닭이 알을 품고 병아리를 까려고 할 때는 그 알에 더운 기운을 전하기 위해 발로 알을 고루 굴리기를 끊임없이 흐르는 냇물과 같이 한다네. 만약 닭이 잠시라도 더운 기운을 보내지 못하면 알이 병아리가 되지 못하고 썩어 버리고 마니까 말일세. 닭은 알을 굴리는 동안에는 아무리 배가 고파도 내려오지 않으며 그 동안에 먹이를 주어도 절대 먹는 법이 없어! 어느 정도 열을 보내다가 꼭 쉴 시간이라야 내려와서 먹이를 먹는다네."

"……"

"이 얼마나 간절한가! 자네가 중이 되든 시인이 되든 내 관여할 바 아니고 다 자네 스스로 알아서 가야 하는 길! 그러나 다만 내가 바라는 것은 중이 되도 큰 중이 되어야 하고 시인이 되도 큰 시인이 되어야 한다는 거네. 닭이 알을 품는 그 간절함을 가지고 공부해 보게. 그 간절함 없이 저절로 이루어지는 것은 이 세상에 아무 것도 없네. 알겠는가?"

"예, 스님."

영호당 박한영 스님은 우리나라 불교가 중흥하려면 무엇보다 인재를 길러내야 한다는 신념을 지니고 있었다. 그래서 스님은 학인들 가운데 두뇌가 명석한 제자들을 발탁해서 전문학교 진학의 길을 손수 열어주곤 하셨다.

좀처럼 마음을 잡지 못하고 방황하는 서정주에게 전문학교 진학의 길을 열어준 영호스님은 이번에는 시자 재학을 시켜 이재복 학인을 불러오게 했다.

"저, 조실스님."

"왜 그러느냐?"

"조실스님이 분부하신 대로 마곡사 학인을 불러왔사옵니다."

"음, 그래. 어서 들어오라구 그래라."

잠시후 이재복 학인이 조실방으로 들어섰다.

"부르셨습니까, 조실스님."

"그래. 자네 거기 앉아서 저기 저 그림을 한번 쳐다보게나."

"예에?"

영호스님은 조실방 한쪽 벽에 걸린 그림 한 폭을 손가락으로 가리키며 말했다. 그 그림은 당대의 유명한 화백 고희동 선생이 그린 담채화였다. 이재복 학인은 스님이 분부하시는 대로 고희동 선생의 그림을 쳐다보았다.

"저 그림이 대체 무슨 그림인고?"

"예, 스님. 저 그림은 석가모니 부처님께서 육 년간의 설산고행을 마치고 산을 내려오시는 그림입니다."

"그래 그래. 바로 보았네. 저 그림이 바로 석가모니 부처님 하산도인데 저 그림 옆에 내가 글을 써넣었는데 저 글뜻을 자네 한번 풀이해 보게나."

"예, 저."

이재복 학인은 영호스님이 써놓은 글의 뜻을 선뜻 새기지 못하고 우물쭈물하였다.

"아 어서 해봐!"

"예. 석가모니 부처님께서, 중생을 위해 고행을 하셨거늘 과연, 우리 중생들은 이 은혜를 어떻게 갚아야 할 것인고."

"하하하하. 그래 그래. 이젠 재복이 자네 눈도 어지간히 뜨였네그려. 응? 허허허. 헌데 재복이 자네!"

"예, 조실스님."

"자네 분명히 대답을 하게. 대체 자넨 무엇을 어떻게 해서 저 막중한 부처님 은혜에 보답하겠는가?"

"예에?"

"은혜를 입었거든 그 은혜에 보답해야 하는 법! 대체 자네는 무슨 일을 어떻게 해서 부처님 은혜에 보답할 것인지 그 대답을 한번 해보란 말일세!"

"……"

그대는 과연 무슨 일을 어떻게 해서 부처님 은혜에 보답하겠는가?
　부처님은 중생을 위해 고행을 하셨거늘 과연 우리 중생들은 이 은혜를 어떻게 갚을 것인가. 석가모니 하산도를 늘 방안에 걸어두고 부처님의 은혜를 갚는 일을 평생에 걸쳐 화두처럼 다짐해 온 영호대종사였다.
　그러나 이재복 학인은 이 느닷없는 질문에 얼른 대답할 말을 찾지 못했다. 예측을 불허하는 변화무쌍한 영호스님의 질문이 연거푸 이어지자 이재복 학인은 그만 머리가 어지러울 지경이었다.
　"……"
　"자네는 왜 대답이 없는가?"
　"죄송하옵니다, 조실스님."
　"속가에 사는 사람도 부모의 은혜를 입어 장성한 다음에는 효도를 통해 부모의 은혜에 보답해야 하거늘 하물며 출가 사문이 어찌 석가모니 부처님의 은혜를 잊고 있단 말인가!"
　"잊은 것은 결코 아니옵니다만."
　"출가한 불제자이거나 속가에 있는 불제자이거나 나는 과연 무슨 일을 어떻게 해서 부처님의 은혜에 보답할 것인가, 이것을 한시도 잊어서는 아니되는 법! 나라의 녹을 먹는 사람은 공명정대하고 공평무사하고 불편부당하게 나라살림을 꾸려나감으로써 만백성이 편히 살도록 해주는 것이 부처님 은혜에 보답하는 길이요, 사업을 하는

사람은 이 세상 사람들을 위해서 유익한 일과 이로운 일을 정직하고 성실하게 수행하는 것이 부처님 은혜에 보답하는 길이요, 장사를 하는 사람은 이 세상 사람들을 위해서 좋은 물건을 속이지 아니하고 제 값에 파는 것이 부처님 은혜에 보답하는 길이거늘, 자네는 대체 무엇을 해서 은혜를 갚으려는지 그것을 한번 대답해 보게!"

"예. 저, 저는 욕심을 버려라, 성내지 말아라, 어리석지 말아라, 이 세 가지 부처님 가르침을 이 세상 많은 중생들에게 두고두고 전하는 일을 통해서 부처님 은혜에 보답할까 하옵니다."

"그러자면 무엇을 어떻게 준비해야 하겠는고?"

"그야 물론 부처님 가르침을 널리 펴자면 더 많은 공부를 해야 할 줄로 아옵니다."

"허허허. 자네 대답 한번 정말 잘했네!"

"예?"

"어떤 사람이 부처님 경전은 한 줄도 배우지 아니한 채 면벽 십 년을 해서 문득 깨달음을 얻었다고 하세. 그 사람이 산에서 내려와 지나가던 농부에게 손가락 하나를 불쑥 내밀면서 '이 도리를 알겠는가?' 하고 묻는다면 지나가던 농부가 그 도리를 알 수 있겠는가?"

"그야 모르겠습지요."

"또 어떤 아녀자가 자네한테 묻기를 '사람이 세상에 태어나고 죽는 게 대체 무엇입니까' 했을 때 자네가 대답하기를 '생야일편부

운기요, 사야일편부운멸'이라 대답한다면 그 아녀자가 과연 그 뜻을 알아 듣겠는가?"

"그야 못알아 들을 것입니다."

"그렇다면 자네는 과연 뭐라고 풀어서 대답을 해주겠는가?"

"예. 저, 사람이 태어남은 한 조각 뜬구름 생겨남과 같고 목숨이 스러짐은 한 조각 뜬구름 사라짐과 같다고 해야 할 것 같습니다."

"허허허. 바로 알았네! 부처님 가르침을 세상 중생들이 알아 먹도록 전해야 하는 법! 그러자면 경전 공부만 해가지고는 모자람이 많으니 여러 학문을 공부해야 하네."

"예, 스님."

"그래서 얘긴데, 재복이 자네도 이번에 전문학교에 진학토록 하게!"

"전문학교요?"

"입학은 내가 시켜줄 터이니 공부 한번 열심히 해보겠는가?"

"하지만 스님."

"학비조달이 걱정이다 그런 말이지?"

"……"

"지금 나하고 같이 나가세. 자네 학비 대줄 사람을 찾아봐야겠네."

"예에?"

학비 대줄 사람을 찾으러 나가보자는 영호스님의 말에 이재복

학인은 얼떨떨하기 짝이 없었다. 쇠뿔도 단김에 빼랬다고 한번 마음 먹으면 곧장 실행을 해야 직성이 풀리는 게 스님의 성격이었지만, 전문학교에 진학하라는 권고도 놀라운데 거기에 학비 대줄 사람까지 찾으러 가자니, 그저 어리둥절할 뿐이었다.

"거 밖에 누구 있느냐?"

마침 옆방에 앉아 영호스님의 옷가지를 정리하고 있던 재학이 냉큼 대답을 해올렸다.

"예, 조실스님!"

"내 지금 나가야겠으니 두루마기를 가져오너라."

"예. 지금 막 다리미질을 하고 있는 중이오니 곧 올리겠습니다."

영호대종사가 이재복 학인을 데리고 찾아간 곳은 지금의 경복궁 근처 사간동에 있는 법륜사였다. 법륜사 경내로 들어서니 어디선가 청아한 독경소리가 들려오고 있었다.

"아이구! 아니 어쩐 일이십니까, 교정스님?"

법륜사 대륜스님이 반색을 하며 영호스님을 맞이하였다.

"안녕하셨소이까?"

"아니 그래 교정 큰스님께서 어인 일로 여기까지 큰 걸음을 하셨는지요?"

"하하하하. 아 이 장안에서 큰 일 한가지를 부탁하자면 대륜스님 밖에 더 있겠소이까? 하하하하."

"원, 무슨 분에 넘치는 말씀이시옵니까요? 그래 큰 부탁 한가지라면?"
 "좋은 일 하는 데 돈을 좀 쓰셔야겠소이다."
 "예에? 좋은 일 하는 데 돈을 쓰라 하시면?"
 "조금 전에 인사드린 바로 저 학인, 저 사람 꽤 쓸 만한 재목감인데 대륜스님 법제자로 삼아서 학비를 좀 대어주셨으면 하는데 어떠시겠소?"
 "하하하. 난 또 무슨 말씀이신가 했었습니다. 그래 저 학인이 스님 보시기에 과연 쓸만 합니까요?"
 "대들보감이 되겠는지 기둥감이 되겠는지 아니면 서까래감이 되겠는지 대륜스님이 직접 한번 대패질을 해보시지요, 응? 허허허."
 대륜스님 역시 어깨를 들썩거리며 호탕하게 웃으며 말했다.
 "천하에 영호당 박한영 큰스님께서 이렇게 친히 데리고 오셨을 적에야 더 알아볼 게 무엇이 있겠습니까?"
 "그럼 저 학인 전문학교 학비는 대륜스님이 맡으셨습니다?"
 "어느 스님의 분부이신데 감히 거절을 할 수 있겠습니까? 기꺼이 맡겠습니다. 하하하."
 "허허허."
 오랜만에 만난 영호스님과 대륜스님은 시간가는 줄도 모르고 정담을 나누고 있었다.

9
세상만사 마음의 장난이라

영호대종사는 1930년대 조선 불교계의 교정으로 현 종정 큰스님과 같은 이 나라 불교계의 최고 지도자였다. 그러나 영호큰스님은 교정스님이라고 해서 일부러 위엄을 부리거나 체면치레를 하는 일이 결코 없었다. 제자의 장래를 열어주기 위해서는 몸소 나서서 아쉬운 소리까지도 해주는 그런 분이었다.

대륜스님은 평소 영호스님의 소탈한 성격을 잘 알고 있는 분이었으나 조선 불교계의 교정스님이 이만한 일로 법륜사까지 몸소 걸음했다는 사실이 못내 송구스러웠다.

"아니 그래 교정스님께서는 이만한 일 한가지 분부하시자고 예까지 직접 오셨단 말씀이시옵니까?"

"하하하. 옛날 부처님께서도 탁발을 하실 적에는 직접 가셨거늘 학비 시주를 얻고자 하면 내가 마땅히 찾아오는 게 도리가 아니겠습니까? 자 그러면 이제 스님이 쾌히 승낙을 하셨으니 저 학인을 불러다가 다짐을 받아야겠소이다."
"예. 그렇게 하시지요, 스님."
"마곡사 학인, 밖에 있으렷다?"
절마당을 서성이고 있던 이재복 학인은 영호스님의 목소리가 들리자 얼른 방으로 들어왔다.
"부르셨습니까, 조실스님!"
"이리 들어오게나."
"예."
영호스님은 방으로 들어온 제자 이재복에게 말했다.
"대륜스님께 다시 한번 인사를 올리도록 하게!"
"예."
대륜스님은 만면에 미소를 지으며 이재복 학인의 절을 받았다.
"으음. 그래 마곡사에서 왔다구 했던가?"
"예, 스님."
"자넨 참 복도 많으이."
"소승 그저 송구스러울 따름이옵니다, 스님."
흐뭇한 표정으로 두 사람의 대화를 듣고 있던 영호스님이 이재복에게 말했다.
"이제 이 대륜스님께서 자네를 법제자로 삼아 기꺼이 학비를 맡기로 하셨으니 심기일전 더욱 분발해서 용맹정진을 해야 할 것이

야."

"예, 스님. 명심하겠습니다."

대륜스님이 마지막으로 한마디 덧붙였다.

"전문학교에 들어가는 큰 길을 영호당 큰스님이 직접 열어주시었고 그 큰 길을 가는 노잣돈은 내가 맡기루 했으니 이제 그 큰 길을 부지런히 가는 것은 자네 책임일세."

"네, 스님. 명심하겠습니다."

영호큰스님이 중앙불교 전문학교 교장으로 재직하면서 진학의 길을 열어준 사람은 서정주, 이재복 학인 뿐만이 아니었다. 널리 알려진 인물만 해도 신석정, 조지훈, 오장환, 김어수, 김달진, 김범부, 김영수, 조종현 등 이루 다 헤아릴 수 없이 많았다.

조선 불교계와 나라의 장래를 위해 인재양성에 쏟은 영호스님의 노력은 눈물겨운 것이었다. 그 때문에 많은 뜻있는 인사들이 스님의 주위에 모여들었고 흠모와 존경의 마음을 간직하게 되었다.

그러나 사십여 명의 학인들과 함께 영호 큰스님이 머물고 있던 개운사 대원암 살림은 늘 쪼들리기만 하는 형편이었다. 쪼들리는 절 살림을 감당하디 지친 시지 제학은 이느 날 영호스님을 찾아뵙고 한숨을 쉬며 푸념하듯 말했다.

"저 조실스님!"

"왜 그러는고?"

"저 아무래도 아랫절 개운사에 좀 다녀와야겠습니다요."

"왜 또 뭐가 떨어졌느냐?"
"어휴. 떨어진 게 어디 한두가지라야 말씀이죠."
시자 재학은 기운이 쏙 빠진 얼굴로 고개를 내저으며 말했다.
"허허허."
그러나 영호스님은 그런 재학의 푸념에 아랑곳하지 않고 껄껄 웃고 마는 것이었다.
"에이 참 조실스님두! 조실스님께서는 웃음이 나오시는지 모르겠습니다마는 공양살림을 맡은 저희들은 속이 다 탑니다요, 스님."
"그래 또 무엇이 떨어졌다고 그리 앙탈을 부리는고?"
"글쎄 없는 게 어디 한두가집니까요? 쌀도 없지요, 간장도 없지요, 된장도 없지요, 소금도 없지요, 참기름, 깨소금, 콩나물, 두부 다 없습니다요!"
재학은 침을 튀겨 가며 떨어진 양식이 무엇무엇인지 줄줄이 늘어놓았다.
"하하하. 고녀석! 주워세기는 잘도 주워 센다마는! 아 인석아! 멍청하게 뭘 그리 없는 게 많으냐? 내 보기에는 딱 한가지가 없구면."
"예에? 아니 조실스님은 그럼 제가 거짓말을 하고 있는 줄 아십니까요? 공양간 보살님께 물어보십시요. 정말루 쌀, 간장, 된장, 소금, 참기름, 깨소금, 콩나물, 두부 모두 다 없다니까요!"
"아 이 녀석아! 그런 게 모두 다 돈 한가지면 다 살 수 있는 것

아니냐?"

"예에?"

"돈 한가지면 다 해결될 걸 가지구 뭘 그리 너절하게 주워세구 그래? 옛다! 여기있다, 돈!"

영호스님은 이런 일이 벌어질 줄 미리 짐작이라도 했다는 듯이 책갈피에 끼워둔 흰 봉투를 꺼내주는 것이었다.

"아니 이건 웬 돈입니까요, 조실스님?"

"웬 돈은 이 녀석아! 교장월급 미리 땡겨왔지!"

"이러시면 요 다음 달부터는 어쩌시려구 이러십니까요, 조실스님?"

"그런 건 염려 붙들어매구 앞으로는 없는 것 주워세는 버릇 버려야 하느니라."

"에구! 제가 뭘 잘못했다구 그러십니까요, 조실스님!"

입을 댓발이나 내밀며 투덜거리는 재학을 딱한 듯이 바라보던 영호스님은 혀를 끌끌 차며 말했다.

"이 녀석아! 앞뒤가 꽉 막힌 아녀자들이나 그렇게 없는 것, 모자란 것, 떨어진 것을 숨막히게 주워세는 법이여! 생각해 봐라. 쌀도 없다, 장작도 없다, 간장도 없다, 된장도 없다, 소금도 없다, 기름도 없다. 이렇게 마구 없는 것만 주워세다 보면 눈앞이 캄캄하고 숨이 턱에 꽉 막혀 어디 세상 살 맛이나 나더냐?"

"하오면 생각을 어떻게 하라는 말씀이시옵니까요, 조실스님?"

"아 인석아! 조금 전에 내가 가르쳐 주지 않았느냐? 세상만사 넉넉한 마음으로 모자라고 떨어진 게 무어 그리 많다더냐 돈 한 가지만 생기면 다 해결되나니 없는 건 돈 한가지 뿐이로구나! 이렇게 생각을 하면 한결 살 맛이 나고 힘이 생기는 법! 그렇지 않느냐?"

"원 참 조실스님두! 이렇게 생각하나 저렇게 생각하나 없는 것은 마찬가지가 아닙니까요?"

"허허 이런 녀석! 열가지 근심 걱정을 하는 것 하고 한가지 걱정만 하는 것 하고 어째서 같다는게냐?"

"열가지 근심걱정을 하는 것 하고 한가지 걱정만 하는 것 하고요?"

재학은 고개를 갸웃거리며 한참을 생각해보는 눈치더니 이윽고 고개를 끄덕이며 말했다.

"어어? 그렇게 생각해 보니 조실스님 말씀이 맞는 것도 같은데요?"

"에이끼 녀석! 그래서 세상만사 마음의 장난이라 하셨느니라. 허허허."

사십여 명의 학인이 살고 있던 대원암에서는 먹을 양식만 모자란 게 아니었다. 가지 많은 나무에 바람 잘 날 없다고 하루도 일 없이 무사히 지나가는 날이 없었으니 크고 작은 일들이 터질 때마다 그 뒷감당은 모두 영호스님의 차지가 될 수밖에 없었다.

때로는 엄한 스승으로, 때로는 자상한 아버지로 그 숱한 난관들

을 참아내고 이겨내며 사십여 명의 제자들을 이끌어가기란 참으로 쉬운 일이 아니었다. 그러다 보니 영호스님의 마음 속에는 근심걱정이 떠날 날이 없었다.

그럼에도 불구하고 영호 큰스님은 특유의 낙천적인 성격과 어린애처럼 천진스런 마음으로 수많은 학인들의 뒷바라지를 싫은 내색 하나 없이 다 해주었다.

어느날의 일이었다.
"저, 조실스님?"
"왜 그러는고?"
"저, 마곡사 학인이 스님을 좀 뵙겠다고 합니다."
"그래? 그럼 들어오라고 그래라."
"예, 스님."
잠시후 이재복 학인이 조실방에 들어섰다.
"그래 무슨 일이던고?"
"말씀드리기 죄송하옵니다만."
그닐 따라 이재복 학인의 얼굴에는 수심이 가득해 보였다.
"덮어놓고 죄송하다는 소리만 하지 말고. 그래 무슨 얘기던가?"
"아무래도 전주 학인을 시골집으로 데려다 주고 와야 할 것 같기에…"
"아니 그건 또 무슨 소린가? 전주 학인이 어째서?"

"며칠 전부터 시름시름 앓더니만 어젯밤부터는 공양조차 제대로 들지 못하고 있습니다, 스님."
"아니 그럼 전주 학인이 아프단 말인가?"
"예."
"아, 그럼 이 사람아! 진즉 약을 사다 먹이든가 의원한테 데리고 갔어야지 어째서 이제야 얘길하는가?"
"처음엔 그저 감기겠거니 그렇게들 여겼었는데."
"허허, 이 사람들. 사람이 병이 들었으면 의원한테 데리고 갈 생각부터 해야지 고향에 데려다주면 병이 낫는다던가?"
"본인이 그렇게 원하기에."
"아 이 사람아! 어서 가서 전주 학인 데리고 나와! 몸이 아프면 제일 먼저 의원한테 가서 보여야지. 아, 어서!"
"예, 스님."

이재복 학인을 보내 놓고 영호큰스님은 서둘러 두루마기를 챙겨입었다. 그러나 스님의 두루마기 주머니에 있는 돈이라고는 몇푼 되지도 않았으니 정말 난처한 일이었다. 전주 학인의 병이 위중하다면 잔돈푼 가지고는 해결될 문제가 아닐 것이었다.

영호스님은 두루마기를 차려입고 중절모까지 쓰고나서도 뭔가 잊어버린 사람처럼 잠시 방안을 왔다 갔다 하며 생각에 잠겼다. 그러던 스님은 갑자기 벽장문을 와락 열어젖혔다. 그 벽장 속에는 평소 스님이 애지중지 하시던 옛 전적들과 희귀한 고서들이 소장되어

있었다.

스님은 그 책들 중에서 몇 권을 꺼내어 보자기에 싸서 옆구리에 끼고는 태연히 방문을 나섰다. 문밖에 서있던 재학이 두루마기를 챙겨입으신 영호스님을 보더니 눈을 둥그렇게 떴다.

"조실스님, 어디 가시게요?"

"그래, 전주 학인이 아프다고 하니 의원한테 데리고 가서 보여야겠어!"

"아, 예. 그럼 다녀오십시오, 조실스님."

영호스님은 마곡사 학인과 함께 전주 학인을 부축해서 동대문 안 감초당 한의원 앞에 당도했다. 스님은 이재복 학인에게 말했다.

"자네 어서 데리고 들어가서 이 친구 진맥부터 받게 하고 잠시 기다리고 있게나. 내 잠깐 다녀올 데가 있으니."

"네, 스님. 그렇게 하겠습니다."

이재복 학인이 전주 학인을 데리고 한의원 안으로 들어가는 것을 지켜본 영호스님은 서둘러 발길을 돌려 평소에는 좀처럼 타지 않던 전차를 탔다. 스님이 전차를 타고 부랴부랴 당도한 곳은 효자동 육당 최남선의 도시관 일남긱이었다.

마침 일남각에 나와 고서를 정리하던 육당 최남선은 기척도 없이 불쑥 안으로 들어선 영호스님을 보고는 반색을 하며 외쳤다.

"아이구! 이거 영호당 큰스님께서 어쩐 일이시옵니까요?"

"허허. 이거 내가 못올 데라도 왔단 말이신가?"

"아이구 아니올습니다, 스님! 자 이리 앉으시지요. 자자."
그러나 영호스님은 고개를 저으며 서둘러 말했다.
"앉구 서구 할 시간이 없으니 용건부터 말씀드리겠네."
"아니 스님! 무슨 일이시온데 이러십니까?"
스님은 옆구리에 끼고 온 책보따리를 책상 위에 올려놓더니 책들을 꺼내며 말했다.
"자, 이 전적들을 보시게!"
영호스님이 가져온 전적을 살펴본 육당 최남선은 눈이 휘둥그레졌다.
"아니 스님! 이 귀한 것들을 어쩌자고 이렇게 가지고 나오셨습니까요?"
"육당에게는 이 전적들이 꼭 소용될 터인데 그렇지 아니하신가?"
"아니 스님! 대체 무슨 일로 이러시는 것이옵니까?"
"내 이 전적들을 육당에게 양도하겠으니 십원만 내시게!"
평소와는 전혀 다른 스님의 태도에 육당 최남선은 점점 이상한 생각이 들었다.
"스님! 대체 왜 이러시는지 그것부터 말씀을 해 주시지요."
"허허. 천하에 육당 최남선 선생답지 않으시게 어째 말씀이 이리 많으신고? 사시겠는가 아니 사시겠는가?"
"스님!"

 그러나 영호스님은 무표정한 얼굴로 책상 위에 펼쳐놓은 전적들을 다시 보따리에 싸면서 이렇게 말하는 것이었다.
 "사시지 않으시겠다면 이만 다른 데로 가봐야겠구먼!"
 "아니 스님! 정말 왜 이러시옵니까요? 제발 그 연유나 알려주십시오. 네, 스님?"
 영호스님은 육당 최남선의 간곡한 부탁에도 들은 척 않고 보따리를 다시 옆구리에 끼면서 말했다.
 "이야기는 나중에 한가할 때 나누기로 하고 난 그만 가봐야겠네."
 "스님! 사겠습니다. 제가 사야지요! 자 자, 돈 여기 있습니다, 스님."
 육당 최남선은 막무가내로 고집을 피우는 영호스님의 팔을 잡고 주머니를 뒤져 돈을 건네었다. 최남선에게서 돈 십원을 넘겨 받은 영호스님은 책 보따리를 넘겨주며 말했다.
 "십원에 팔고 사고 했으니 오늘 일은 끝났네. 나중에 딴소리 하시지 말게나. 자, 그럼 나 그만가네!"
 "아니 스님! 스님!"
 그러나 영호스님은 들은 척도 하지 않고 휘적휘적 일남각을 빠져나가고 말았다. 일남각에 홀로 남아 스님에게 넘겨받은 전적들을 뒤적이던 육당 최남선은 점점 이상한 생각이 들었다. 마치 귀신에 홀린 것 같았다. 아무리 생각해도 이상하다 싶어 최남선은 부랴부라 전적들을 챙겨 들고 대원암으로 달려갔다.

그러나 영호스님은 대원암에 계시지 않았다. 육당 최남선은 스님의 시봉을 드는 시자 재학을 불러다 놓고 이렇게 물었다.

"큰스님은 대체 무슨 일로 어디를 가셨는가?"

"예. 저 전주에서 올라온 학인이 병이 들어 의원한테 보여야겠다고 나가셨는데요."

"학인 가운데 병든 사람이 있었다구?"

"예."

그제서야 일의 전후를 짐작한 육당 최남선은 쓴웃음을 지으며 혼잣말을 했다.

"허허 참! 그러면 그렇다고 말씀을 하실 일이지."

"예에?"

"아, 아닐세. 시봉스님한테 하는 말씀이 아니고."

최남선은 그렇게 대충 얼버무리고 나서 가지고 온 전적들을 재학에게 넘겨주며 말했다.

"참! 이 거, 책보따리니 보자기 풀어서 스님 벽장에 잘 넣어두시게!"

"이게 무슨 책인데요?"

"그냥 넣어두시기만 하면 될 일이시네. 그 대신 내가 이 책 보따리 가져왔더란 말은 절대로 큰스님께 해서는 안되시네! 아시겠는가?"

"예."

재학은 도무지 무슨 일인지 알 수 없다는 듯 고개를 갸웃거리면서도 육당 최남선이 시키는대로 전적들을 스님의 벽장에 도로 갖다 놓았다.

한편 동대문 안 감초당 한의원에서는 전주 학인의 병이 늑막염 시초라고 진단했다. 발병 초기에 한의원을 찾은 것이 불행 중 다행인 셈이었다. 영호당 박한영 스님은 육당 최남선에게 어거지로 전적을 팔아 받아온 돈으로 제자의 약값을 치루고 제자들과 함께 한의원을 나섰다.

전주학인을 부축하여 한의원을 나온 이재복 학인이 계면쩍은 얼굴로 스님께 말했다.

"정말 조실스님 말씀대로 의원한테 보이기를 백 번 잘했는데요."

"무릇 모든 병이란 초기에 잡아야 하는 법! 이만 허기가 정말 다행이로구먼. 그 잘 좀 부축해주게."

"예, 스님. 염려마십시오."

"기만, 기만! 미침 쩌기 인력기기 오는구면!"

스님은 지나가는 인력거를 향해 손을 흔들며 소리쳤다.

"여보시오! 인력거! 인력거!"

핏기없는 얼굴로 그제까지 잠자코 있던 전주학인이 황망히, 인력거를 세우는 스님을 말렸다.

"아, 아닙니다요, 스님! 천천히 걸어갈 수 있겠습니다요, 스님."
"아뭇소리 말고 시키면 시키는 대로나 하게. 병자가 있어 그런다고 그러면 두 사람은 태워주느니. 자, 자! 어서 태우게. 어서 태우고 가래두!"
"아, 아닙니다, 스님! 그럼 스님이 타고 가십시오."
이재복 학인은 늙으신 스승을 혼자 두고 인력거를 타기가 영 민망한 모양이었다.
"허허 이 사람! 나는 또 볼 일이 남아 있으니 어서 먼저 데리고 들어가!"
영호스님은 싫다고 고집을 피우는 이재복 학인을 떠밀듯이 인력거 안에 주저앉히고 주머니에서 돈을 꺼냈다.
"자, 여기 있네. 인력거 삯! 자, 어서 개운사까지 태워다 주시오. 아, 어서 가래두!"
스님은 두 제자를 태운 인력거가 차츰 속도를 내며 시야에서 사라질 때까지 오래도록 지켜보았다.

10
발 아래를 돌아보라

제자들을 태운 인력거가 동대문 밖으로 멀어질 때까지 그 자리에 우두커니 서서 바라보고 있던 영호스님은 인력거가 더이상 보이지 않게 되어서야 천천히 걸음을 옮겨 개운사를 향해 걸어가기 시작했다.

다른 볼일이 남아 있다는 말은 제자들을 인력거에 태워보내기 위한 방편인 셈이었다. 스님에게는 더이상 갈 곳도 볼 일도 남아 있지 않았다. 영호스님은 초가지붕이 정겹게 이마를 맞대고 늘어서 있는 동대문 문밖거리를 지친 모습으로 천천히 걸어가고 있었다.

해는 점점 서편으로 기울어가고 있었다.

터덜터덜 걸어가며 생각에 잠겨 있는 영호스님의 뒤에서 갑자기 음머어 하는 소울음 소리가 났다. 깜짝 놀라 돌아보니 웬 소달구지 하나가 스님이 걸어가는 방향으로 다가오고 있었다. 달구지를 모는 사람은 갓 마흔줄을 넘겼을 중년의 농부였다.
 농부는 쓰고 있던 밀짚모자를 벗고 눈인사를 하며 스님께 큰소리로 말을 건넸다.
 "노장스님, 혹시 도선암까지 가시는 길이신가요?"
 검게 탄 얼굴이 인정 많게 보이는 사내였다.
 "예? 아, 나 말씀이십니까?"
 "예. 이 달구지가 도선암 밑 쇠귀골까지 가는 길이니 타고 가시라굽쇼!"
 "아, 예. 거 말씀은 고맙소이다만, 이 늙은 중은 바로 요 앞에 있는 개운사로 가는 길입니다."
 "아 그러세요? 그럼 마침 잘되었군요! 이 달구지도 그 앞을 지나갈 것이니 어서 달구지에 타시지요, 스님. 워! 워어!"
 농부가 소고삐를 두어 번 잡아당기자 낭랑한 방울소리를 내며 달구지가 멎었다. 영호스님은 손을 저으며 말했다.
 "아, 아닙니다! 엎드리면 코 닿을 곳인데요, 뭐."
 "아, 어서 타십쇼! 젊지도 않으신 노장스님이신데 여기서 개운사까지는 한참 길입니다요!"
 "허어. 이거 괜찮대두요."
 "아, 어서 타세요! 설마한들 제가 노장스님한테 달구지 값 달랠까봐 그러십니까요? 허허허."
 "아이구, 그럼 이거 신세 좀 지겠습니다. 으음."

영호스님은 농부의 끈질긴 권유에 지고 말았다. 달구지에 올라탄 영호스님을 돌아보던 농부는 하얀 이를 드러내고 씨익 웃으며 말했다.

"기왕이면 아주 편안하게 걸터 앉으십시오. 자, 그럼 갑니다아! 단단히 잘 붙잡고 계셔야 합니다요. 이랴! 이랴!"

영호스님을 태운 소달구지는 딸랑 딸랑 방울을 울리며 천천히 움직이기 시작했다.

한참 동안 말없이 소를 몰던 농부가 문득 말을 걸었다.

"저, 노장스님."

"예?"

"스님께서는 스님 되신 지 얼마나 되셨습니까요?"

"나 중된 게 언제냐?"

"예."

"사십년두 넘었소이다."

"어이구! 사십년두 넘었다구요?"

"그렇게 됐소이다."

"그런데 노장스님?"

"왜 그러시오?"

"대체 스님들은 무슨 재미로 사십니까요?"

"무슨 재미로 사느냐?"

"예."

농부의 순진한 질문에 영호스님은 너털웃음을 웃으며 말했다.
"허허허. 아, 늙은 중 재미야 무궁무진하지요."
"무궁무진이라니요?"
"재미있는 일이 하두 많아서 끝이 없다 이런 말씀인데 어디 한번 들어보시겠소?"
"예, 스님!"
"제자 녀석들 가르치는 재미, 아침저녁 예불하는 재미, 부처님 말씀 배우는 재미, 조용히 홀로앉아 글읽는 재미, 또 어쩌다 이렇게 소달구지 얻어타는 재미. 아, 이런 게 다 재미가 아니고 무엇이겠습니까? 하하하하."
농부는 이해가 잘 가지 않는 표정으로 고개를 갸우뚱거리더니 다시 스님을 돌아보며 말했다.
"정말 그런 게 그렇게 재미있단 말씀이옵니까요?"
"세상만사 마음먹기에 달린 것! 산에 오르면 산 보는 재미, 물가에 나가면 물 보는 재미, 길 가다 비가 오면 비맞는 재미, 배고프다 먹으면 밥먹는 재미, 오다가다 이렇게 주책없는 늙은 중 푸념하는 재미. 그렇지 않소이까, 으응? 허허허."
"하하하! 그 노장스님, 정말 재미있는 스님이시네요, 네? 하하하하. 이랴! 이랴!"
생각지도 않게 인심 좋은 농부를 만나 소달구지를 얻어타고 유쾌한 대화를 나누다 보니 벌써 개운사가 저만큼 나타났다.

농부와 헤어진 영호대종사는 대원암에 돌아오자마자 시봉스님을 불렀다.

"부르셨습니까요, 조실스님."

"그래 전주 학인 탕약은 달이고 있는 중이렷다?"

"무슨 약 말씀이옵니까요?"

"아, 인석아! 아픈 사람 진맥을 받고 약을 지어왔으면 달여 먹여야 할 일이 아니더냐?"

"그런 이야기 없었는데요."

"아니! 그럼 이 사람들이 뭘 꾸물거리고 있단 말이던고? 너 얼른 가서 마곡사 학인더러 지어온 약 가져오라구 그래라!"

"예. 하온데 조실스님."

"왜?"

"학인들 탕약까지 제가 달여 바쳐야 됩니까요?"

시봉스님 재학은 무엇이 못마땅한지 볼멘 소리로 말하는 것이었으니 육당 최남선에게 귀한 전적까지 넘겨주고 약을 지어 온 영호스님은 기가 막혔다. 스님은 엄한 표정으로 재학에게 물었다.

"아니 너 그것이 무슨 소리고?"

재학은 한동안 입을 실룩거리더니 마침내 울먹이며 소리쳤다.

"이렇게 종살이만 시키시려면 저를 차라리 이 절간에서 내쫓아 주십시요!"

"무, 무, 무엇이라고?"

시봉 들던 나이 어린 스님이 차라리 이 절간에서 쫓아내 달라고 울먹인 데는 다 그럴 만한 사연이 있었던 탓이었다. 그러나 가까스로 약값을 구해 한의원에 다녀온 영호스님은 뚱딴지같은 제자의 말에 어이가 없었다.

"너 이 녀석! 너 지금 나한테 무엇이라고 했는고? 차라리 이 절간에서 내쫓아 달라?"

"그렇습니다, 조실스님! 조실스님께서도 생각을 좀 해 보십시오! 이 많은 대중들 살림에 오늘은 이것이 떨어지지 않으면 저것이 떨어지고, 여기서 찾고 저기서 부르고 정신 차릴 틈도 없는데 학인들 숫자는 줄어들기는 커녕 날이 갈수록 늘어만 가는데다가 이번에는 또 병든 학인 탕약까지 끓여 바치라니 이 많은 일들을 저 혼자 어떻게 감당해낼 수 있겠습니까요?"

듣고 보니 딴은 맞는 이야기였다. 영호스님은 고개를 끄덕이며 타이르듯 재학에게 일렀다.

"허허허. 그래, 그래. 네 말이 열번 백번 다 맞느니라. 암! 맞는 말이구 말구. 허나!"

"허나, 무엇이옵니까요, 조실스님?"

"불교 강원에 학인들 모여드는 것도 열 번 백 번 옳은 일인 게고, 병든 사람에게 약을 끓여 먹여야 하는 것도 당연한 도리인 게고."

"하오나 조실스님! 학인들 숫자를 좀 줄이셔야 합니다요."

"학인 숫자를 줄이라니! 그건 또 무슨 소린고?"

"머리만 깎고 승복만 걸쳤다고 해서 다 중이 아니라고 말씀하셨지요, 조실스님?"

"그, 그랬지."

"그와 마찬가지로 강원에 왔다고 해서 다 학인인 줄 아십니까요?"

"아니 그럼 학인답지 못한 학인들도 있다는 말이더냐?"

"조실스님 눈을 피해가면서 우미회관, 동양극장에 활동사진을 보러 다니질 않나, 동대문 주막거리에 나가서 술을 마시질 않나, 그런 학인 같지도 않은 학인들은 내쫓아야 합니다요!"

"하하하하. 그런 학인들은 나갈 때가 되면 제 발로 나가게 되느니 마음쓸 것 없느니라."

"아니 그럼 조실스님은 그런 거 저런 거 다 아시면서도 일부러 모른 척 하고 계셨다는 말씀이십니까요?"

"어차피 중노릇 제대로 못할 녀석들은 가만 놔둬도 저절로 다 걸러지는 법! 됫박으로 가려낼 수도 없고, 저울로 달아서 가려낼 수도 없으되 시간이 지나면 저절로 다 가려지느니라. 무슨 말인지 이제 알겠느냐?"

그러나 재학의 마음에는 아직도 풀리지 않는 무엇이 남아 있는 모양이었다.

"하지만 조실스님."

"그래 또 무엇인고?"
"솔직히 말씀드려서 저도 공부를 배우러 여기 들어왔지 밥이나 짓고 설겆이나 하자고 들어온 게 아니었습니다, 스님."
"허허허. 그래서?"
"공부는 배울 틈이 없고 맨날 허드렛 일만 하다가 세월만 가니 답답해서 그럽니다요, 스님."
"아 이 녀석아! 저 학인들 가운데는 다 중 될 그릇만 있는 게 아니다. 개중에는 학자가 될 위인도 있고, 또 시인이나 그런 문사가 될 위인도 있고, 개중에는 훈장노릇을 할 위인도 있고 혹은 똥 칠 지팡이감도 안 될 위인도 있어!"
"그럼 저는 뭐가 될 위인이란 말씀이십니까요, 스님?"
"허허허. 넌 인석아! 학자도 훈장도 시인도 말고 평생 나같은 중이 될 그릇이야!"
"정말이십니까요, 조실스님?"
재학은 '학자도 훈장도 시인도 말고 중이 될 그릇'이라는 스님의 말에 뛸 듯이 기뻐하며 소리쳤다. 영호스님은 어린아이처럼 좋아 하는 재학의 순진한 모습을 바라보며 빙그레 미소지었다.
"계집아이처럼 가끔씩 팩팩 토라지는 성미만 버리면 넌 아주 천생 중 재목이야!"
"아이 참 조실스님두! 그런데 정말로 제가 조실스님처럼 큰스님이 될 수 있겠습니까요?"

"허허허. 그야 물론이지. 너 자꾸 큰스님 큰스님 하는데 키가 크다고 큰스님이 아니요, 코가 크다고 큰스님이 아니요, 감투가 크다고 큰스님이 아닌 게야. 마음이 크고 넓어야 큰스님인 게야. 알겠느냐?"

"예, 조실스님."

영호스님은 저물어가는 하늘을 올려다보며 조용히 입을 열었다.

"절집안 마루에는 대개 '조고각하(照顧脚下)'라는 글귀가 붙어 있느니라. 발 아래를 한번 돌아보란 뜻이니 드나드는 이들마다 제 깐에는 언제나 조심스럽게 벗는다고 벗지만 밖에서 보면 신발은 늘 조금쯤 삐딱하게 놓여 있지 않더냐? 본인들이 알아서 가지런히 정리하지 못하면은 뒷손질하는 사람이 필요한 법이야."

"예."

"자신이 맡은 일이 겉으로는 아무리 조그마한 일처럼 보이고 하잘 것 없이 보여도 그게 얼마나 중요한 일인지를 알아야 한다. 자기의 일을 하찮게 여기어 소홀히 해서는 안 되느니라. 알고보면 모든 일은 다 수행으로 이어지는 법. 반복되는 일상들이 때로 사람을 지치게 만들고 짜증나게 할지라도 이 모든 것을 자기실상을 점검하는 한 방법으로 생각해야 하느니라. 신발을 가지런히 정리하듯이 말이야. 잘 알겠느냐?"

"예, 스님. 명심하겠습니다요."

"그럼 어서 나가서 병든 학인 약부터 달여 먹여야 할 것이니라."

"예, 스님. 분부대로 하겠습니다요."

학인들을 가르치거나 홀로 앉아 책을 보시다가 심심해지면 영호 큰스님은 때때로 철없는 어린애처럼 학인들 방을 기웃기웃 하시면서 학인들 생활태도를 살피곤 하셨다. 하루는 어떤 학인이 스님을 골탕 먹이려고 오징어살을 다시마로 싸서 일본 과자라고 속이고 스님께 드렸다.

영호스님은 아무 영문도 모르고 그만 그 오징어살을 입 안에 넣고 맛있게 잡숫는 게 아니겠는가. 스님이 어떻게 하실지 숨을 죽이고 지켜보던 여러 젊은 학인들은 절이 떠나가라 하고 와르르 웃기 시작했다.

"허허. 그 일본과자 아주 맛이 고소하구나, 응?"

영호스님은 제자들의 짖궂은 장난질을 아는지 모르는지 끝까지 맛있게 잡수시는 것이었다. 서정주 학인이 싱글싱글 웃으며 스님께 여쭈었다.

"아니 스님! 정말로 그걸 잡수셨습니까?"

"그래 자 봐라! 다 먹었다!"

"원 참 스님두! 그건 과자가 아니라 오징어를 다시마로 싼 것이었습니다."

"오징어라니? 그건 또 무엇인데?"

이번에는 이재복 학인이 의기양양한 얼굴로 나섰다.

"스님이 잡수신 오징어는 바다에서 나는 생선과 같은 것입니다.

방금 그걸 잡수셨으니 계를 범하신 셈! 거기에 대한 조실스님의 법문을 듣고 싶어서 일부러 그걸 드렸답니다."

이재복 학인의 말이 끝나자마자 스님을 지켜보고 있던 여러 학인들은 통쾌하다는 듯이 자갈 구르는 소리를 내며 박장대소를 하기 시작했다. 그러나 영호스님은 조금도 당황한다던가 흔들리는 기색이 없었다. 스님은 담담한 표정으로 젊은 제자들을 둘러보며 말했다.

"나는 과자를 먹었으되 너희들은 나에게 오징어를 먹였으니 계를 범한 것은 내가 아니라 바로 너희들이니라."

이재복 학인은 도저히 이해하기 힘들다는 듯 스님께 항의했다.

"잡수신 분은 스님이신데두요?"

"허허. 이런 멍청한 것들! 갓난 아이 손에 지글지글 끓는 인두를 쥐어 주었으면 과연 잘못은 누가 범했는고?"

"……"

"그 인두를 뜨거운 줄 모르고 덥썩 잡은 갓난 아이가 잘못이냐, 지글지글 끓는 인두인 줄 알면서 그걸 쥐어준 어른의 잘못이냐?"

스승을 골탕먹이려던 젊은 학인들은 스님의 주엄한 법문 앞에 고개를 들지 못했다.

"잘못했습니다, 조실스님."

영호큰스님은 제자의 약값을 충당하기 위해 옛 전적을 육당 최남선에게 떠넘기고 돈 십원을 받아온 일을 까맣게 잊어버리고 있었다. 그러니 육당 최남선이 스님 모르게 그 옛 전적들을 고스란히 제 자리에 갖다놓은 사실을 아실 리가 없었다.
　그러던 가을 어느날이었다.
　스님은 문득 문헌들로 가득찬 벽장 문을 열고 책을 몇 권 꺼내다가 예의 그 전적들을 발견하고는 소스라치게 놀랐다.
　"으음? 아니 이럴 수가 있는가? 아니 이 전적들은 내가 분명히 보따리에 싸서 육당 도서관에 갖다주고 왔었거늘 이게 어떻게 여기에 있단 말인가?"
　스님은 한참 동안 고개를 갸우뚱거리다가 밖을 향해 외쳤다.
　"거기 누가 있느냐?"
　"예, 조실스님."
　재학의 목소리였다.
　"너 여기 좀 들어오너라."
　"예, 스님."
　조실방에 들어온 재학은 평소와는 다른 영호스님의 굳은 표정에 조심스럽게 입을 열었다.
　"부르셨습니까, 조실스님?"
　영호스님은 벽장에서 꺼내놓은 전적들을 가리키며 재학에게 물었다.
　"이 전적들이 어떻게 여기 와있는지 알고 있으렷다?"
　"무슨 말씀이신지."

"허허! 이 책들 말이다, 이 책!"
스님은 전적들을 하나씩 재학에게 들어보이며 소리쳤다.
"그 책이 뭐 잘못됐습니까요?"
"이 책들이 어떻게 해서 내 벽장 속에 놓여졌느냔 말이다."
"아, 예. 난 또 무슨 말씀이시라구요."
"음. 그래 어떻게 된 노릇이냐?"
"아유 스님두 참! 그 책들이야 제가 이 절간에 들어오기 전부터 그 벽장 속에 있었던 것들 아니옵니까요?"
"허허 이 녀석이! 동문서답을 하고 있어? 어째서 바른대로 대답을 못하는고!"
영호스님은 들고 있던 장군죽비로 좌탁을 내리치며 재학을 추궁했다.
"아유! 제가 뭘 잘못했는데 바른대로 대라고 그러십니까요, 조실스님?"
"내가 절을 비운 사이에 육당 최남선 선생이 분명히 다녀갔으렷다?"
육당 최남선의 이야기가 나오자 재학은 주금 당황했는지 말을 더듬으며 말했다.
"그, 글쎄요. 얼른 생각이 잘 나지 않는데요, 스님."
"허허 이 녀석! 나 없는 사이에 육당이 다녀간 일이 없었단 말이더냐?"

"아 그야. 조실스님 안 계실 적에도 여러 선생님들이 많이 다녀 가시긴 했습니다마는."

"그런데 왜 딱부러지게 대답을 못해? 분명히 육당이 다녀가셨지?"

"글쎄 전. 그러니까 위당 선생, 오세창 선생, 변영만 선생, 그리고 또 이광수 선생, 육당 선생, 홍명희 선생, 김원호 선생, 그리고 고희동 선생…"

재학이 여전히 딴전을 피우며 조실방을 오가는 저명 인사들의 이름을 하나 하나 주워섬기자 영호스님은 노발대발 호통을 치기 시작했다.

"아니 이 녀석이!"

"어이쿠!"

"너 지금 뭘 그렇게 만리장성으로 읊어대고 있는 게냐!"

"그 많은 선생님들이 하두 많이 자주 왔다갔다 하시니깐 함자하고 얼굴하고 자꾸 헷갈려서요. 그래서 누가 누군지 분간을 잘 못합니다요."

"허! 나 이런 답답한 녀석을 보았는가! 아 그래, 나 없을 때 찾아온 손님 중에 내 방에 들어 온 사람이 분명히 있었으렷다?"

"그야 있었습죠! 조실스님 안 계실 때라두 손님이 오시면 방으로 뫼시구 차라두 한 잔 대접해야 하는 법이라고 그러시지 않으셨습니까요?"

재학은 스님의 추궁을 요리조리 영악하게 잘도 빠져 나갔다. 영호스님은 재학을 상대하기 지쳤는지 그만 두 손을 들고 말았다.

"아, 그래 그래. 알았느니라. 더이상 너하고 이야기해봤자 내 입만 닳겠다. 그만 나가봐라."

"예, 스님."

약삭빠르게 봉변을 모면하고 조실방을 나온 시봉스님은 웃음을 참지 못하고 절마당 구석에 쭈그리고 앉아 연신 키득키득 거렸다. 영호큰스님이 애지중지하던 옛 전적들이 어떻게 해서 육당 선생님의 손에 넘어갔고 그 서책들이 다시 어떻게 해서 벽장 속에 갖다 놓여졌는지를 누구보다 소상히 알고 있던 재학은 감쪽같이 스님을 속인 게 여간 재미있고 고소한 게 아니었다.

재학은 혼자 킥킥거리다 못해 종국에는 배를 감싸쥐고 데굴데굴 구르며 웃음보를 터뜨렸다. 아까부터 고개를 갸웃거리며 재학이 하는 양을 지켜보던 이재복이 재학에게 다가갔다.

"아니 스님은 조실스님한테 불려들어가서 야단을 맞는 것 같던데 야단을 맞고도 뭐가 그렇게 재미있어서 싱글벙글 입니까?"

"하하하. 말도 마십시요! 히미트면요 또 혼날 뻔 했는데요. 우리 조실스님 속여 먹기는 식은 죽 먹기라니까요? 하하하."

"아니 무슨 일이었는데 그래요?"

"아이 왜 지난 번 전주 학인 병났을 때 스님과 함께 한의원에 데리고 간 적이 있지 않습니까?"

"예, 그런데요?"
"그때 글쎄 조실스님이 주머니에 돈이 없으니까 귀한 옛날 책들을 보따리에 싸가지고 가서…"
"서책을 말입니까?"
"예에. 그 서책들을 육당선생한테 어거지로 팔고 돈을 받아오셨답니다요."
"아니 그럼? 그때 그 약값이 바로 그 서책을 판 돈이었단 말씀입니까요?"
 재복은 그제서야 그날 전주 학인과 자신을 먼저 한의원에 들어가게 하고는 서둘러 어딘가를 다녀오시던 스님의 모습이 생각났다. 그날 스님이 옆구리에 끼고 있던 보따리가 바로 그 문제의 서책들인 모양이었다.
"예에. 그런데 우리 스님 하시는 일이 하도 이상하다 싶어 그날 오후에 육당 선생님이 직접 그 서책들을 싸가지고 오셨더라구요!"
"아니 그, 그래서요?"
"스님께는 절대로 말씀드리지 말구 본래 있었던 그 자리에 갖다 놓으라 하시기에 그대로 했었죠."
"으음. 그, 그걸 조실스님께서 이제야 아시게 됐군요?"
"예. 하지만 난 모르는 일이라고 딱 잡아떼었더니 그것두 속아 넘어가시드라구요! 하하하."
"……"

　재학은 눈물까지 흘려가며 낄낄거리는 것이었지만 이재복 학인은 도무지 웃을 기분이 아니었다. 벽장 속에 깊이 보관해둔 애지중지하는 전적들을 남에게 넘기면서까지 제자의 병을 돌보고자 했던 스승의 사랑과 자비심이 뼈속에 사무쳐왔다.
　거기다 그날 한의원에서 나와서도 두 젊은 제자를 인력거에 태우고 당신은 걸어오시지 아니하셨던가. 평생을 다해도 못다 갚을 스승의 은혜요 사랑이었다.

11
두가지 특청

그런데 바로 그날 저녁무렵이었다.

호랑이도 제 말하면 온다더니 바로 문제의 육당 최남선 선생이 대원암을 찾아왔다.

"큰스님 계시옵니까? 스님 안에 계세요?"

영호스님은 돌연한 최남선의 방문에 눈이 휘둥그레졌다.

"으음? 아니 이, 이건 누구 목소린고?"

치미는 노여움을 겨우 누그러뜨리고 서책들을 정리하고 있던 참이었다. 급히 방문을 열어보니 최남선의 넓저한 얼굴이 빙그레 웃고 있었다.

"안녕하셨습니까, 스님?"

영호스님은 뜨악한 눈길로 최남선에게 말했다.

"으음, 육당. 당신 마침 잘 오셨네. 어서 들어오시게."

"아니 왜 그리 화난 얼굴이시옵니까 스님?"
"잘 알면서 그러시는가? 어서 들어오기나 하시게!"
영호당스님의 얼굴에 노기가 서려 있다는 것을 육당 최남선은 직감적으로 금방 알아차렸다. 스님은 방으로 들어오는 최남선을 거들떠보지도 않고 비스듬히 돌아앉아 있었다.
"스니임!"
"스님 대접을 하지도 않을 바에야 아예 스님이라고 부르시지도 말게."
"예에? 아니 제가 왜 스님께 스님 대접을 안 했다고 이러시옵니까요?"
영호스님은 괘씸하다는 표정으로 최남선을 향해 서책들을 거칠게 던지며 소리쳤다.
"그럼 이 전적들은 대체 어찌된 일인고!"
"허허허. 이제 보니 스님께선 이 서책들로 하여 심기가 불편하셨습니다 그려!"
"심기가 불편한 게 아니라 이 서책들이 대체 어찌하여 다시 내 벽장 속에 들어 앉게 되었는지 그걸 묻고 있는 게야!"
"허허허."
"아, 웃지만 말고 어여 대답부터 하시게!"
"예. 말씀드리겠습니다, 스님."
"이 서책들은 내가 분명히 육당에게 돈 십원을 받고 이미 양도했

었거늘 어찌하여 나도 모르게 이 서책들이 내 벽장 속에 돌아와 있었는지 그걸 대답하시게."

육당 최남선은 차분한 표정으로 입을 열었다.

"스님!"

"왜?"

"스님께서 이 서책들을 저에게 맡기시고 돈 십원을 가져가신 것은 어김없는 사실이옵니다요."

"허허. 이거 왜 이러시는가, 육당! 나는 이 서책들을 육당에게 맡기고 돈 십원을 빌려온 게 아니라 이 서책들을 돈 십원에 양도한 것! 말하자면 팔고 사고 했던 것이지 맡겼던 게 아닐세. 그렇지 아니한가?"

"아, 알겠습니다, 스님! 그건 그럼 스님 말씀대로 팔고 사고 했던 것으로 알겠습니다. 하오나."

"또 무슨 다른 얘기가 있단 말이신가?"

"스님께서 저에게 십원에 팔고 가신 이 서책들을 스님 가신 뒤에 자세히 살펴보니…"

"그래 자세히 살펴보니 아니더란 말이신가?"

"이 서책들은 십원짜리가 아니라…"

"그래 이제 와서 십원짜리 가치도 없으니 물러달라 그런 말씀이신가?"

"아유, 스님두! 왜 이렇게 자꾸 엉뚱한 말씀을 하십니까? 제가 보기에 이 서책들은 십원 짜리가 아니라 오백원, 육백원. 아니, 천원 만원도 넘는 가치를 지닌 것들이온데 그렇게 귀중한 서책들인지 뻔히 알면서 단돈 십원에 사면 이거야 이 육당 최남선이가 도둑 심보를 가진 사람이 되는 것 아니겠습니까요?"
 "내 그 십원을 받다가 오백원보다도 더 값지게 잘 썼으니 그것으로 족한 일! 이 서책들을 당장 가지고 가시게."
 "아, 아니옵니다, 스님. 이 진귀한 서책들을 제가 잠시나마 만져보고 읽어볼 수 있었으니 그것만으로도 이미 십원 본전은 건진 셈! 그 대신 특청이 두가지 있사옵니다, 스님."
 "트, 특청이라니?"
 "첫째는 스님의 글 한 폭을 얻어다 제 서재에 모셨으면 하는 것이요."
 "둘째는 또 무엇인고?"
 "예, 저."
 최남선은 조금 은근한 어조로 나직이 스님에게 말했다.
 "때는 바야흐로 단풍철이 가까워 오고 있으니 저와 함께 금강산에 가시자아, 이런 말씀입니다, 스님."
 "허허허. 아니 그래 고작해서 그것이 특청이란 말씀이신가?"
 금강산에 같이 가달라는 최남선의 밉지 않은 제안에 영호스님은 어느새 스르르 노여움을 풀고 껄껄 웃는 것이었다.
 "그럼 스님! 두가지 다 들어주시는 겁니다?"

한참동안을 파안대소하던 영호스님은 유쾌한 어조로 말했다.
"내 글 솜씨가 시원칠 않으니 첫번째 특청에 대해선 좀더 생각을 해봐야겠고. 우선 금강산이나 한번 다녀오도록 하세나."
"아이구 스님! 정말 감사합니다!"
육당 최남선은 두손을 맞잡고 장난스럽게 반절을 올리며 거구에 어울리지 않는 애교 아닌 애교를 부리는 것이었다.
"허허허허."
영호당 박한영 스님이 육당 최남선과 함께 금강산에 가기로 약속한 날 아침이었다. 행장을 꾸린 영호스님이 장거리 여행 채비로 조실방을 나서자 배웅을 위해 미리 나와 있던 학인들이 배꼽을 쥐며 폭소를 터뜨렸다.
"아, 인석들아! 왜들 그렇게 웃고 떠들어?"
제자들이 웃음보를 터트리는 게 무리도 아니었다. 낡은 갈포옷에 행장을 등에 지고 한손엔 지팡이를 들고 머리에는 중절모자를 눌러 쓴 채로 편리화까지 신었으니 꼭 장날 장터에 나가는 시골 영감님 같았던 것이다.
말대답 잘하기로 수문난 재학이 또 비주 나서며 말했다.
"조실스님 모습이 하두 우스우니까 그래서 웃는 거지요 뭐."
"뭣이라구? 내 모습이 우습다니?"
이재복 학인이 재학을 거들며 말했다.
"조실스님께서 이렇게 차리고 계시니 꼭 붓장수 영감님처럼 보인다 합니다."
 재복의 말에 모여선 학인들은 손뼉을 쳐가며 자갈돌 굴러가는 소리로 와르르 웃기 시작했다. 붓장수 영감이라는 말에 영호스님은 어이가 없어 소리쳤다.
 "뭐! 무엇이라구? 붓장수 영감?"
 영호스님을 곯리는 재미에 재학은 한술 더 뜨며 말했다.
 "붓장수 영감님은 양반이구요. 솔직히 말씀드리자면 뱀잡으러 다니는 땅꾼 같습니다요!"
 재학의 말에 다시 학인들의 폭소가 터졌다. 영호스님이 워낙 스승으로서의 권위를 내세우지 않고 격의없이 젊은 학인들을 대하는 분이라 이런 농담 섞인 대화가 가능한 것이었다. 영호스님은 짐짓 화난 표정으로 재학을 향해 눈을 부릅뜨며 말했다.
 "에이끼 이런 고연 녀석! 붓장수 영감이라면 모를까! 어. 그러고 보니 거 참 붓장수 얘기가 나오길 잘했다. 너 어서 가서 내 붓을 좀 챙겨오너라."
 금강산 여행길에 붓을 챙겨오라니, 재학은 의아한 표정으로 스님께 여쭈었다.
 "붓까지 다 가지고 가시게요?"
 "벼루와 먹은 빌려 쓰더라도 붓은 역시 쓰던 붓이 제일이니라."
 그때였다. 저만치 성큼성큼 걸어오는 육당 최남선의 모습을 제일 먼저 발견한 이재복 학인이 영호스님께 말했다.

"조실스님. 저기 육당 선생님이 오십니다요."
"어 그래?"
육당 최남선은 절마당을 가로질러 천천히 걸어오며 큰소리로 말했다.
"스님! 사제지간에 무슨 이야기를 그리 재미나게 하십니까! 거 원 웃음소리가 어찌나 큰지 절바깥 행길까지 와글와글 들립디다요! 허허허."
"허허허. 재미나다마다!"
걸망 하나 달랑 짊어진 최남선은 이미 갈 채비를 다 마치고 절마당에 나와 있는 영호스님을 보더니 싱긋이 웃으며 농을 건넸다.
"벌써 행장을 다 꾸리신 걸 보니 스님 간밤에 한잠도 못주무셨겠습니다 그려. 허허허."
"에이끼 이런! 아 이 늙은 중을 원족 가는 보통학교 아이로 여기시는가? 자네 그 큼지막한 체구에 조그만 걸망 하나를 매고 있는 걸 보니 거 고목나무에 매미 붙어 있는 거 같구먼. 하하하."
"아이구! 우리 조실스님께는 정말 못당하겠다니까요! 허허허! 자 그럼 어서 가시지요. 저 아래 인력거를 대기시켜 놓았습니다요."
"으응? 아니 인력거라니! 설마한들 인력거를 타고 금강산까지 가자는 얘기는 아니시겠지?"
"아 그야 이를 말씀이십니까! 남대문 정거장까지만 인력거로 가시잔 말씀이지요."

남대문 정거장이라는 말에 영호스님은 대뜸 떨떠름한 눈으로 최남선을 올려다 보았다.
"아니 그럼 기차를 타고 금강산엘 가자는 말씀이신가?"
"예."
"그럼 따로따로 가야겠구먼 그래."
"아니 스님! 그게 무슨 말씀이십니까?"
"육당은 기차로 가시게. 나는 슬슬 걸어서 갈테니까."
재학이 가져온 붓을 행장에 꾸려넣은 영호스님은 지팡이를 내두르며 휘적휘적 길을 나서는 것이었다.
"아니 스님! 스니임!"
노구에 걸어서 금강산까지 가시겠다는 것이었으니 육당 최남선으로서는 어이가 없었다. 젊은 학인들과 함께 영호스님을 뒤쫓아 뛰어온 육당은 가쁜 숨을 몰아쉬며 말했다.
"아이구 스님! 여기서 금강산이 어딘데 어떻게 걸어가신다고 이러십니까요?"
"허허, 이 사람! 아 내가 금강산을 한두 번 간 사람인가? 가다가 해가 지면 첫날 밤은 양주 도봉산 망월사에서 자고, 다음 날은 동두천 소요산 자재암에서 또 한밤 자고, 또 다음 날은 슬슬 걸어서 연천 상원사에서 신세를 지고, 그 다음 철원 금화를 지나면 금성 천불사에서 또 한 밤 자고… 처처에 명산이요 곳곳에 사찰인데 무엇이 그리 급하다고 기차를 타고 시달린단 말씀이신가?"

"아이구 참 스님두! 아 기차를 타는 게 왜 시달리는 겁니까요? 걸어가시는 게 생고생이시지요!"

이재복 학인도 최남선의 말에 동의한다는 듯 고개를 끄덕이며 말했다.

"저 조실스님! 육당 선생님 말씀대로 기차를 타고 가시는 게 좋으실 듯 합니다요."

재학이 다시 한마디 거들었다.

"그리구요, 조실스님! 이제는 스님 연세도 생각을 좀 하셔야 합니다요! 항상 달밤에 이팔청춘인줄 아십니까요?"

"에이끼 녀석들! 너희들이 뭘 안다고 참견을 하고 그래?"

육당 최남선은 스님의 팔을 붙잡고 사정하기 시작했다.

"아이구 스님! 이번엔 제발 제 말씀대로 기차로 가십시다요, 네?"

"허허! 글쎄 금강산으로 사람을 찾으러 가는 순사도 아니고 금강산에 물건을 싣고 가서 장사할 것도 아니고, 그저 슬슬 산천경계나 구경하면서 한바퀴 돌자는 건데 무엇이 그리 급하다고 시키면 연기 뒤집어 써가면서 꽤꽤거리는 그 기차를 탄단 말인가 그래?"

"어유 참 조실스님도! 스님도 이제 환갑 진갑 다 지나시고 내일 모레면 인생 칠십 고개십니다요! 이젠 제발 편히 사십시오, 네?"

영호스님은 재학의 말에 눈을 흘기며 소리쳤다.

"아, 듣기 싫어, 인석아!"

"조실스님이 안 타보셔서 그렇지요. 기차 타고 가보시는 것도 색다를 겁니다요, 조실스님!"

이재복 학인까지 가세하여 설득하려 하자 영호스님은 다 듣기 싫다는 듯이 손을 훼훼 내저으며 소리질렀다.

"아, 그 여러 소리들 헐 것 없어요! 나는 나대로 육당은 육당대로, 나중에 금강산에서 만나면 될 것 아닌가?"

영호스님이 계속해서 고집을 피우자 육당 최남선은 울상을 지으며 말했다.

"아이구 스님! 제 사정을 좀 살펴 주십시오. 이 큰 몸집을 이끌고 제가 어떻게 걸어서 금강산까지 갈 수 있겠습니까?"

"아 그러기에 기차를 타고 가시라고 그러지 않았는가?"

"그렇다고 제가 어떻게 혼자 기차를 타고 갈 수 있겠습니까, 스님? 스님이 정 걸어서 가시겠다면 제가 가다가 쓰러져 죽는 한이 있더라도 스님 모시고 걸어가야지요 뭐."

"하하하. 그러고 보니 이거 육당 금강산행이 아니라 황천행 아닌지 모르겠구먼 그래. 응? 하하하."

"그 대신 스님께서 제 장례는 책임지고 치러주셔야 합니다."

육당 최남선이 자꾸 엄살을 피우며 애원하자 영호스님도 더이상 버틸 재간이 없었다.

"에이끼 이런! 멀쩡한 사람 장례를 치러주느니 차라리 내가 시커먼 기차 연기를 들이마시는 게 낫겠네. 그대신 기차삯은 육당이

책임지시게."

"아 그야 여부가 있겠습니까? 스님, 어서 가십시다요!"

겨우 스님의 허락을 얻어낸 육당 최남선은 기쁨에 차서 소리쳤다.

이렇게 해서 영호큰스님과 육당 최남선은 지금의 서울역인 남대문역에서 원산행 기차를 타고 금강산을 향했다. 당시의 원산행 기차는 남대문역을 출발해서 서빙고, 왕십리, 청량리를 거쳐 동두천, 전곡, 연천, 대광리를 지나 철원, 평강, 복계역을 통과하여 세포역, 삼방역을 거쳐 교산역에 당도하게 되는데 바로 이 교산역이 내금강산의 입구였다.

금강산으로 가자면 교산역에서 기차를 내려 장안사까지 걸어가는 길과 외금강역까지 기차로 가서 남쪽으로 도로 되짚어오는 방법이 있었다. 이때 영호스님과 육당 최남선은 교산역에서 기차를 내려 장안사로 가는 첫번째 방법을 택했다.

기차역 밖으로 나오니 맑고 신선한 밤공기가 두 사람을 맞았다. 최남선은 연신 코를 벌름거리며 꽃향이 스민 듯한 달콤한 공기를 들이마셨다. 영호스님은 흐뭇한 미소를 지으며 캄캄한 밤하늘을 올려다 보았다. 누군가 흰 꽃가루를 뿌려놓은듯 검푸른 하늘에는 별들이 총총 떠있었다.

좁디 좁은 기차간에 앉아서 열세 시간을 버틴다는 것은 정말 쉬운 일이 아니었다. 최남선은 몸이 찌뿌드드한지 기지개를 활짝 펴며 운동을 하면서 말했다.
"허허. 이거 불과 오백여리 안팎의 거리인데 꼬박 열세 시간이 걸렸습니다, 그려."
"하하하. 그래서 사람의 마음은 간사스럽다고 하셨다네."
"무슨 말씀이시옵니까, 스님?"
"걸어서 엿새, 이레 걸리는 길, 넉넉한 마음으로 걸어서 올 적에는 지루한 줄 모르겠더니, 기차를 타고 열세 시간 달려온 길이 더 지겹고 지루하게 느껴졌으니 이게 다 마음의 장난이 아니고 무엇이겠는가."
"듣고보니 과연 그렇습니다, 스님."
"자, 그럼 또 부지런히 어서 걸어가세나."
"아니 스님! 여기서 주무시고 가야지 이 캄캄한 밤중에 산길을 어떻게 오르시겠다고 이러십니까?"
최남선은 이만저만 곤혹스러운 게 아니었다. 열세 시간이나 기차간에서 시달렸으니 어디 주막에라도 가서 밥 한술 뜨고 그만 푹 쉬고 싶었던 것이다. 그러나 영호스님은 막무가내였다.
"산길을 걸어가는 데는 무더운 낮보다 시원한 밤이 좋으니! 자, 어서 가세나!"
"아유, 스님! 여기서 장안사까지 몇 리 길인데 밤중에 걸어가자 하십니까요?"
"글쎄 내 길을 재면서 오가질 않았으니 몇 리 길인지는 자세히

모르겠네만 아마도 백여 리 길은 실히 넘을 걸세."

"예에? 백 리 길도 넘는다구요?"

"하하하. 왜 그리 겁부터 집어먹으시는가? 여기서부터는 모두 다 금강산! 가면서 쉬면서 구경하노라면 장안사도 지척일 뿐이야."

그때였다. 어디선가 우우 하고 산짐승 우는 소리가 들렸다. 버럭 겁이 난 최남선은 스님 곁에 바짝 붙어서며 나직이 속삭였다.

"아니 스님! 저 소리는 늑대 소리 아닙니까요?"

"하하하하. 늑대 소리 가지고 뭘 그리 놀라시는가. 가다가 호랑이를 만날지도 모르니 내 곁을 바짝 따라 붙으셔야 하네! 어험!"

스님은 체구에 어울리지 않게 겁을 내는 육당 최남선의 모습이 우스꽝스러웠던지 어둠 속에서 싱긋이 웃음짓고 있었다.

"호, 호랑이요?"

"아, 어서 오잖구 뭘하고 있으신가?"

호랑이를 만날지도 모른다는 스님의 말에 최남선은 기겁을 하고 앞장서 걸어가는 스님을 뒤쫓아가기 시작했다.

"아이구 스님! 제발 좀 천천히 걸으시지요, 예? 스니임!"

12
그 노인이 교정스님이라구요?

1930년 대만 해도 우리나라 전역에서는 호랑이가 출몰하던 시절이었다. 게다가 깊고 험하기로 유명한 금강산을 밤중에 오른다는 것은 실로 위험한 일이었다. 그러나 영호큰스님은 전혀 두려운 기색이 없이 앞장 서서 캄캄한 산길을 걸어갔다.

최남선은 단숨을 내뿜으며 영호스님의 뒤꽁무니를 좇아 산을 오르고 있었다. 어디선가 괴기스러운 산짐승의 울음 소리가 들려올 때마다 최남선의 등줄기에서는 식은땀이 좌르르 흘러내렸다. 그때마다 육당은 스님의 옷자락을 붙들고 늘어지는 것이었다.

어디 그뿐인가. 칠흑같이 컴컴한 밤중에 산을 오르려니 돌부리에 채이기도 하고 가시덤불에 손등을 긁히기 일쑤였다. 영호스님 말마따나 '금강산행이 황천행' 되는 게 아닌가 하는 생각으로 한숨이 절로 나올 지경이었다.

산을 오르기 전에는 서늘하다 싶던 밤공기가 하도 긴장을 해서인지 땀이 비오듯 흘렀다. 생각 같아서는 등에 맨 걸망마저도 저 골짜기 아래로 던져버리고 와락 땅바닥에 누워버리고 싶은 심정이었다.

그러나 최남선은 혹시라도 영호스님과 떨어져 혼자 산중의 미아가 될까 두려워서인지 헉헉거리면서도 부지런히 스님의 뒤를 따라 산을 오르고 있었다.

"아이구 스님! 제발 좀 쉬었다 가십시다. 숨이 턱에 차서 도저히 못따라 가겠습니다, 스님."

"허허. 이거 몇 시간 걷지도 아니해서 벌써 이러시면 금강산 구경은 어찌 하시려고?"

"아, 스님께서 늘 그러시지 않으셨습니까? 오늘 못하면 내일 하고 내일 못하면 모레 하고. 이렇게 마음을 넉넉히 먹으면 세상만사 다 좋은 법이라구요!"

"하하하. 그래 그래. 마음을 아예 그리 넉넉하게 먹었다면야 바쁠 것이 없느니. 자, 그럼 이 바위에 잠시 걸터 앉았다 가세나."

영호스님은 널따란 바위에 걸터 앉았다. 최남선도 얼른 그 평평한 바위에 걸터앉으며 숨을 몰아쉬었다.

"흐유. 이거 이런 줄 알았으면 사이다라도 두어 병 사오는 건데 그랬습니다요, 스님!"

"아닌 밤중에 산속에서 사이다는 왜 또 찾는고?"

"아이구 이거 목이 타서요!"
"하하하. 기차간에서 주먹밥 먹을 때 소금을 어지간히도 찍어 먹더라니! 하하하."
영호스님은 그럴 줄 알았다는 듯이 껄껄 웃기 시작했다.
"그런데 스님!"
"왜?"
"여기서 얼마나 더 가면 냇물을 만날 수 있겠습니까, 스님?"
"냇물?"
"예. 냇물이요. 콸콸콸 흐르는 차가운 냇물을 벌컥벌컥, 한없이 좀 마셨으면 원이 없겠습니다요, 스님!"
그러나 스님은 고개를 가로저으며 말했다.
"허지만 여기서는 두어 시간은 더 걸어야 냇물을 만날 수 있을텐데."
"엑? 아니 여기서두 두어 시간이나 더 가야 한다구요?"
"아, 물론 저 아래 계곡에야 맑고 시린 냇물이 철철철 넘쳐 흐를테지만 깎아지른 저 벼랑 밑을 무슨 재주로 내려갈 수 있으시겠는가?"
"어이구! 그럼 이거 큰일났네! 아, 목이 보통 말라야 말이죠, 스님!"
영호스님은 갈증을 호소하는 최남선을 딱한 얼굴로 바라보더니 혀를 차며 말했다.

"나두 그전에 이 금강산 오르내릴 적에 목이 말라 고생한 적이 여러 번이었네. 먼 길을 걸어가자면 땀을 많이 흘리게 될 것이니 떠나기 전 밥을 먹을 때 짭짤하게 먹고 떠나라고 스님이 이르신 바람에 멋 모르고 그대로 했다가 곤욕을 치렀지. 하하하. 나 참! 그러다가 목이 탈 때 목을 적시는 비법을 터득한 것은 한참 후였어."

목이 탈 때 목을 적시는 비법을 터득했다는 말에 최남선은 반색을 하며 스님께 여쭈었다.

"목이 탈 때 목을 적시는 비법이 어떤 것인데요, 스님?"

"거 왜 시디 신 유자라는 과일 있지 않던가?"

"예, 있지요."

"그걸 주머니에 한 개 넣어가지고 가다가 목이 타서 견디다 견디다 못할 때 그걸 꺼내서 한입 덥썩 깨물었더니, 아이구 셔! 아이구 셔! 어찌나 시던지 진저리가 다 쳐지더라니까 글쎄."

영호스님은 지금 생각해도 진저리가 쳐진다는 듯 신 유자를 먹던 일을 어깨를 움찔움찔하고 오만상을 찌푸리며 실감나게 묘사하는 것이었다.

"아, 예."

영호스님은 유자 이야기에 빠져 고개를 끄덕이는 최남선에게 불쑥 말했다.

"이보시게 육당!"

"예?"

"자네 입안에 지금 신 침이 가득 고였지?"
"예? 아, 예."
그러고 보니 멀거니 앉아 스님의 이야기를 듣는 동안 입안에 잔뜩 침이 고여있는 게 아닌가. 스님은 빙그레 웃음지으며 육당에게 말했다.
"그걸 꿀떡 삼키시게. 목이 한결 촉촉해지실 것이네."
육당은 그 말대로 입안에 고인 침을 꿀꺽 삼켰다.
"삼키셨는가?"
"아, 예."
"하하하. 이게 바로 목탈 때 목 적시는 내 비결이라네. 새콤한 과일을 우적 씹는 생각만 하면 입안에 신 침이 가득 고여 지니 이것도 다 마음의 조화가 아니고 무엇이겠는가?"
"허허허. 과연 스님은 묘한 재주를 가지셨습니다 그려. 하하하."
"아, 이 사람아! 산을 자주 오르내리려면 이 정도 도통은 해야 하는 법이야, 응? 하하하."
스님의 지혜에는 정말 감탄을 금치 못할 지경이었다. 그제서야 육당은 이렇게 스님과 함께 밤길을 걸어오기를 참으로 잘했다는 생각이 들었다. 물론 고생이야 말할 수도 없었지만 스님과 함께 걸어 오는 도중에 배운 것은 한두가지가 아니었다.
한밤중에 상쾌하고 신선한 밤공기를 마시는 기분도 기분이려니와 고생마저도 느긋하고 즐거운 기분으로 맞이하는 스님의 낙천적인 태도를 보면 절로 존경의 마음이 우러나왔다. 당장 눈앞의 편한 것만을 찾는 세속의 사람들과 스님의 다른 점은 바로 그것이었다.

 스님은 어떤 사물과 상황을 대하든지 모두 다 수행의 관점에서 받아들였다. 스님이 항상 강조하시던 '처처불상이요 사사불공이라'는 말의 의미가 무엇인지 이제야 조금 알 것 같았다.

 영호스님과 육당 최남선이 장안사에 당도한 것은 그 다음날 해질 무렵이었다. 하루 밤낮을 쉬지않고 걸어 마침내 당도한 우람한 산사의 모습은 방문객으로 하여금 절로 발소리를 낮추게 할 만큼 기품이 있었다. 서산에 걸린 해는 마지막 따가운 빛을 내뿜으며 온 산을 서서히 붉게 물들이고 있었다.

 "아! 정말 아름답군요, 스님!"

 영호스님은 낙조의 광경에 압도되어 문사다운 감탄을 연발하는 최남선의 모습을 미소띤 얼굴로 바라보다가 조용히 말했다.

 "자, 이제 장안사에 도착했으니 육당은 저기 가서 약수나 실컷 마시고 있으시게."

 "아니 스님은 또 어디 가시게요?"

 "아, 어딜 가긴! 중이 절에 왔으면 부처님부터 뵙고 객실 한 칸 얻어봐야지."

 영호스님은 법당을 다녀나온 뒤 장안사 종무소 앞에 멈추어 섰다.

 "스님, 계시옵니까? 객승, 문안드립니다."

 잠시후 종무소 문이 빠꼼히 열리더니 젊은 스님 하나가 나왔다. 젊은 스님은 영호스님의 행색을 위 아래로 훑어보더니 무뚝뚝한 얼굴로 말했다.
 "무슨 일로 그러시옵니까?"
 "예. 저 나 금강산 구경 나온 객승인데 주지스님은 안에 계신가?"
 "아니 지금 스님이라고 그러셨습니까?"
 "그렇다니까!"
 "하하 나 참! 아니 이런 차림을 하고도 스님이라구요?"
 젊은 스님은 무례하게도 손가락으로 영호스님의 옷을 가리키며 콧방귀를 뀌는 것이었다. 그러나 영호스님은 전혀 괘념치 않는다는 듯이 껄껄 웃어넘기며 말했다.
 "으응? 아, 이거? 허허허. 산을 오르내리려면 아무래도 이런 차림이 편해서 그렇지. 그래 주지스님은 지금 안 계시던가?"
 "하실 말씀 있으시면 나한테 하실 것이지 주지스님은 왜 찾으십니까?"
 "어허! 참 그렇구먼. 거 혹시 객실 하나 빈 것 있거든 하룻밤 신세를 좀 졌으면 해서 그러네."
 "홍! 빈 객실 좋아하시네! 금강산 유람객이면 유람객이지 별스럽게 스님 행세를 해서 방 한 칸 거저 쓰자 이런 말인가요?"
 정말 맹랑하고 오만방자한 태도였다. 여느 스님 같았으면 금방 자신의 신분을 밝히고 방자하게 구는 이 젊은 스님을 혼찌검을 내놓았을 것이다. 그러나 영호스님은 아무런 내색도 하지 않고 허허 웃으며 말했다.

"허허. 이 사람! 아무려면 이 늙은 중이 방 하나 거저 쓰자고 거짓을 말하겠는가?"

그 때였다. 종무소 안에 앉아 있던 장안사 주지 스님이 헛기침을 하며 밖으로 나왔다.

"아니 웬 일로 이리 시끄러운고?"

젊은 스님은 고자질하는 악동같은 표정으로 장안사 주지에게 말했다.

"글쎄 저 노인이 객실 한 칸 거져 빌리잡니다요, 주지 스님."

영호스님은 장안사 주지 앞에 썩 나서며 점잖게 말을 건넸다.

"아, 저 주지 스님이신가?"

그러나 장안사 주지 스님은 영호스님의 누추한 행색을 재빠르게 훑어보더니 떫은 얼굴로 겨우 입을 떼어 말했다.

"그렇소이다만. 아시다시피 금강산 구경철이라 객실이 만원이니 다른 데나 가서 알아보시오."

장안사 주지 스님은 그 한마디를 던져놓고 종무소 안으로 쓱 들어가 버렸다.

정말 기가 막힌 일이었다. 물론 그 장안사 주지 스님은 헌 갈포 옷에 허름한 중절모를 눌러쓴 초라한 형색의 이 노인이 이 나라

불교계의 최고 지도자인 교정스님이요 이 나라 불교계의 최고 교육기관인 중앙불교 전문학교 교장인 줄은 꿈에도 생각지 못했을 것이었다.

장안사 주지가 일언지하에 객실 부탁을 거절하자 영호큰스님은 쓰다 달다 한마디 말도 없이 종무소 앞을 물러났다. 씁쓸한 일이었다. 그러나 육당 최남선 앞에 나타난 영호스님의 얼굴은 방금 전에 일어났던 일을 까맣게 잊어버린 사람처럼 태연자약하기만 했다.

육당 최남선은 약수터 앞 너럭 바위에 걸터 앉은 채 흐뭇한 표정으로 지저귀는 새소리를 듣고 있었다. 장안사 주변은 이미 땅거미가 지기 시작하고 있었다. 영호스님은 부드러운 미소를 지으며 최남선에게 물었다.

"어험. 그래 약수는 실컷 자셨는가?"

"아, 예. 스님, 그럼 이제 들어가서 행장부터 풀어야지요?"

"아무래도 오늘밤은 어디 바위굴에 의지해서 노숙을 해야 될 모양일세."

"예에? 아니 스님! 그게 대체 무슨 말씀이십니까? 노숙을 하시자니요?"

"육당도 보시다시피 지금이 금강산 구경철이라 사람들이 좀 많은가?"

"아니 그래서요, 스님?"

"객실이고 어디고 손님들이 꽉꽉 차서 빈 방이 없으시다네."

"뭐라구요? 아니 아무리 방이 없다기로 그래 세상에 스님이 어떤 스님이신데 노숙을 하시게 한단 말입니까, 예에?"

불같이 화가 난 육당 최남선은 굵은 눈썹을 꿈틀거리며 소리쳤다. 어찌나 흥분을 했는지 얼굴이 새빨갛게 달아오르고 있었다. 영호스님은 오히려 화를 내는 최남선을 다독이며 부드러운 목소리로 말했다.

"허허. 거 하룻밤이면 될 일 가지고 왜 이러시는가? 자 자, 어서 나가시기나 하세."

"아, 아닙니다, 스님! 여기 잠깐 계십시오. 제가 가서 다시 한번 알아보겠습니다. 세상에 원 이럴 수가 있나!"

"허허. 이보시게 육당! 그만 두시래두 그래!"

그러나 육당 최남선은 노기 등등해서 장안사 종무소 앞으로 득달같이 달려갔다.

"여보시오! 안에 스님 계십니까?"

잠시후 종무소 문이 열리더니 예의 그 젊은 스님이 얼굴을 드러냈다.

"무슨 일로 그러십니까요?"

"어른 스님은 아니계신가?"

치밀어오르는 흥분을 지그시 가라앉히고 나직이 말하고는 있었으나, 젊은 스님의 눈을 정면으로 쏘아보는 육당의 눈빛에는 범접할 수 없는 위엄이 서려 있었다. 그 활활 타오르는 듯한 육당의 눈

빛을 바라본 젊은 스님은 찔끔하며 말했다.
"어른 스님이시라니, 주지 스님 말씀이십니까?"
"그래 내 주지 스님을 좀 만나야겠네."
"무슨 일인데 이러십니까요?"
최남선의 언성이 조금 높아졌다.
"무슨 일이나 마나 주지 스님 계시면 좀 뵙자고 전하시게!"
젊은 스님은 하는 수 없이 종무소 안을 향해 소리쳤다.
"주지 스님! 손님이 찾아오셨는데요."
잠시후 장안사 주지 스님이 문 밖으로 나왔다.
"나를 찾으신다구?"
"예. 저기 저 분이요."
젊은 스님이 눈짓으로 육당 최남선을 가리켰다. 육당은 장안사 주지에게 대뜸 물었다.
"스님이 이 장안사 주지 스님이시오?"
"그렇소이다만 무슨 일로 이렇게 언성부터 높이시고 이러십니까?"
"에이끼 여보시오! 세상에 이런 일이 있을 수 있단 말입니까?"
"허허. 아니 대체 뉘신데 이렇게 다짜고짜 삿대질부터 하고 이러십니까요?"
"조금 전에 여기 노인 한 분이 왔었지요?"
"예. 왔었지요."

"그 노인이 대체 뉘신 줄이나 알고 계십니까?"
"그걸 우리가 어찌 압니까요?"
"허허. 나 원 참! 기가 막혀서."
육당 최남선이 어이가 없다는 투로 쓴 웃음을 짓자 장안사 주지 스님은 의아한 표정으로 이렇게 물었다.
"아니 대체 댁은 뉘시고 그 노인은 또 뉘신데 이러시는 것이옵니까?"
"이것 보시오, 스님! 조금 전에 여기 와서 객실 한 칸 신세지자고 왔다가 보기좋게 툇자 맞고 돌아서신 분이 바로 당신네 불교계에서 가장 높은 어른이신 교정스님 박한영 큰스님이오!"
"예에? 아니 방금 뭐라고 말씀하셨습니까?"
자신이 조금 아까 쫓아낸 노인네가 바로 불교계 최고 지도자인 교정스님이란 말에 장안사 주지는 도무지 믿겨지지 않는다는 듯 미간을 좁히며 최남선에게 되물었다.
"장안사 주지가 객실 한 칸도 내주지 않고 내쫓은 분이 이 나라 불교계의 교정스님이요, 중앙불교 전문학교 교장이신 영호당 박한영 큰스님이란 말입니다!"
서슬 푸른 육당 최남선의 설명에 장안사 주지 스님은 망치로 한 방 호되게 얻어 맞은 사람처럼 멍한 얼굴이 되었다. 한동안 입을 딱 벌리고 섰던 주지스님은 입술을 떨며 더듬거리기 시작했다.
"아니 세상에! 세상에! 이럴 수가! 아, 아니 그게 정말이십니

까? 선생님?"

"허허. 나 이런 세상에! 아 내 말이 정말인지 거짓말인지 가서 한번 직접 확인을 해보시오. 저기 저 돌계단에 처량하게 앉아 계실 게요!"

두 사람의 대화를 듣고 있던 젊은 스님은 고개를 갸우뚱하며 말했다.

"어어? 등짐장수처럼 생긴 그 노인이 교정 큰스님이시라구요?"

그 말이 끝나기도 전에 장안사 주지 스님의 호통소리가 불벼락처럼 떨어졌다.

"에이끼 녀석! 그 경망스러운 입 좀 닥치지 못할까!"

주지스님의 호통에 찔끔한 상좌가 조용히 눈을 아래로 내리깔았다. 장안사 주지는 육당 최남선에게 거듭 고개를 숙이며 말했다.

"아이구 이거 선생님! 이 일을 대체 어찌하면 좋겠습니까요?"

"세상에 그래 이게 말이나 되는 소립니까? 교정스님이 객실 한 칸 신세지자고 했으면 주지방이라도 내놓아야 마땅한 일이거늘 저 늙으신 큰스님을 바위틈에서 노숙을 하게 하다니! 이게 그래 이 나라 불교 집안 법도입니까?"

"아이구 이거! 그럴 리가 있겠습니까? 선생님, 몰라뵙고 큰 죄를 지었으니 제가 가서 열 번 백 번 사죄를 드리겠습니다."

13
이 늙은 중더러 밥값을 내라구?

　육당 최남선은 장안사 주지와 함께 부랴부랴 영호스님이 앉아계실 절 입구의 돌계단으로 달려왔다. 그런데 이게 웬일인가. 거기 계셔야 할 영호큰스님의 모습이 온데 간데 없는 것이었다. 날은 어두워져 가는데 도대체 어디를 가셨단 말인가.
　육당 최남선은 그만 애가 닳아서 발을 동동 구르며 소리쳤다.
　"아니 이 스님이 대체 어딜 가셨지, 응?"
　"분명히 여기 계셨습니까요?"
　"아 여기 이 돌계단에 앉아 계시라고 하고 내가 종무소로 갔었는데 대체 이 어른이 어딜 가셨나 그래?"
　최남선이 안절부절 못하고 근심스러워 하자 장안사 주지스님이 말했다.
　"그럼 선생님께서는 절 밑으로 좀 찾아보십시오. 저는 절 안을 찾아보겠습니다."
　주지스님이 떠나자 육당 최남선도 부랴부랴 절 밖으로 나왔다. 정신없이 여기저기 헤매며 사방을 두리번 거리고 있는데 어디선가 낯익은 목소리가 들려왔다.
　"이보시게, 육당! 날 찾으시는가?"
　영호스님이 저만치서 빙그레 웃으며 다가오고 있었다. 최남선은 반가운 마음에 투정하듯 스님을 향해 소리쳤다.
　"아이구 스님두 참! 그 사이 어딜 갔다 오십니까요?"
　"허허허. 내 그 사이 좋은 바위굴 하나 찾아놓고 왔네."
　"예에, 뭐라구요? 아니 스님은 대체 화도 나지 않으십니까요? 웃고 다니시며 바위굴이나 찾게요?"
　"아, 이 사람아! 화를 낼 일 가지고 화를 내야지. 빈 방이 없는 거야 주지인들 어쩌겠는가? 방 나와라 뚝딱! 도깨비 방망이도 없을 테구. 안 그러신가, 육당? 허허허!"
　"어유! 참 스님두."
　영호스님의 농담에 어이가 없어진 육당 최남선이 입맛을 쩍쩍 다셨다.
　"바위굴 하나는 명당을 잡아놨네. 폭포소리 들리지, 바람 잘 통하지, 서리 맞을 걱정 없지. 자 어서 가세나, 육당!"
　최남선은 자신의 팔을 붙잡고 어서 가보자고 어린애처럼 조르는 영호스님을 물끄러미 응시했다. 가슴이 뭉클했다.

'어찌 저렇게 티없이 맑은 분이 계실까?'
육당 최남선은 감동에 젖은 눈빛으로 조용히 입을 열었다.
"스님."
"왜?"
"스님은 정말 도인이십니다, 스님!"
"뭐라구? 허허허."
 영호스님의 웃음 소리가 금강산 일만이천봉을 휘돌아 메아리가 되어 되돌아오고 있었다. 그러나 최남선은 영호 큰스님을 한데서 주무시게 할 수는 없었다. 최남선은 시원한 바위굴에서 하룻밤 지내면 오죽 좋으냐며 자꾸만 우기시는 영호큰스님을 어거지로 모시고 장안사로 돌아왔다.
 영호스님을 모시고 장안사 경내로 들어서던 최남선은 예기치 않은 광경에 그만 자리에 우뚝 서고 말았다. 드넓은 장안사 경내에는 장안사 주지를 비롯한 여러 대중들이 무릎을 꿇고 이 나라 불교계의 최고 지도자이신 영호스님을 기다리고 있었던 것이다.
 영호스님을 발견한 장안사 주지스님은 무릎걸음으로 다가와 두 손으로 공손히 장군죽비를 바치며 말했다.
 "몰라뵙고 큰 죄를 지었사오니 엄한 벌을 내려 주십시오, 교정 큰스님!"
 영호스님은 빙긋이 웃으며 장안사 주지가 내밀은 장군죽비로 손바닥을 몇 번인가 가볍게 쳤다. 장군죽비는 보통 죽비보다도 길이가 길고 끝이 잘 휘어지도록 낭창낭창하게 만든 것으로 절 집안에서는 주로 좌선할 때 졸음을 경책하는 법구로 쓰여지고 있었다.
 영호스님은 장군죽비를 내려다보며 허허롭게 웃다가 장안사 주지에게 말했다.
 "허허. 나에게 이렇게 죽비를 갖다바치는 뜻은 어디에 있던고?"
 조금 아까 종무소에서 영호스님께 불손하게 대한 바 있던 젊은 스님이 자리에서 일어나 스님 앞에 고개를 조아리며 말했다.
 "그 죽비로 저를 매우 쳐주시옵소서, 큰스님!"
 "에이끼 녀석! 자꾸 그렇게 큰스님, 큰스님 그러지 마라! 나는 이번에 동무따라 금강산 유람을 나온 것이지 종무를 보러 나온 것이 아니요, 큰스님 대접 받으러 온 것도 아니니라."
 영호스님의 겸허한 태도에 주지스님은 더더욱 송구스러워 몸둘 바를 몰라 했다.
 "몰라뵌 죄, 정말 막중하옵니다, 스님."
 "몰라본 것도 없고 죄진 것도 없으니 마음 쓰실 것 없으이."
 젊은 스님이 울먹이며 말했다.
 "아니옵니다, 큰스님! 이 어리석은 중생 큰스님이신 줄도 모르고 등짐장수 영감님인 줄만 알았사옵니다요, 큰스님!"
 "허허 고녀석 참! 자꾸 그렇게 큰스님 큰스님 하지 말래두 그러는구나! 그리구 네가 나를 등짐장수 영감으로 봤다구 그랬지?"
 "잘못했습니다, 큰스님."

"하하하. 나를 등짐장수로 보았으면 제대로 보았느니라. 어떤 사람은 나를 시골장터의 물감장수로 보기도 하고 또 어떤 사람은 나를 붓장수로 보기도 하고 심지어는 나를 뱀 잡으러 다니는 땅꾼으로 보기도 했느니라. 허허허."

이 나라 불교계 교정 영호 큰스님을 몰라본 죄로 준엄한 꾸짖음을 들을 것으로 예상했던 여러 대중들은 시골 할아버지와도 같은 영호스님의 구수한 말씀에 긴장이 풀려 그만 폭소를 터뜨렸다.

"하하하하."

분위기가 화기애애 해지자 장안사 주지스님이 넌지시 입을 열었다.

"저 교정스님!"

"왜 그러시는고?"

"저희들 죄를 용서하여 주시는 증표로 법당 법상에 오르셔서 엄한 말씀 듣기 소원이옵니다, 교정스님!"

"허허. 이 주지 스님, 수단이 보통을 넘으시는구먼 그래. 이 늙은 중더러 장안사 방값, 밥값을 내놓고 가라 이런 말씀이렷다?"

"하하하하."

계속되는 영호스님의 농담에 모여앉은 대중들이 다시 웃음을 터뜨렸다. 장안사 주지 스님은 말도 안된다는 듯이 손사래를 치며 덧붙였다.

"아, 아니옵니다, 교정스님. 다만 저희들은 교정스님을 이렇게 친견만 하는 것도 광영이옵니다만 한가지 욕심이 더 생겼을 뿐입니다."

"허허허. 그래서 부처님이 이르셨느니, 욕심을 내면 괴로움이 따르나니 욕심들을 버릴지어다. 허허허."

주지 스님 옆에 있던 젊은 스님이 다시 넙죽 말참견을 했다.

"하오나 큰스님! 공부 욕심은 내면 낼수록 좋은 것 아니옵니까요?"

"허허 고 녀석 참! 그 주지에 그 상좌라더니! 방값, 밥값 독촉이 더 무섭구먼 그래 응? 허허허."

한참을 소탈하게 웃으시던 영호스님은 잠시후 차분하게 가라앉은 눈빛으로 여러 대중을 둘러보았다. 스님은 오른손에 들고 있던 죽비로 왼손 바닥을 몇차례 내려쳐 잡담하는 대중들을 제지한 뒤 법문을 시작하였다.

"부처님이 금강경에 이르시기를, 모든 형상 있는 것은 허망한 것이니 마음 밖에서 부처를 찾으면 제 아무리 수행을 오래 해도 헛일이라 하셨어. 눈에 보이는 것! 손으로 만져지는 것! 코끝에 냄새로 맡아지는 것! 이런 것들은 모두 허망한 것이니 형체 있고 빛깔 있고 냄새나는 것에 잘못 집착하면 부처님 가르침과는 삼만팔천 리 멀어지는 것! 마음의 눈으로 형체 없는 것을 볼 줄 알아야 하고 마음의 귀로 소리 없는 소리를 들을 줄 알아야 하고 마음의 코로 냄새 없는 냄새를 맡을 줄 알아야 하느니, 형색은 비록 걸인이라 하

더라도 부처로 보아야 할 것이요 비록 늙은 걸인이 방을 달라 하더라도 중들은 노숙을 할지언정 방을 내주어야 할 것이니 이 도리를 실천하지 아니하고 면벽수행 백 년을 한들 무슨 소용이 있겠는가?"

정적이 감도는 가운데 영호스님은 탁자를 세 번 내리치며 법문을 마쳤다.

장안사 주지 스님은 숙연한 얼굴로 조용히 입을 열어 말했다.

"명심하겠습니다, 스님!"

주지스님의 말이 끝나자마자 젊은 스님과 여러 대중들 또한 이구동성으로 소리쳤다.

"명심하겠습니다, 스님!"

그날 밤이었다.

잠에 곯아 떨어진 육당 최남선이 문득 한밤중에 깨어보니 옆에 누워 주무시고 계시던 영호스님이 보이질 않았다. 멀리서 두견새 우는 소리가 고적하게 들려오고 휘영청 밝은 달빛이 한지문을 통해 방안을 훤하게 비추고 있을 뿐이었다.

"아, 아니! 스님은 또 이 밤중에 어딜 가셨을꼬?"

육당 최남선은 방문을 열고 객실 밖으로 나갔다. 흰 달빛이 가득 쏟아져 내리는 절마당 안이 대낮처럼 환했다. 영호큰스님은 툇마루에 가부좌를 틀고 앉아 참선삼매에 빠져 있었다.

"아!"

육당 최남선은 저도 모르게 나직한 탄성을 토해내고 있었다.

아득하게 쏟아지는 환한 달빛과 병풍처럼 절간을 둘러싸고 펼쳐진 산야, 알싸한 밤 공기 속에서 꼿꼿이 면벽하고 앉아 있는 한 노승의 모습은 그야말로 한 폭의 그림이었다. 슬며시 눈을 감고 앉아 있는 스님의 모습에는 함부로 범접할 수 없는 위엄이 어리어 있었다.

참선삼매에 빠진 영호스님의 모습을 한참 동안 지켜보던 육당 최남선이 조용히 입을 열었다.

"스님. 이 한 밤중에 뭘 하고 계시옵니까요?"

"......"

스님은 아무런 대답이 없었다. 멀리서 새 우는 소리만이 구슬프게 들려올 뿐이었다.

"스님."

"......"

"참선을 하고 계시옵니까요, 스님?"

"......"

"스니임!"

"......"

그런데 육당 최남선이 몇 번을 불러도 스님은 아무런 대답이 없었다.

'혹시?'

더럭 이상한 생각이 들은 육당 최남선은 가까이 다가가 가만히

스님의 어깨를 흔들었다.
"저 스니임!"
"왜 자지 않고 나오셨는가?"
그제서야 영호스님의 착 가라앉은 음성이 들려왔다.
"아이구 참 스님두! 전 그만 가슴이 철렁했습니다, 스님."
"그건 또 무슨 말씀이신가?"
"아, 여러 번 불러도 대답이 없으시기에 가부좌 틀고 앉으신 채로 열반에 드신 줄 알았지 뭡니까요? 허허허."
육당 최남선은 스스로 생각해 보아도 쑥스러운지 머리를 긁적이며 계면쩍은 웃음을 흘렸다. 영호스님은 천천히 눈을 들어 달을 쳐다보며 말했다.
"너무 좋아서 그냥 이러고 앉아 있었네."
"아니 스님. 뭐가 그리도 너무 좋으십니까?"
"달은 휘영청 밝아서 좋고 바람은 싱그러우니 그래서 좋고."
"……"
"새소리 아련하니 그래서 좋고. 이 세상 정말 얼마나 좋으신가?"
"…… 과연 그렇습니다요, 스님. 정말 좋습니다요, 스님."
육당 최남선의 눈길도 스님의 시선을 따라 저 먼 산 언저리를 더듬어가기 시작했다.
금강산 장안사에서 하룻밤을 보낸 다음날 새벽이었다.

육당 최남선은 온 산천을 흔들어 깨우는 장엄한 범종소리에 눈을 떴다. 범종소리는 감동적인 여운을 남기며 최남선의 가슴을 아리게 파고들었다. 가만히 누워 종소리를 듣고 있던 최남선은 문득 허전한 느낌이 들어 벌떡 일어났다.

옆자리에 누워 계셔야 할 영호스님이 또 보이질 않았다. 새벽녘까지도 잠을 이루지 못하고 참선을 하셨으면서 또 어느 결에 일어나셨는지 모를 일이었다. 밖에 나가보니 영호큰스님은 이미 새벽예불을 올리느라고 법당에 가신 뒤였다.

깊고 깊은 산속에서 어둠을 가르며 울려퍼지는 청아한 목탁소리와 독경소리는 그대로 장엄하고도 아름다운 음악처럼 육당의 마음을 뒤흔들어 놓았다. 육당 최남선이 장안사 돌계단 위에 서서 새벽안개 자욱한 산봉우리들을 내려다보고 있노라니 어느새 새벽예불을 마친 영호큰스님이 웃으며 다가왔다.

"하하하하. 세상 모르고 자고 있을 줄 알았더니 일찍두 일어나셨네 그려. 응? 하하하."

"스님께선 정말 근력도 좋으십니다요. 한밤중 내내 참선하시고 달빛에 취해 밤을 밝히시더니 어느새 또 예불을 하시고… 정말 부럽습니다, 스님."

"하하하. 아 중이 밥 먹고 할 일이 그것 말고 뭐가 또 있어? 제대로 된 농사꾼은 새벽에 눈을 뜨자마자 논두렁부터 돌아보는 법이요, 제대로 된 선비라면 새벽에 글 읽는 것으로 하루를 시작하는

법인데 하물며 새벽예불도 안하는 중은 중 축에도 못 끼는 법이야!"

"아무튼 스님은 가까이 하면 할수록 저로 하여금 혀를 내두르게 하십니다요."

"허허허."

두 사람이 정답게 담소를 하고 있는데 저만치서 엊저녁의 그 젊은 스님이 다가왔다.

"저 큰스님."

"어? 어. 왜 그러는고?"

"아침 공양 드셔야지요."

"어, 그래. 자 어서 들어가세나."

젊은 스님은 걸어가는 두 사람 옆에 바짝 붙어 나란히 걸음을 옮기다가 조심스럽게 입을 열었다.

"저 큰스님."

"왜?"

"아침 공양 드시고 산에 오르실 거지요, 큰스님?"

"으유. 올라 가야지. 그런데 그건 왜 묻는 게냐?"

"아, 네에. 제가 길잡이를 해드릴까 해서요."

"하하하. 길잡이?"

"예. 소승, 금강산 바윗길은 손바닥 들여다 보듯이 훤합니다요, 큰스님."

"으음, 그래? 허지만 이번 산행에서 저 육당 선생님 길잡이는 내가 맡았느니라."

"큰스님께서 길잡이를 하신다구요?"

"그래 나두 이 금강산 길은 훤하느니라."

"아, 네. 그러셨군요."

젊은 스님은 다소 맥 빠지는 얼굴로 침묵을 지키더니 다시 입을 열어 말했다.

"저 그런데 큰스님."

"또 무엇인고?"

"저 큰스님께서 강원을 차리시고 학인들을 가르치신다던데, 소승도 거기 가서 공부 좀 하면 안 될까요, 큰스님?"

"허허허. 안 되기는 왜 안되겠느냐? 그 대신 여기서 공부를 할 만큼 한 뒤에 주지스님이 이만 허면 강원에 보내두 되겠다 하실 때, 그때 오면 내가 특별히 받아줄 것이야."

"정말이시지요, 큰스님?"

"암 정말이구 말구!"

영호스님이 쾌히 허락을 내리자 젊은 스님은 몹시 기뻐하며 고삐 풀린 망아지처럼 좋아라 경중경중 뛰는 것이었다.

"감사합니다, 큰스님!"

"나 원 녀석하고는! 그래 그게 그렇게 기쁘더냐?"

"아유 그럼요! 큰스님 밑에서 공부를 한번 신나게 해보는 게 소

원이었습니다요!"

"허허. 인석아! 공부라는 건 말이다."

"예, 스님."

"온갖 얕은 지식으로 머리속을 꽉 채워놓고 불경을 달달 외운다 해서 그게 공부가 아니니라. 저 산을 바라보는 것도 공부요, 새소리를 듣는 것도 공부요, 교교한 달빛 아래서 참선을 해보는 것도 다 공부니라."

"아니 스님! 산을 바라보는 것도 공부요, 새소리를 듣는 것도 공부라구요, 스님?"

젊은 스님은 도무지 이해할 수 없다는 표정으로 영호스님께 반문하는 것이었다.

"그렇구 말구! 사람들은 곧잘 공부를 잘한다, 못한다 분별하기를 좋아하지만 따지고 보면 잘하고 못하는 것이 어디 있겠느냐. 누구든지 생각이 일어날 때마다 의심하고 반성하는 가운데 세상 이치를 알게 되면 그것이야 말로 산 공부요 산 경험이 되는 게야. 배 고픈 사람이 밥을 생각하고 목 마른 사람이 물을 생각하고 어린애가 어머니의 젖을 갈구하는 것과 같은 간절한 마음을 가진다면 그 사람은 어디서 무엇을 하든지 참된 공부를 할 수 있는 게야. 그러니 너도 인석아. 꼭 어느 절 어느 스님 밑에서 공부를 해야 한다는 생각은 버려야 하느니라. 알겠느냐?"

"예, 스님. 명심하겠습니다요."

14
산 공부, 죽은 공부

금강산 일만이천봉은 그야말로 봉마다 절경이요 구비구비마다 신비로운 기운이 넘쳐흘렀다. 그 기기묘묘한 절경 앞에 서본 사람이라면 '금강산에 오르면 누구나 신선이 된 듯한 착각에 빠지게 된다'는 말이 입에 발린 거짓말이 아님을 실감할 수 있었다.

봉우리마다 깎아지른 듯한 기암이요, 골마다 절벽이요, 폭포가 쏟아져 내렸다. 바야흐로 단풍철을 맞이한 산은 타는 듯이 붉었다.

영호 큰스님은 육당 최남선과 함께 비로봉에 올랐다. 발 아래 구름이 바다를 이루고 군데 군데 그 운해를 뚫고 치솟은 봉우리들의 위용과 기상은 가슴 벅차게 사무치는 감동이었다.

활달하고 거침없이 솟아오르는가 하면 또 어머니의 젖무덤처럼 부드러운 포물선을 그리며 아늑하게 물결치기도 했다. 여성적인가 하면 남성적이고, 화려한 기세로 사람을 매혹시키는가 하면 고즈넉

하고 소박한 정취로 그윽하게 품어주기도 했다.
　육당 최남선과 함께 비로봉 정상에 오른 영호스님은 만산홍엽과 운해를 굽어보며 시를 한 수 읊기 시작했다.

　　　푸른 바다 첩첩이 산과 같은데
　　　봉우리는 도리어 물결처럼 잔잔하네
　　　구름이 스쳐가도 옷 젖은 줄 모르고
　　　저무는 햇살에 추위가 몰려오네
　　　바윗돌 나무 위엔 학마저 움츠리고
　　　차 끓이는 처마 위엔 제비집 널찍하네
　　　북녘 능선 바라보니 옛 숲은 변함없어
　　　아직도 마의 태자 잊을 수 없네.

　시문에 능한 영호 큰스님은 최남선과 함께 금강산을 유람하면서 수많은 시를 지어 남기셨다. 스님은 마의 태자 무덤 앞에서도 또 한 수를 읊었다.

　　　산숲에 나풀거리는 나뭇잎새에
　　　옛나라 햇살이 스며 있구려
　　　깊은 골짝 난초처럼 혼자 술 깨어
　　　소쩍새 슬피 울어 그대를 한하네

후손이 새긴 글 비석에 남아 있어
고사리 꺾어다가 제사 드리네
빈 골짜기 바람소리 갑자기 들려
나도 모르게 옷깃 여미네.

영호 큰스님이 지으신 주옥같은 시는 무려 3백70여 수. 그 가운데서도 금강산의 아름다움과 그 감회를 노래한 시는 삼십여 편이나 된다.

비사문에 쇠사다리 높기도 하다
몸뚱아리 못잊어서 정신이 아찔하네
주장자 내던지고 엉금엉금 옆걸음치니
구슬맺힌 찬 땀이 옷깃에 스며드네
아찔한 봉우리에 돌아갈 길 아득한데
우루루 쏟아지는 물소리 간담이 서늘쿠나
하늘이 무너져서 은하수가 쏟아진듯
삼복더위 사라진 걸 여기서 느끼겠네
여산 폭포 쏟아지고 여양도 볼품없지
천하의 어느 곳을 여기에 비하겠나
병든 몸 수척하여 바위처럼 울퉁불퉁
날리는 구슬비에 추위를 느끼네

폭포 아래 깊은 연못 푸른옷 바릿대라
장엄한 용왕궁을 어느 누가 만들었나
맑은 물 가득 담아 어디에 공양할까
거룩하신 미륵불이 푸름에 싸여 있네.

 영호당 스님은 틈만 나면 여행을 즐기셨다. 때로는 위당 정인보와 함께였고 때로는 춘원 이광수와 함께였으며 육당 최남선과는 백두산, 금강산, 한라산까지 함께 가지 않은 곳이 없을 정도였다.
 영호 큰스님은 여행을 다녀오시고 나면 학인들의 공부를 일일이 점검하시곤 했다. 육당 최남선과 함께 금강산 유람을 마치고 온 스님은 제일 먼저 이재복 학인을 불러들였다.
 "부르셨습니까, 스님."
 "그래 자네는 요즘 화엄경 공부가 잘 되어 가는가?"
 "아, 아니옵니다, 조실스님. 깜깜한 절벽 앞에 서 있는 듯 공부가 잘 되어 나가질 못하고 있사옵니다."
 "허허허. 내 그럴 줄 알았어."
 이재복 학인은 어리둥절한 기색으로 스님께 여쭈었다.
 "예에? 그럴 줄 아셨다면?"
 "공부에 외곬로 빠져 들어가다 보면 누구나 한두 번은 절벽과 마주치게 되어 있는 게야. 어디 공부 뿐이겠는가? 농사를 짓는 사람도 몇 년 농사를 짓다보면, 에라 이놈의 농사 때려 치울까보다 할

때가 반드시 있는 법이고, 장사를 하는 사람도 어쩌다 한두번 장사에 실패를 하게 되면, 에라 요놈의 장사 때려 치울까보다 할 때가 반드시 있게 마련! 특히 공부하는 사람과 월급 받는 사람들이 이 절벽을 만나면 쉽게 포기하는 일이 많으니 그게 큰 병일세."

"하오면 조실스님."

"그렇게 공부를 하다가 절벽을 만났을 때는 어찌해야 하느냐?"

이재복 학인은 마치 자신의 마음 속을 손바닥 손금보듯 훤히 꿰뚫고 있는 영호스님에게 은근히 두려움을 느끼며 대답했다.

"예, 조실스님."

영호스님은 손때 묻은 낡은 책 한 권을 이재복 학인에게 건네주며 말했다.

"당분간 화엄경은 그대로 덮어두고 이 장자를 읽어보게."

"아니 이 책은 불교경전이 아니지 않사옵니까?"

"허어. 불교경전만 파고든다고 해서 불교공부가 제대로 되는 게 아닐세. 장자도 읽고 논어도 읽고 천문, 지리, 서학까지도 제대로 알아야 불교공부가 제대로 되는 법이야."

"하오면 조실스님."

"여러 말 할것 없이 오늘부터는 내가 준 이 장자를 읽게. 눈앞에 버티고 서있던 은산철벽이 어느 사이 저 멀리 달아날 것일세. 아시겠는가?"

"예, 조실스님. 분부대로 하겠사옵니다."

그러던 어느날이었다.

뒷짐을 진 채로 절마당을 서성이던 영호스님은 문득 무슨 생각이 드셨는지 서정주 학인이 공부하고 있는 별채로 올라갔다. 칠성각에 오른 스님은 기척도 없이 방문을 벌컥 열어젖히는 것이었다.

제각기 공부에 몰두하고 있던 젊은 학인들은 느닷없이 나타난 영호스님을 보고 기겁을 했다. 방안으로 얼굴을 들이밀었던 영호스님은 인상을 잔뜩 찌푸리더니 한 손으로 코를 싸쥐고는 소리쳤다.

"어이구! 이 지독한 사내놈들 냄새라니! 아 인석들아! 너희들 콧구녕은 콧구녕도 아니더냐? 문좀 활짝 활짝 열어젖히고 소제들도 좀 부지런히 허구 해야지 이거 어디 냄새 나서 견디겠느냐?"

"예, 스님. 죄송합니다."

그제서야 분주히 일어나 창문, 방문을 활짝 열고 환기를 시키기 시작하는 학인들의 모습을 바라보며 혀를 차던 영호스님은 구석에서 공부에 몰두하고 있는 서정주 학인에게로 다가와 말을 걸었다.

"그래 증주 자네는 요즘 무엇을 보고 있는고?"

"아니 저 스님, 아직 능엄경을 끝내지 못했습니다."

"능엄경이라. 어떤가? 능엄경 공부가 재미 있던가?"

"재미라기 보다는, 솔직히 말씀드려서 무슨 말이 무슨 말인지 잘 모를 때가 많사옵니다, 스님."

"허허허. 이제 불경공부를 시작한 지 몇 년도 아니되거든 능엄경이 재미있고 배우기 쉽다면 그건 말짱 거짓말이야. 암! 재미없고

답답하고 오리무중이고. 그게 당연하지! 당연해! 자넨 그래두 싹수가 있으이, 응? 허허허."

"무슨 말씀이시온지요, 스님?"

"무슨 말은 이 사람아. 얼렁뚱땅 아는 척 하는 것 보다는 모르겠다, 어렵다 솔직하게 털어놓는게 백번 천번 싹수가 있다 이런 말이지. 거 자넨 말야."

"예, 스님."

"그렇게 방구석에만 틀어박혀 골 썩히지 말구 요 뒷산에 올라가서 하늘도 쳐다보고, 바람도 쏘이고 새소리도 들어보고 꽃피는 것도 들여다 보고 해봐. 산 공부를 좀 하게나. 산 공부를 좀 하라구!"

산 공부를 하라는 스님의 말에 어리둥절해진 서정주가 눈을 동그랗게 뜨고 말했다.

"아니 스님! 그럼 공부에도 산 공부 죽은 공부가 따로 있습니까요?"

"하하하. 아, 이 사람아! 백번 천번 책에서 배우기를 소금은 짜다, 소금은 짜다 공부를 한들 소금을 단 한 번도 먹어보지 못했으면 그 공부가 산 공부겠는가, 죽은 공부겠느가?"

"그, 그건."

"책으로만 십년 공부한 것보다는 단 한 번 손가락으로 소금을 찍어 맛보는 공부, 그게 바로 산공부라고 하는 게야. 아시겠는가?"

"예, 스님."

영호 큰스님은 그 뒤에도 이 방 저 방을 기웃기웃 하며 학인들의 상태를 점검하고 공부하다가 막힌 부분을 풀어주곤 하셨다.

그렇게 자상하게 젊은 학인들의 공부를 챙겨주는 영호스님에게 불만을 가지는 사람이 있었으니 바로 스님의 시봉을 들고 있는 재학이었다.

"저 조실스님."

"왜 그러느냐?"

"조실스님께서는 다른 학인들 공부는 일일이 다 챙겨 주시면서 어찌하여 저는 본 척도 아니하십니까요?"

"그건 또 무슨 소리던고?"

"다른 학인들한테는 산 공부 죽은 공부 가르쳐 주셨다던데 왜 저에게는 아무런 가르침도 주시지를 않으시냐구요."

"하하하. 넌 이 녀석아! 허구한 날 산 공부만 하고 있는데 달리 뭘 또 가르쳐 달라고 그래?"

"아니 제가 허구한 날 산 공부만 하고 있다구요?"

"공부란 책만 들여다 본다구 해서 공부가 아니다. 너 비행기 잘 타는 데는 누가 제일이던고?"

"아 그거야 '떴다 봐라 안창남' 아닙니까요?"

"그래 그래. 그럼 노래를 잘 부르는 데는 누가 제일이던고?"

"그거야 고복수지요."

"그래 그래. 사람은 그저 나쁜 짓 빼놓고는 뭐든 한가지만 잘하

면 되느니라."

"그럼 절더러는 밥짓는 거나 잘하란 말씀이십니까요, 조실스님?"

"에이끼 녀석! 너는 인석아, 우리 강원 학인 사십여 명 가운데서 중공부를 가장 잘하고 있는 중이야!"

"저, 정말이십니까요, 조실스님?"

"뭐니 뭐니 해도 중 공부하는 데는 재학이 네가 제일이니라. 알겠느냐?"

영호스님의 말씀에 어찌나 감격했던지 재학은 그만 바닥에 넙죽 엎드려 큰절을 올리는 것이었다.

"가, 가, 감사합니다, 조실스님!"

"허허! 녀석도 원!"

영호스님이 워낙 소탈하고 격의없는 성격이라 대원암에서 공부를 하고 있는 사십여 명의 학인들은 큰스님에게 간혹 짖궂은 장난을 치기도 했다.

어느날 아침 공양시간이었다.

학인들 서넛이 짜고 영호스님께 장난칠 계획을 세웠다. 그런 사실을 알 리 없는 영호스님은 자리에 앉아 맛있게 공양을 들고 있었다. 호시탐탐 기회를 엿보던 이재복 학인이 은근한 목소리로 스님을 불렀다.

"저 조실스님."

"왜 그러는고?"

영호스님은 입 안에 음식을 가득 넣은 채로 이재복 학인을 힐끗 쳐다보며 우물우물 대답하셨다.

"오늘 아침 된장국이 너무 싱거우니 소금을 좀 쳐드리겠습니다."

"그래? 그러면 소금을 넣으려무나."

큰스님은 대수롭잖은 듯이 흔쾌히 대답했다. 그런데 이재복 학인은 소금을 조금 넣는 정도가 아니라 아예 큰 수저로 소금을 듬뿍 떠서 큰스님의 된장국 그릇에 넣고 휘이 젓는 것이었다. 그러니 이제 큰스님의 된장국은 된장국이 아니라 소금국이 된 셈이었다.

"자, 이제 간이 맞을 겁니다. 한번 드셔보시지요, 조실스님."

"음, 그래."

이재복 학인이 큰 수저로 하나 가득 소금을 넣은 것을 아는지 모르는지 스님의 기색은 덤덤하기 짝이 없었다. 오히려 영호스님은 숟가락으로 된장국을 떠서 맛을 보더니 고개를 끄덕이며 말했다.

"음. 거 간이 짭잘헌 게 건건이가 잘되겠구나."

밥 먹을 생각도 않고 스님의 하는 양을 예의 주시하던 여러 학인들은 스님의 대답에 떠들썩하니 웃어제끼기 시작했다.

곁에 있던 재학이 혀를 차며 답답한 표정으로 말했다.

"원 참 조실스님두! 아, 소금을 큰 수저로 듬뿍 넣었는데 그걸 어떻게 잡수십니까요? 어디 제가 한번 맛을 보겠습니다."

　재학은 스님의 된장국을 한 술 맛보더니 오만상을 찡그리며 소리쳤다.
　"으이구 짜! 스님! 이건 된장국이 아니라 소금국입니다요, 소금국!"
　학인들은 재학의 말에 배꼽을 쥐며 웃어댔다.
　"에이끼 이런 녀석들! 웃기는!"
　재학은 아무래도 안되겠다는 듯이 물주전자를 가지고 와서 말했다.
　"조실스님! 아무래도 그냥 드시기엔 너무 짭니다요. 제가 맹물을 좀 타드려야 되겠습니다요."
　학인들은 킥킥거리고 난리가 났는데 정작 당사자인 영호스님은 진지한 얼굴로 재학에게 묻는 것이었다.
　"정말로 그렇게 짜단 말이냐?"
　"네에. 자, 이번엔 맹물을 타드리겠습니다요."
　재학은 스님의 국그릇에 물을 좌르르 붓고 나서 스님께 말했다.
　"자, 이제 드셔 보십시요."
　스님은 이번에도 제자가 권하는 대로 된장국 맛을 보더니 고개를 끄덕였다.
　"으음. 거 삼삼헌 게 먹을만 하구나."
　곁에 있던 이재복 학인이 고개를 갸웃거리더니 숟가락을 들며 말했다.

"어, 어디요, 스님! 제가 한번 맛을 보겠습니다."
국맛을 본 이재복 학인은 손을 내저으며 말했다.
"어유 참 조실스님두! 아, 이게 뭐가 삼삼하다고 그러십니까? 물을 너무 타서 이제 맹물이 됐습니다요!"
어느새 스님 주변으로 모여앉은 학인들이 박장대소를 하는데 여태껏 제자들의 장난을 천연덕스럽게 받아주고만 있던 영호스님이 진지한 표정으로 한마디 했다.
"예이끼 이런 녀석들! 혓바닥들이 너무 그렇게 방정맞아선 못쓰느니라!"
그 말을 들은 재학은 눈이 동그래지며 스님께 여쭈었다.
"네에? 혓바닥이 방정맞으면 못쓴다니 무슨…… 말씀이신가요, 조실스님?"
"무릇 음식이란 싱거우면 싱거운 대로, 짭잘하면 짭잘한 대로 맛있고 고맙게 먹을 줄을 알아야지. 방정맞은 혀끝의 분별심에 놀아나서 짜다, 싱겁다, 트집을 잡으면 평생 고생을 면치 못하느니라. 다들 내 말 알아들었느냐?"
스승을 골려먹는 재미로 영호스님을 에워싼 채 키득거리던 학인들은 어느새 헛기침들을 하며 제자리로 물러가 있었다. 어느새 방 안에는 정적이 감돌았다. 재학은 상기된 얼굴을 숙이며 모기소리로 대답했다.
"예, 스님. 알겠습니다."

　묵묵히 고개를 숙이고 앉아 있던 이재복 학인은 스님 앞에 무릎을 꿇고 앉아 정중히 용서를 빌었다.
　"잘못했습니다, 조실스님."

15
이백 년의 긴 사연

 영호스님은 먹고 입는 기본적인 것 뿐만 아니라 모든 세상사에 초탈하신 분이었다. 이 나라 불교계의 장래를 위해 인재를 양성하고 교육시키는 일 외에는 사사로운 인정에 얽매이지 않았다.
 스님들 중에는 신도들의 관심을 모으고 인기를 끌기 위해 잡담으로 쓸데없이 시간을 허비하는 사람도 있었지만 영호스님은 단 한번도 그런 모습을 보인 적이 없었다. 인정이 두터워지면 도가 성글고 인정이 성글면 도가 두터워진다는 게 스님의 평소 지론이었다.
 한번은 개운사에 불공을 드리러 온 보살들이 스님을 친견하기 위해 대원암에 찾아왔다. 재학은 보살들을 잠시 바깥에 기다리게 한 후에 조실방으로 들어갔다.
 "저, 조실스님."
 "왜 그러는고?"

"아랫절 개운사에 불공 드리러 왔던 보살님들이 지금 밖에 와 계십니다요."

"보살들이 대원암에는 무슨 일로 왔단 말이냐?"

"아 그야 조실스님 친견을 하고 가겠다고 그래서 오셨답니다요."

"나를 보고 가겠다고?"

"예. 들어들 오시라고 그럴까요?"

"아, 아니다. 그럴 것 없느니라."

"아니 그럼? 그냥 돌아들 가시라고 그럴까요?"

영호스님은 자리에서 불쑥 일어서며 혼잣말을 흘렸다.

"나를 보러들 오셨다면 내가 나가서 구경을 시켜드려야 되겠구먼."

"예에?"

구경을 시켜드려야겠다는 영호스님의 말에 재학은 어안이 벙벙해질 뿐이었다.

"으음."

큰스님은 방에서 입고 계시던 그대로 툇마루로 나갔다. 툇마루 앞에 옹종거리고 서있던 십여 명의 보살들은 방에서 나오는 조실스님을 보더니 반갑게 웃으며 두 손을 모아 합장했다.

그런데 영호스님은 따뜻한 인삿말 한마디 없이 보살들에게 대뜸 이렇게 말하는 것이었다.

"나를 보고 가겠다고 오셨다니 앞을 볼테요? 뒤를 볼테요? 아니면 옆모습을 볼테요? 자. 그럼 마음대로들 보고 가시요."

영호스님은 철없는 어린 아이처럼 두 팔을 벌리더니 그 자리에서 두어 바퀴 빙그르르 도는 게 아닌가. 보살들은 입을 딱 벌리고 스님의 하시는 양을 지켜보고만 있었다. 이 나라 불교계의 최고지도자라는 교정스님을 친견하고 구수한 법문 한토막이라도 듣고 가고 싶은 마음에 대원암을 찾았던 보살들은 이해할 수 없는 스님의 행동에 그만 어처구니가 없었다.

그런데 영호스님은 보살들의 생각은 안중에도 없다는 듯이 껄껄 웃으며 말했다.

"허허허. 자, 이만하면 다들 잘 보았을 테니 그만들 돌아가시지, 응? 허허허."

큰스님이 이렇게 나오시니 친견하러 왔던 보살들은 그만 무안하기 짝이 없었다. 보살들은 큰스님께 인사를 하는 둥 마는 둥 하더니 서둘러 대원암을 떠나고 말았다.

보살들을 배웅하고 들어온 재학은 태연하게 앉아 있는 영호스님을 보더니 어처구니가 없는 듯이 소리쳤다.

"어이구 참 조실스님두!"

"아니 인석이! 내가 뭘 어쨌다구 그러는 게냐?"

"해두 해두 너무하셨습니다, 조실스님!"

"아니 이 녀석아! 아 내가 뭘 너무했다고 그래?"

재학은 조실방 툇마루 한 켠에 있던 보따리를 들어보이며 말했다.

"아니 조실스님 입으시고 신으시라고 이렇게 옷도 정성껏 지어오시고 버선도 만들어 왔는데 세상에 그렇게 무안을 주시는 법이 어디 있습니까요?"

"허허! 이런 녀석을 봤나. 아 나를 보러 왔다기에 앞모습, 옆모습, 뒷모습까지도 보여주었으면 됐지, 뭘 더 보여줄 게 있단 말이냐. 인석아!"

"어이구 참 스님두! 스님께서 그렇게 정나미 떨어지게 신도들을 대하시니까 보살님들이 조실스님을 뭐라고 부르는 줄이나 아십니까요?"

"아니 그래 보살들이 나를 뭐라고 부른다더냐?"

"멋대가리 없는 노장스님!"

"에이끼 녀석! 허허허. 멋대가리 없는 노장이라구?"

"그래요! 그뿐인 줄 아십니까요? 그거 말고도 또 있습니다요!"

"또 있다구?"

"그럼요. 두번 다시 못찾을 스님이랍니다요!"

재학의 말에 영호스님은 웃음을 터뜨리며 말했다.

"허허허. 그거 아주 잘되었구나! 응? 허허허."

"에이 참 조실스님두! 그게 뭐가 잘된 일이라구 그렇게 웃으십니까요?"

"이 녀석아! 너두 제대루 된 중이 되고 싶거든 단단히 들어둬! 여자들한테 멋있는 중, 여자 신도들이 자꾸 찾아오는 중, 그런 중은 중노릇 제대로 못하는 법이다! 알겠느냐?"

영호스님이 하는 말씀은 뼈가 있었다. 실제로 스님들 중에는 여자신도들에게 둘러싸여 구설수에 오르는 경우가 왕왕 있었다. 그토록 세속 인정에 초연한 스님이었으니 여러 신도들은 은근히 영호스님을 두려워하고 경외감을 가지는 사람도 있었다. 그러나 스님의 깊은 뜻을 아는 사람들은 대나무처럼 꼿꼿한 스님의 모습에 존경심을 품지 않을 수가 없었다.

영호당 스님은 호칭이 여러가지였으니 자칫하면 혼동을 하는 수가 있었다. 일반 신도들은 물론이요 스님의 제자들도 스님의 호칭을 제대로 알고 있는 사람이 많지 않았다.

하루는 이런 일이 있었다.

해방 전후 해서 유명한 시인 중의 하나였던 수주 변영로 선생의 형님 되시는 변영만 선생은 당대의 유명한 석학이었다. 평소 영호 큰스님의 인품을 흠모했던 이 변영만 선생은 가끔 스님을 뵙기 위해 대원암에 들르곤 했다.

"여보시게. 누구 계신가?"

어느날 대원암을 찾아온 변영만 선생은 아무도 없는 절간을 두리번거리고 있었다. 마침 그 옆을 지나가던 재학이 변영만 선생에게로 다가왔다.

"예. 저 누구를 찾으시는지요?"

"나는 변영만이라는 사람인데 석전 스님을 좀 뵙고 싶어서 찾아 왔네."

석전스님을 찾는다는 말에 재학은 고개를 갸웃하며 말했다.

"네에? 석전스님이라니요? 그런 스님은 이 절에 아니 계신데요?"

"허허! 이 사람이 뭘 몰라도 단단히 모르고 있구먼 그래?"

"제가 뭘 모른다고 그러십니까?"

"아 이 사람아! 석전스님이 영호스님이요, 영호스님이 한영스님이요, 한영스님이 정호스님 아니시던가?"

"예에? 아니 그럼 우리 조실스님이?"

"허허허. 속명에 법명에 법호에 시호가 제각각이니 자네가 다 알지 못하는 것도 무리는 아니지. 그래 스님께선 안에 계신가?"

"아, 예. 계십니다. 어서 드시지요."

어떤 사람은 스님을 한영(漢永)스님이라 불렀고 또 어떤 분은 스님을 영호(映湖)스님이라 불렀고 또 어떤 사람은 석전(石顚)스님, 또 어떤 분은 정호(鼎鎬)스님이라 불렀으니 자칫하면 헷갈리기 십상이었다.

그래서 하루는 학인들이 그 연유를 큰스님께 직접 여쭙게 되었다. 영호스님은 빙그레 웃으며 입을 열었다.

"허허, 그래 내 이름이 하두 여럿이라 헷갈린다 이런 말이더

냐?"
　재학이 얼른 대답했다.
　"그렇지 않겠습니까, 조실스님? 다른 스님들은 속명하고 법명, 거기에 많아야 법호까지 세가지 뿐인데 조실스님은 물경 아홉가지나 되니 헷갈리지 않겠습니까요?"
　"에이끼 녀석! 허풍을 쳐도 분수가 있어야지 내 법명 법호까지 네가지 뿐이거늘 어찌 아홉가지라고 허풍을 떠는고?"
　"글쎄올습니다요. 저도 시호까지 합해서 스님을 부르는 호칭이 네가지인 줄 알았는데요? 그렇지 않습니까?"
　이재복 학인도 영호스님의 이름이 아홉가지가 된다는 재학의 얘기가 잘 납득이 가지 않는 모양이었다. 옆에 있던 서정주는 호기심이 동하는지 재학에게 물었다.
　"그러게요. 대체 뭐 뭐 합해서 아홉가지란 말입니까?"
　"어서 대보아라 인석아! 그래 무엇 무엇이 아홉이나 된다는 게냐, 응?"
　영호스님까지 가세해서 대답을 독촉하자 재학은 답답한 표정으로 말했다.
　"아이구 참! 그렇게들 두뇌가 명석치 못하셔서야 경전공부를 장차 어찌들 하실지."
　"허허 이 녀석! 아, 인석아! 그렇게 뜸만 잔뜩 들이지 말구 어서 말을 해봐!"

"그럼 제가 헤아릴테니 아홉가지에서 한가지라도 모자라는지 잘 짚어보세요!"

이재복 학인이 고개를 끄덕이며 말했다.

"내가 헤아릴테니 그건 염려마시고 어서 말해보시오."

재학은 의기양양한 표정으로 검지 손가락 하나를 치켜세우더니 말했다.

"첫째는 속명이니 박한영."

"그리구요?"

"둘째는 법명이니 우물 정자 남비 호자 정호! 셋째는 법호이니 비칠 영자 호수 호자 영호, 넷째는 시호이니 돌 석자 구를 전자 석전!"

"거기까진 우리도 알겠구료."

이재복 학인이 고개를 끄덕이자 재학은 히죽히죽 웃더니 다섯째부터 숨도 안쉬고 줄줄 외기 시작했다.

"다섯째는 큰스님, 여섯째는 조실스님, 일곱째는 교정스님, 여덟째는 교장스님, 아홉째는 강사스님!"

"하하하하."

재학의 말을 진지하게 경청하고 있던 학인들은 그만 폭소를 터뜨리기 시작했다.

"에이끼 녀석! 허허허. 이 녀석 이거! 입만 살아서 잘도 주워 센다 했더니만 이제 보니 이녀석 이거 머리 하나는 핑핑 잘 도는구먼

그래? 응? 허허허."

"왜요? 제 말에 어디 틀린 데가 한가지라도 있습니까?"

다들 어이없는 표정으로 웃어대자 재학이 시무룩한 표정으로 따지듯이 물었다. 이재복 학인이 손을 저으며 말했다.

"허허허. 아, 아닙니다요. 그러고 보니 시봉스님 말씀에는 한 치 한 푼도 틀린 데가 없습니다요, 예. 허허허."

"그래두요. 제가 한가지는 빼드렸다구요, 뭐! 사실은 열가지라구요!"

사실은 아홉가지가 아니라 열가지라는 말에 눈이 휘둥그레진 서정주 학인이 재학에게 물었다.

"아니 그럼 또 뭐가 있는데요?"

"음. 어쩌다 보살님들이 찾아와서 뭐라고 부르는지 아십니까?"

"뭐라고 부르는데요?"

"노스님 계십니까? 히히히."

제가 이야기 해놓고도 우스운지 재학은 배꼽을 쥐고 낄낄거리며 방바닥을 데굴데굴 구르기 시작했다.

"하하하하."

"아, 그러구 보니 우리 조실스님 호칭이 꼭 열가집니다요, 네? 하하하."

이재복 학인이 장난스러운 표정으로 동의를 표했다.

"에이끼 이런 고약한 것들 같으니라구!"

영호스님은 낄낄대는 제자들을 향해 눈을 부릅뜨더니 오른손에 들고 있던 죽비로 재학의 어깨를 몇 번 내려쳤다.
"아이구 조실스님! 제가 뭘 잘못했다고 죽비로 치십니까요?"
재학이 죽는 소리를 하며 엄살을 떨자 영호스님이 말했다.
"에이끼 이 녀석아! 옛 속담에 밤새도록 곡을 하고 나서 아침에 보니 남의 상방에 가서 곡을 했더라고, 너 이 녀석, 그래 명색이 시봉이라는 녀석이 '조실스님은 계십니다만 석전스님은 이 절에 안 계십니다?' 에이끼 녀석!"
"하하하하."
"아이구 참! 사람따라 부르시는 게 열가지나 되니 그래서 제가 헷갈린다고 그랬지 않습니까요?"
"그래두 그렇지 인석아. 추사 글씨는 구했는데 완당글씨는 구하지 못했다는 녀석하고 똑같지 무어냐, 인석아! 응? 허허허."
"하하하하."
여러 학인들이 박장대소를 하고 있는데 재학이 문득 진지한 얼굴로 입을 열었다.
"그런데 조실스님?"
"왜 또 불러?"
"제가 무식해서 그런지 모르겠습니다만 조실스님 시호가 왜 하필 돌 석자, 구를 전자 석전입니까요?"
"왜 석전이 어때서?"

"제가 뜻을 새겨보는데 거꾸로 박힌 돌 같기도 하고 굴러 떨어진 돌 같기도 하고 누가 지었는지 잘못 지은 것 같아서요."

"에이끼 이 녀석! 이 석전이라는 시호는 지금으로부터 이백여 년 전인 영조 정조 임금 때 필명을 남기신 추사 김정희 선생이 지어 주신 것인데 잘못 지었다니!"

서정주 학인이 놀라서 소리쳤다.

"아니 그럼 정말로 그 추사선생이 이백 년 전에 지으셨다구요?"

추사 김정희 선생이 지어준 시호라는 것이 도무지 납득이 가지 않았던 것이다. 영호스님은 의미심장한 미소를 지으며 말했다.

"이 시호에는 이백 년의 긴 사연이 담겨 있으니 그 이야기를 듣고 싶으면 차 한 잔 달여 와야 할 것이니라."

스님의 말이 떨어지기 무섭게 재학이 벌떡 일어나며 외쳤다.

"예, 조실스님! 금방 가서 달여 오겠습니다요!"

잠시 후 영호 큰스님은 재학이 달여온 찻잔을 앞에 놓고 눈을 지그시 감았다. 멀리서 범종소리가 들려오고 있었다. 스승을 에워싸고 빙 둘러앉은 제자들은 호기심 가득한 눈초리로 옛생각에 잠겨 있는 영호스님을 바라보았다.

이윽고 영호스님은 무거운 침묵을 깨고 석전이란 시호에 얽힌 옛이야기를 시작하였다.

"내가 스물여섯살이던 가을이었지."

영호스님은 고종 7년이던 1870년, 음력 8월 열여드렛날 전주에
서 태어났다. 영호스님은 구한말의 평범한 양가집 젊은이답게 유교
경전을 탐독하며 성장하였다. 여느 평범한 젊은이와 달리 영호스님
은 학문에 대한 지적 호기심이 유달랐다. 그러나 유교경전을 아무
리 보아도 인생에 대한 근본적인 물음에 대한 명쾌한 해답을 찾을
수가 없었다.

그때 만난 게 바로 불교였다. 불교에 심취하기 시작한 영호스님
은 마침내 세속나이 열아홉살이 되던 때 전주 태조암(太祖庵)에서
금산(錦山)스님을 은사로 출가하였다. 스님은 당대의 저명한 스님
들을 찾아다니며 공부했다. 백양사의 환응스님에게 사교(四敎)를
배웠고, 선암사의 경운스님에게서 대교(大敎)를 배웠다. 얼마 지
나지 않아 영호스님은 특유의 뛰어난 언변과 해박한 지식으로 호남
일대의 명강사로 손꼽히게 되었다.

그러던 어느날이었다.

영호스님이 전라도 순창 구암사에서 설유 처명스님을 모시고 공
부를 하고 있었을 때였다. 하루는 설유스님이 영호스님을 불렀다.
애제자 영호스님을 바라보는 설유스님의 눈길에는 제자에 대한 따
스한 애정과 신뢰가 서려 있었다.

설유스님은 엄숙한 목소리로 입을 열었다.

"내 그대에게 법을 전하니 법호를 영호라 할 것이요 영호 그대가
백파 긍선스님의 육대손이니 아무쪼록 백파문중에 부끄러움이 없

도록 용맹정진을 해야 할 것이야."

"아니, 스님."

설유스님은 깜짝 놀라 외치는 제자의 반응에는 아랑곳없이 자리에서 일어나 벽장 문을 열었다. 스님은 벽장 속에서 조그마한 오동나무 상자 하나를 꺼내어 조심스럽게 뚜껑을 열었다. 그 오동나무 상자 안에는 오래 되어 누렇게 바랜 종이 한 장이 들어 있었다.

설유스님은 그 종이를 꺼내어 영호스님 앞에 펼쳤다.

"자, 이걸 보시게. 여기 써진 이 글씨를 잘보시게! 돌 석자, 구를 전자 석전! 이 시호는 바로 영조 정조 임금때의 백파스님에게 추사 김정희 선생이 손수 지어보내준 시호일세! 추사가 석전, 만암, 다륜 세가지 시호를 지어 백파스님께 보내면서 마음에 들면 백파스님이 가져도 좋고 그렇지 아니하면 이 시호를 가질만한 그릇의 제자에게 주어도 좋다고 이르셨었다네. 헌데 백파스님께서는 당신은 이 시호를 가질 자격이 없다고 스스로 이르시고 제자 가운데도 이 시호를 가질 만한 인물이 없으니 후세에 전하여 반드시 이 시호에 걸 맞는 인물을 찾아내면 전하라 이르시고 열반에 드셨었네."

실로 놀라운 이야기였다.

백파스님의 이 유언을 전해들은 추사 김정희는 무릎을 치며 탄복하며 말했다고 한다.

"나 같은 사람은 호를 하나 지어 주어도 눈앞에 보이는 누구누구를 위할 줄 밖에 몰랐는데 백파스님은 시호 하나 전하는데도 영원한 미래를 내다보셨으니 과연 크게 쓰실 줄 알았음이라! 내 어찌 스님의 큰 그릇을 따라갈 수 있으리오!"

설유스님은 계속 말을 이어나갔다.

"이러면서 추사 김정희 선생은 백파스님의 비문을 써서 보내주었네. 자기 부모의 비문도 쓰지 않기로 유명하던 추사였으니 백파스님에 대한 그 존경심이 얼마나 대단했는지 추측할 수 있을 것이네. 그 비문이 바로 지금 전라도 선운사에 서 있는 비석에 그대로 새겨져 있네. 그리고 이때 추사가 지어준 '석전'이라는 바로 이 시호는 백파스님의 법제자에게 대대로 유언과 함께 전해져 5대째 나에게 전해졌던 것! 이백 년 전에 추사가 지어놓은 이 시호 임자를 찾는 데 실로 장구한 세월이 흘러 이제 6대손에 이르니 이 시호의 주인을 내가 비로소 찾았네. 바로 오늘부터 이 시호 석전의 주인은, 바로 영호 그대일세!"

16
두가지 행복

시호 '석전'에 얽힌 이백 년의 긴 사연을 들은 재학은 믿을 수 없다는 표정으로 말했다.

"아니, 스님! 그러하오면 스님의 시호 석전이 바로 2백여 년 전에 추사께서 지어 놓으신 그 시호란 말씀이시옵니까?"

"그래! 그렇게 그렇게 5대째나 전해져 내려온 시호를 감히 내가 전해 받게 되었으니 나는 그만 몸둘 바를 몰랐어! 황송스럽고, 죄송스럽고…"

서정주 학인은 감동에 젖은 눈빛으로 입을 열었다.

"아, 정말 멋집니다요, 조실스님. 시호 하나 주인을 찾아주기 위해 5대, 6대까지 유언으로 전하다니! 정말 불교집안 아니면 이런 일, 꿈에나 상상할 수 있겠습니까, 스님?"

"바로 그렇느니라. 옛 스님들의 멋들어진 한 생각, 티끌 묻은 눈으로야 어디 상상이나 하겠는가."
 스님의 설명을 듣고 난 재학이 제법 진지한 얼굴로 말했다.
 "그 이야기를 듣고 보니 조실스님, 석전이라는 시호가 더욱 더 멋지고 좋아보이는데요?"
 "예이끼 녀석! 언제는 잘못 지은 것 같다고 토를 달더니 이젠 또 멋지고 좋아보인다? 인석아, 그렇게 한 입 가지고 두말하면 입이 삐뚤어지는 법이야, 응? 허허허."
 석전이라는 시호 하나에도 영원을 내다보는 스님들의 혜안이 담겨 있었으니 오늘 나무를 심어 내일 당장 과일을 따려는 오늘의 우리들에게 많은 교훈을 안겨주는 일화가 아닐 수 없다.
 영호 큰스님의 값진 시호 '석전'의 '전' 자 속에는 '구르다' 하는 뜻만 담긴 게 아니라 '이마'라는 뜻이 들어 있었다. 돌처럼 단단한 이마, 다시 말하자면 명석한 두뇌, 단단하고 명석한 불퇴전의 정신력까지를 상징한 시호라 할 수 있을 것이다.
 영호 큰스님은 이 석전이라는 시호에 걸맞게 주옥같은 선시를 많이 남기셨으며 평생 단 한번도 계율을 어기지 않은 청정한 스님이었다.
 재학의 눈길이 우연히 조실방 벽에 걸린 글씨에 가 닿았다.
 "저 그러고 보니 조실스님."
 "왜 그러느냐?"
 "저기 저 벽에 걸어놓으신 '비니'라는 두 글자 저것도 추사의 글

씨가 아닙니까요?"

"허허. 그 녀석! 이젠 제법 눈이 밝아졌구나, 그래? 응? 허허허."

영호스님은 추사의 글씨를 알아본 시자 재학이 기특한지 흐뭇한 표정으로 파안대소했다.

"그럼 스님! 저 글씨도 그때부터 6대째 전해져 내려온 것입니까요?"

"바로 보았느니라. 그물 비자 여승 니자 '비니'니, 백파스님이 계율을 엄히 지키시기로 소문난 분이라 추사가 그것을 기려 '비니'라 써보낸 것! 비니는 곧 '비나'야. 즉 계율이란 뜻이니라."

"아, 예. 그래서 조실스님도 저 글씨를 벽에 모셔놓고 늘 쳐다보시는군요?"

"그렇느니라."

고개를 끄덕이던 재학이 또 무슨 생각을 했는지 킥킥대기 시작했다.

"그런데, 조실스님. 히히히."

"왜 또 킥킥대는고?"

"듣자니까 조실스님은 평생토록 여자 손목 한번 못잡아 봤을 거라고 그러던데, 정말이십니까요?"

"에이끼, 녀석! 그런 새빨간 거짓말을 누가 하던고?"

"아니 새빨간 거짓말이라니요, 스님?"

"아, 인석아! 어렸을 적에 어머님 손목 실컷 잡아봤는데, 웬 헛소리야, 인석아! 어머니 손은 여자 손이 아니냐, 응? 허허허!"

대원암 마당에는 아람드리 보리수 나무가 한 그루 서 있었다. 그 보리수 나무에는 시도 때도 없이 늘 까치가 와서 우짖곤 했다. 영호스님은 아침 공양을 끝내고 화장실에 다녀오시는 길이면 꼭 이 보리수 나무 가지에 앉아 우짖는 까치를 한동안 바라보곤 하셨다.

그러던 어느날이었다. 그날도 화장실에 다녀온 영호스님은 보리수 나무 앞에서 서서 물끄러미 시끄럽게 지저귀는 까치를 바라보고 있었다. 그런데 그날따라 스님은 눈으로는 까치를 바라보면서도 마음이 다른 데 가있는 것 같았다.

스산한 표정으로 뒷짐을 지고 한동안 절마당을 서성이던 영호 큰스님은 조실방에 들어가자마자 재학을 불러 들였다.

"밖에 재학이 있느냐?"

"예, 조실스님."

잠시후 재학이 방문을 열고 들어왔다.

"부르셨습니까요, 조실스님?"

"그래, 너 거기 좀 앉거라."

"예, 스님."

"너 내가 묻는 말에 숨김없이 대답해야 할 것이니라."

"무슨 말씀이신데요, 스님?"

재학은 긴장한 눈빛으로 스님의 눈치를 보며 말했다. 영호스님

 이 불시에 학인들을 한 사람씩 불러들여 생활 점검을 하시는 적이 종종 있기는 했지만 이날따라 스님의 목소리는 준엄하기 짝이 없었던 것이다.
 "내 그동안 눈치를 보아허니 밤이면 학인들이 패거리를 지어서 대원암을 빠져 나가던데 너도 거기 몇 번 끼었으렷다?"
 "아아, 아닙니다요, 조실스님!"
 "너 이 녀석! 아니긴, 뭣이 아니야? 내 비록 눈이 좀 어둡기로소니 그만한 것도 모를 줄 아느냐?"
 "아이구 조실스님."
 "아이구구 저이구구 간에, 너도 분명히 몇 번 끼었으렷다?"
 "그건 저 조실스님. 제가 끼어간 게 아니구요."
 "끼어간 게 아니라면?"
 "저야 뭐 그냥 어거지로 끌려 갔었습니다요, 조실스님!"
 "에이끼 이 녀석! 어디서 거짓을 말하려 하는고?"
 "아이쿠! 거, 거, 거짓말이 아닙니다요, 조실스님!"
 겁을 잔뜩 집어먹은 재학은 말까지 더듬으며 기어들어가는 목소리로 말했다.
 "흐음, 그래. 끼어갔거나 끌려갔거나 아무튼 나간 건 틀림없으렷다?"
 "예."
 "그래 어디를 갔었는지 소상히 말을 해보아라."

"아이구 조실스님! 그것만은 제발 저한테 묻지 말아 주십시오."
"허허! 이 녀석 보게! 그건 묻지 말라?"
"어떤 벌도 달게 받겠사옵니다만 사내 대장부가 어찌 고자질을 할 수가 있겠습니까요, 조실스님. 그렇지 않사옵니까?"
"에이끼 이 녀석! 스승의 엄한 문초에 이실직고해야 마땅한 일! 그게 어찌 고자질이라고 꽁무니를 빼는고?"
"아이구 조실스님! 이실직고하면 결국은 학인들이 잘못한 게 소상히 탄로가 날 것이요, 그렇게 되면 결국은 그게 고자질한 꼴이 되지 뭐겠습니까요? 조실스님."
"너 이 녀석! 방금 학인들이 잘못한 게 소상히 탄로나게 된다고 말을 했으렷다?"
"예에? 아이구 그건 저."
계속되는 영호스님의 지엄한 추궁에 재학은 말꼬리를 흐리며 대답을 못했다.
"너 이 녀석! 밤에 나 모르게 대원암에서 빠져나가 어디 가서 무엇을 했느냐?"
얼굴이 새파랗게 질린 재학은 바닥에 넙죽 엎드리며 빌기 시작했다.
"아유, 조실스님. 한 번만 용서를 해주십시오."
"글쎄, 용서하고 아니하고는 나중 일이고 그래 대체 어디를 갔었느냐?"

"예. 저 화, 화, 활동사진을 보러 가느라고 단성사도 한 번 갔었 구요."

"그리구 또?"

"예. 저 우미관에도 한 번 갔었구요."

"그리구 또?"

"저기 저 왕십리 광무극장에도 한 번 갔었구요."

점입가경이라, 재학이 하나 하나 털어놓는 말을 듣고 있던 영호스님은 기가 탁 막혔다.

"허허. 이런 고연놈들을 봤는가! 너 이 녀석!"

"자, 잘못했습니다요, 조실스님!"

"너 부처님이 이르신 열가지 계율 가운데 일곱번째가 무엇이던고?"

"예. 저 일곱번째 계율은."

"어서 빨리 대지 못할까!"

"예. 저 노래하고 춤추고 풍류를 접하지 말며 일부러 가서 구경하지도 말라."

"딱!"

영호스님은 들고 있던 죽비로 재학의 어깨를 세게 후려쳤다.

"아이쿠 조실스님! 잘못했습니다! 한 번만 용서해 주시옵소서!"

"냉큼가서 함께 간 학인들을 당장 불러오너라!"

노발대발한 영호큰스님은 죽비를 한 손에 치켜 들고 불려온 학인 한 사람 한 사람을 엄하게 추궁하기 시작했다. 영호스님은 제일 먼저 이재복 학인을 가리키며 말했다.

"부처님이 이르신 열가지 계율 가운데 다섯번째 계율이 무엇이던고?"

"예, 저."

"어째서 그것 한가지 빨리 대지 못하는고! 벌써 잊어버렸단 말인가!"

"아, 아니옵니다, 조실스님! 다, 다섯번째 계율은 술을 마시지 말라."

"그걸 어긴 적이 한 번도 없었으렷다!"

"……"

"어찌해서 딱 부러지게 대답을 못하는고?"

"죄송하옵니다, 조실스님!"

"여기서 대답을 잘못하면 네번째 계율을 또 한가지 범하게 되느니라. 계율을 어긴 일이 있는가 없는가!"

"크게 잘못했으니 벌을 내려주십시오, 조실스님!"

"딱!"

이재복 학인의 어깨를 죽비로 내려친 영호스님은 이번에는 서정주 학인을 가리키며 말했다.

"그대는 또 다섯번째 계율을 어겼는가 아니 어겼는가?"

"저는 두 번도 더 어겼습니다. 엄한 벌을 내려주십시오, 조실스

님."

"허허 이사람! 계율 어긴 게 무슨 벼슬이라도 한 줄 알고 이리 당당하게 나오는가?"

"잘못했습니다. 용서하여 주시옵소서, 조실스님!"

"딱!"

"그대들은 젊은 총기로 이 늙은 중 눈만 속이면 되는 줄 알았겠지만 이 늙은 중, 비록 눈은 좀 어두울지 몰라도 내 코는 못속여! 뒷간 근처에 갈 수가 있어야지. 술냄새 때문에!"

"죄송합니다, 조실스님!"

"앞으로 석달 동안 그대들이 두고두고 정랑 소제를 맡도록 해! 다들 알았는가?"

"네, 조실스님."

"한 번만 더 어기면 모두 다 쫓아낼테니 그리들 알어!"

영호큰스님은 학인들이 공부를 게을리한다거나 계율을 어겼을 적에는 한 치의 용서도 없이 칼날처럼 엄히 다루셨다. 특히 학인들의 공부를 점검하는 데 있어서는 바늘구멍 만큼도 빈틈이 없었다. 계율을 어긴 젊은 학인들 몇몇을 준엄하게 꾸짖은 영호스님은 다시 재학을 불렀다.

"밖에 재학이 있느냐?"

"예, 조실스님."

"음 그래. 너 이리 좀 들어오너라."

조실방에 들어온 재학이 머리를 조아리며 말했다.
"분부 내리십시요, 조실스님."
"그래 너 가서 경상도 옥천사에서 올라온 학인을 좀 불러오너라."
"경상도 옥천사 학인이라면 이순호 학인 말씀이시지요?"
"그래 그 학인이니라."
경상도 옥천사에서 올라온 이순호 학인은 바로 훗날의 저 유명한 청담 스님이었다. 청담스님이 뒷날 많은 이들의 존경을 받는 큰스님으로 성장하게 되기까지에는 바로 이 대원암 영호 큰스님의 가르침이 있었던 것이다.
영호스님의 부름을 받은 이순호 학인이 잠시후 조실방에 들어왔다.
"부르셨습니까, 조실스님?"
"그래, 자네는 경상도 고성 옥천사에서 올라왔다고 그랬었지?"
"예, 그렇습니다. 조실스님."
"참선공부를 하던 수좌라 다른 학인들과는 다르다는 것을 내 익히 잘 알고 있네."
"아, 아니옵니다, 조실스님. 과찬의 말씀이시옵니다."
"아니네. 자네도 다른 학인들과 어울려 동대문 밖 주막에 갔었더라구?"
"죄송하옵니다, 조실스님. 저 혼자만 빠지면 도반들과의 사이에

틈이 생기고 벽이 생길까 우려한 나머지 어리석게도 따라 갔었사옵니다."

"흐음. 그런데 주막에 가서도 자네는 끝까지 술 한잔 고기 한점 입에 대지 아니했다는 걸 내 들어서 이미 알고 있네."

"죄송하옵니다, 조실스님."

"그 자리에 앉게 되면 싫건 좋건 먹고 마시게 되는 법이거늘 어찌하여 끝까지 버틸 수 있었는고?"

"죄송하옵니다, 조실스님. 거짓말을 했었습니다."

"아니! 거짓말을 하다니?"

"술만 입에 대면 토사광란이 일어나고 고기만 먹었다 하면 온몸에 두드러기가 일어난다 거짓말을 했었습니다."

이순호 학인의 대답에 영호스님은 웃지 않을 수 없었다.

"허허허. 그러면 그대도 거짓말하지 말라는 네번째 계율을 어긴 셈이로구먼 그래, 으응? 허허허."

"잘못했습니다, 조실스님."

"그래. 그럼 그 얘긴 그만허기로 하고 그동안 공부를 많이 했을 터이니 한가지 묻겠네."

"예, 조실스님."

영호스님은 방 구석에 놓여 있던 꿀단지를 끌어내어 이순호 학인 앞에 내밀었다.

"보다시피 여기 꿀단지가 하나 놓여 있네."

"예, 스님."
"이 꿀단지 안에 꿀이 가득 들어 있거늘 이 꿀을 저울로 달 수가 있겠는가 없겠는가?"
"……"
"어서 대답을 해보게. 꿀을 저울로 달 수가 있겠는가 없겠는가?"
"예, 스님. 꿀단지나 꿀의 무게는 저울로 달 수가 있겠사오나 꿀의 단맛은 저울로 달 수가 없겠습니다."
"딱!"
이순호 학인은 미동도 없이 영호스님의 그 매서운 죽비를 고스란히 맞고 있었다. 이순호 학인의 의연한 모습을 유심히 바라보던 영호스님은 마침내 웃음을 터뜨리며 말했다.
"허허허. 이제 자네는 한가지 대답을 더 해야 할 것이니."
스님은 주머니를 뒤적이더니 지폐를 꺼내며 말했다.
"이 종이돈으로 자네는 행복을 살 수가 있겠는가 없겠는가?"
"……"
"어서 대답을 하시게."
"예, 스님. 이 돈을 저에게 주신다면 그 돈으로 행복을 사올 수 있겠습니다."
"무엇이라구? 이 돈을 그대에게 주면 이 돈으로 행복을 사올 수 있겠다?"

"그렇습니다, 스님."

"흐음. 그럼 자, 이 돈을 줄테니 어디 한번 가서 행복을 사와 보게나!"

"예, 스님. 그렇게 하겠습니다."

이 기묘한 문답을 밖에서 듣고 있던 학인들은 어안이 벙벙한 얼굴로 서로 마주보았다. 종이돈을 꺼내주며 행복을 사오라는 스님이나 그 돈으로 행복을 사오겠다는 이순호 학인의 대답이 도무지 이해되지 않았던 탓이었다.

학인들은 두 눈을 둥그렇게 뜨고 입을 벌린 채 뚜벅뚜벅 절 밖으로 걸어나가는 이순호 학인의 뒷모습을 바라보고 있었다. 이재복 학인은 이순호 학인이 절밖으로 사라지자 어처구니가 없는지 고개를 갸웃거리며 말했다.

"아니 세상에 돈을 가지고 나가서 어떻게 행복을 사온다고 저렇게 나갑니까, 그래?"

"그러게 말씀입니다요! 저 옥천사 학인, 저러다가 조실스님한테 또 죽비나 얻어맞는 거 아닌지 모르겠습니다요. 히히히."

재학의 맞장구에 이재복 학인은 쓴웃음을 지으며 말했다.

"글쎄 말입니다요. 세속의 부귀영화 보기를 물거품처럼 보라고 이르셨는데 어디 가서 어떤 행복을 사오겠다는 것인지 원!"

학인들은 이렇게 저마다 한마디씩 하면서 걱정 반 호기심 반으로 사태의 추이를 지켜보고 있었다.

그런데 영호스님에게 받은 돈을 가지고 행복을 사오겠노라고 절 밖으로 나갔던 훗날의 청담스님, 이순호 학인은 한참이 지난 뒤 대원암으로 돌아왔다. 아무리 살펴봐도 이순호 학인의 손은 빈손이었다. 그러나 이순호 학인은 태연한 기색으로 학인들을 돌아보며 씨익 웃기까지 하는 것이었다.
　재학은 조실방 쪽을 향해 소리쳤다.
　"저, 조실스님. 옥천사 학인이 저기 돌아옵니다요!"
　"그래? 으음. 내 방으로 들어오라 일러라."
　"예, 스님. 저, 안으로 들어오시랍니다요."
　"어, 고맙네."
　청담은 재학을 향해 가볍게 고개를 숙이며 조용히 말하고는 방으로 들어갔다.
　"저 조실스님, 소승 다녀왔습니다."
　"그래, 거기 앉게나."
　"예."
　"그래 아까 약속한 대로 돈을 가지고 나가서 행복을 사오셨는가?"
　"예. 사왔습니다."
　"그래 무슨 행복을 어떻게 사왔는지 어디 한번 보여주게나."
　"예, 스님. 스님께선 이미 보고 계십니다."
　"뭘 보고 있다는 말이던고?"

"지나가던 걸인에게 돈을 주고 왔으니 그 걸인이 행복해졌고 돈을 줘버린 저 또한 마음이 즐거워졌으니 돈 한가지로 두가지 행복을 사왔습니다, 스님."

"딱!"

스님의 매서운 죽비가 또 한차례 이순호 학인의 어깨를 내리치더니 곧이어 호쾌한 웃음소리가 방안을 흔들기 시작했다.

"허허허. 과연 그대는 쓸만한 물건이로다, 응? 허허허."

17
살아있는 백과사전

　영호큰스님은 이순호 학인을 앞에 앉혀 놓고 크게 웃으며 말했다.
　"허허허. 그대는 과연 큰 물건이 될 것이야. 응? 허허허."
　"지나친 과찬이십니다, 조실스님."
　"내가 아무리 나이를 먹어 늙었기로소니 사람보는 눈까지 어두워진 줄 아시는가?"
　"아, 아니옵니다, 조실스님."
　"듣기 싫으이! 자네는 이제 이 대원강원에서 사교과 내교과를 마치고 눈이 활짝 열렸으니 선과 교가 둘이 아니라 하나라는 것을 터득했을 터!"
　"그렇사옵니다, 조실스님. 그 전에 참선만 했을 적에는 오직 참선만이 견성성불하는 길인줄 알았사옵니다만."

"그래 경을 배우고 나니 생각이 어떻게 달라졌는고?"
"계, 정, 혜 삼학을 두루 갖추어야 비로소 바른 공부를 하는 것이란 것을 알게 되었습니다."
"허허허. 그래 그래. 흐음. 자네는 이제 이만하면 내쫓아도 될 것 같구먼 그래. 응? 허허허."
"아니 조실스님! 그럼 소승을 이 대원암에서 그만 내치시겠단 말씀이시옵니까?"
"아암! 내쫓을 사람은 내쫓아야 하느니! 자넨 이제 이 대원암 밥 더 얻어먹을 생각 마시게."
"진정이시옵니까, 조실스님?"
"아 이 사람아! 그럼 나잇살이나 먹은 늙은 중이 자네 데리고 앉아서 농담이나 하고 있는줄 알았는가? 오늘밤은 늦었으니 내일 아침에는 당장 나가게!"
"아니 스님!"
"이제 자네는 대들보감이 되려면, 제대로 나무를 볼 줄 알고 제대로 나무를 다룰 줄 아는 대목수를 만나야 하느니 인정사정 볼 것 없이 내쫓아야겠네!"
"하오나 스님, 대체 소승더러 어디로 가라고 이러십니까요, 네? 조실스님!"
"내가 서찰을 한 통 써줄 것이니 금강산으로 가시게."
"금강산으로요?"

"금강산 마하연에 가면 훤한 보름달 같은 대목수가 자네를 기다리고 있을 걸세."

"보름달 같은 대목수라니요, 스님?"

"자넨 이제부터 참선공부에 매달려야 하니 자네를 만공에게 보내야겠어!"

"만공스님께요?"

"그렇게 알고 오늘밤 자네 행장이나 꾸려 놓게나!"

이처럼 영호 큰스님이 갈고 다듬은 불교계의 거목은 청담스님 한 분만이 아니었다.

현대 한국불교의 오늘이 있도록 불교경전을 한글로 번역하는 역경사업에 평생을 다 바치신 저 유명한 운허스님도 영호 큰스님의 문하에서 공부를 했고 지금은 일붕 선종의 종정인 경보스님도 같은 시기의 제자들이었다.

경보스님이 영호 큰스님을 처음 만나뵙던 당시의 사연은 이러했다.

어느날 조실방에 들어온 재학이 영호스님께 말했다.

"저 조실스님."

"왜 그러는고?"

"저 웬 잘생긴 젊은 학인이 조실스님을 뵙겠다는 데요."

"원 그 녀석 참! 잘생긴 젊은 학인이라니 대체 어떤 학인인데?"

"그거야 제가 어떻게 알겠습니까요? 그렇다고 제가 어디서 왔느냐, 성씨는 무엇이냐 꼬치꼬치 물어볼 수도 없는 일이구요."
　영호스님은 또 봄날 제비처럼 밑도 끝도 없이 종알종알대기 시작하는 재학을 손을 들어 제지하며 말했다.
　"그래 그래! 이제 그만 알았느니라. 그 학인 들여 보내거라."
　마침 조실방에 불려 와서 그간 공부한 것을 점검 받고 있던 이재복 학인이 슬그머니 자리에서 일어나며 말했다.
　"그럼 조실스님. 전 그만 나가보겠습니다."
　"어, 그러려무나. 그럼 내 또 다음에 부를 것이니 아까 이야기한 그 선문염송 자세히 봐둬야 할 것이야!"
　"예, 스님. 열심히 보겠습니다. 그럼."
　"그래 그래. 어서 나가봐!"
　방안에 있던 이재복 학인을 내보낸 영호 큰스님은 뒤이어 곧바로 낯선 젊은 학인을 만나게 되었다. 젊은 학인은 영호스님께 큰절을 올리며 말했다.
　"소승, 큰스님께 문안드리옵니다."
　"어, 그래 그래. 어디서 온 학인이던고?"
　"예. 저 전라도 완주 위봉사에서 온 서경보라 하옵니다."
　"아니 이 사람! 방금 뭐라고 그러셨는가? 전라도 완주 위봉사?"
　"예. 그렇사옵니다. 큰스님."
　"아니 위봉사가 틀림없는가?"
　"예, 스님. 틀림없이 위봉사에서 왔사옵니다."

"그럼 심부름을 왔단 말씀이신가, 아니면."
"큰스님 밑에서 공부를 하고 싶어서 이렇게 찾아뵈었습니다."
서경보 학인의 대답을 들은 영호스님은 크게 혀를 차며 말했다.
"허허. 이 사람, 정신이 나갔구먼."
"예에? 아니 무슨 말씀이시온지요, 큰스님?"
"아 이 사람아! 등잔 밑이 어두워도 분수가 있어야지! 자넨 이 사람, 잘못 찾아왔어!"
"예에? 잘못 찾아왔다니요, 큰스님?"
"아 이 사람! 자네 주지스님한테 여기 온단 허락이나 받고 오셨는가?"
"예, 스님. 춘담 주지스님의 허락을 받고 왔사옵니다요."
"허허. 이건 또 무슨 소린고?"
"정말입니다, 큰스님. 주지스님께서도 소승이 대원강원에 오는 걸 기꺼이 허락하시고 학비까지 대주셨습니다, 스님."
"아 이 사람아! 전라도 완주 위봉사라면 바로 거기 이 나라 불교계에서 첫째 가시는 대강백 진진응 스님이 계시지 아니하신가?"
"예, 계십니다요. 큰스님."
"아, 그럼 자네는 바로 거기서 진진응 스님한테 공부를 배워야지 왜 여길 왔어? 당장 내려가시게!"
"예에?"
서경보 학인이 전라도 완주 위봉사에서 왔다는 소리에 영호 큰스님은 아연실색한 표정으로 손부터 내저으며 말했다.
 "아 이 사람아. 내가 듣기에 그 진진응 스님은 바로 그 위봉사에 강원을 열고 강주로 계신다던데 왜 거기서 배우지 않고 한양까지 왔느냔 말일세!"
 "그, 그게 아니옵니다. 큰스님!"
 "글쎄 안이고 거죽이고 간에 그 진진응 스님으로 말씀드릴 것 같으면 선과 교를 어찌나 달통하셨던지 아, 이 박한영이는 그 스님 그림자도 따라 밟지 못할 정도로 뛰어난 스님이셔, 이사람아!"
 "아유! 글쎄 그게 아니옵니다, 스님!"
 "아니긴 자네가 뭘 안다고 아니라고 하시는 겐가?"
 "사실은 소승도 진진응 스님을 구례 화엄사에서 뫼시고 공부를 했었습니다요."
 "어, 그랬어? 그런데 왜?"
 "그런데 위봉사로 옮기셔서 강원을 연 지 얼마 되지 않아서 그만 강원 문을 닫게 되었습니다요, 큰스님."
 "원 저런! 아니 무슨 일로 위봉사 강원문을 닫았단 말이신가?"
 "자세한 까닭은 소승이 잘 모르겠사옵니다만 절이 워낙 가난해놔서 그 많은 학인들 먹일 양식도 모자라고 살림형편이 어려운지라 더이상 강원을 열 수가 없었던 걸로 아옵니다요."
 "원 저런! 쯧쯧쯧! 원 이거 어쩌다가 우리 절집안이 오나가나 이렇게 가난뱅이 신세가 되었는지 원!"

"사실은 그래서 제가 이렇게 이 대원강원에 오게 되었습니다요, 큰스님!"

막무가내로 당장 내려가라고 호통을 치던 영호스님은 서경보 학인에게 저간의 사정을 듣고 그제야 고개를 끄덕이며 말했다.

"그래 그래, 이제 알았네. 그래 자네 여기서 공부 한번 마음 먹고 열심히 해보겠는가?"

"허락만 해주신다면 열심히 해보겠습니다."

"흐음. 그래."

영호스님은 자기 앞에 단정히 앉아 있는 서경보 학인을 유심히 바라보았다. 재학의 말대로 정말 잘생긴 젊은이였다. 깎아낸 듯한 조각같은 흰 얼굴에 짙은 눈썹, 총명해 보이는 눈빛이 인상적이었다. 영호스님은 빙그레 미소를 지으며 말했다.

"자네, 눈빛을 보니 한몫을 단단히 해내겠는데 그래, 응? 허허허. 이것 보거라. 밖에 누구있느냐?"

"예, 조실스님!"

잠시후 방문이 조용히 열리더니 재학이 얼굴을 내밀었다.

"말씀하십시오, 조실스님."

"음, 그래. 이 새로 온 학인. 어 참! 이름이 무어라고 그랬던고?"

서경보 학인이 얼른 대답해 올렸다.

"예. 저 서경보라고 하옵니다."

"그래 그래. 전라도 완주 위봉사에서 온 학인이니라."
"예, 조실스님."
"데리고 가서 학인들에게 인사시키고 방을 정해주어야 할 것이니라."
"예, 조실스님. 분부대로 하겠습니다."
이렇게 해서 서경보 스님도 대원강원의 학인이 되어 영호 큰스님 밑에서 공부를 하게 되었다. 영호스님의 예상대로 서경보 학인은 특유의 총기를 발휘하여 여러 학인들 중에서도 금방 두각을 나타내기 시작했다.

어느날 저녁예불을 마친 서경보 학인은 이재복 학인과 함께 절마당을 거닐며 바람을 쏘이고 있었다. 서늘한 저녁공기가 코끝에 알싸하게 와닿는 초가을 무렵이었다. 화단에 심어진 코스모스가 미풍에 가녀린 몸을 맡기고 한들거리고 있었다.

미소띤 얼굴로 크고 작은 가을꽃들을 취한듯 바라보고 있던 서경보 학인이 문득 이재복 학인을 돌아보며 입을 열었다.

"저, 듣자 하니 영호당 조실스님께서는 '살아있는 백과사전'이라고 소문이 나있던데 그게 사실인가요?"

이재복 학인은 빙긋이 웃으며 말했다.

"그야 이를 말씀이겠습니까? 내전 외전은 말할 것도 없고 역사 지리 천문, 이태백, 두보에 이르기까지 훤히 다 줄줄줄 꿰고 계십니다요."

이재복 학인의 대답에 서경보 학인은 눈을 크게 뜨며 놀라는 표정을 지었다.

"아니 그 정도로 달통하셨다는 말씀입니까?"

이재복 학인은 자랑스러운 표정으로 말했다.

"아, 오죽했으면 육당 최남선 선생이 별명을 붙이시기를 '살아있는 백과사전이시다' 라고 말했겠습니까? 하하하. 어디 그뿐인 줄 아십니까? 육당 선생이 그러시는데요. 금강산을 가시건 묘향산을 가시건 한번만 다녀오시면 기록 한 줄 없이도 지나온 마을이름, 사람이름 거기서 들은 전설에, 고적의 역사에, 특산물까지 줄줄줄 꿰신답니다요!"

"어휴! 그 정도신가요? 그럼 그동안 공부하다 막힌 게 많았는데 저도 한번 여쭤봐도 괜찮을까요?"

"아, 그야 괜찮다마다요! 공부하다 막힌 게 있을 적엔 '묻지 마라 조실스님'이죠! 가서 한번 여쭤보세요! 기다렸다는 듯이 줄줄줄 시원하게 뚫릴 것입니다."

다음날 강의시간이었다.

"저, 스님."

"음, 무엇인고?"

"그동안 공부하다가 몇가지 의심나는 대목이 있었는데요."

"그래 무엇이 궁금해서 물어보겠다는고?"

"예, 저."

서경보 학인은 질문할 대목을 써놓은 종이를 펼치면서 말했다.
"대학을 읽노라면 '대학지도는 재명명덕이라' 하였는데, 그 명덕이란 대체 무엇인지 그걸 잘 모르겠어서요, 조실스님."
영호스님은 눈을 가늘게 뜨며 생각에 잠긴 얼굴로 입을 열었다.
"흐음. 그 대학에서 이른 명덕이라는 게 다른 게 아니라 바로 한가지 마음을 가리킨 것일세. 옛날 하택스님이 이르시되 안다는 뜻을 지닌 알 지자 한자가 온갖 묘한 문이라 하셨으니 마음을 빼놓고 더 밝은 것이 어디 있겠는가? 무슨 경이던지 글자만 배우고 문귀만 알아가지고는 거기에 담겨 있는 지혜를 보지 못하느니 불교를 배워 혜안을 얻으면 어떤 유교경전도 한눈에 훤히 보이게 될 것이야."
"아, 예에. 알겠습니다, 조실스님. 하오면 중용에서 '천명지위성이요 솔성지위도요 수도지위교니라' 하는 말이 나오는데 대체 이 성과 도와 교가 무엇인지요?"
"그것도 다 알고 보면 일점영명, 바로 둥글고 밝은 마음자리를 가리킨 것이니 성과 도와 교라고 여러가지로 말한 것은 감이라는 한 물건을 곶감이니 건시니 침시니 풋감이니 땡감이니 혹은 홍시라고 여러가지로 부르는 것과 같은 것! 때에 따라 방편으로 이름이 달라지는 것일세."
"아, 예에."
이제야 알겠다는듯 고개를 끄덕거리는 서경보 학인의 눈빛은 새

로운 진리를 터득한 기쁨으로 반짝거렸다.

"그런데 경보 자네!"

"예, 조실스님."

"이제보니 자넨 나이도 어린데 한학이 대단하구먼 그래, 응? 허허허."

"아, 아니옵니다. 과찬이시옵니다."

"에이끼 이런! 그만한 한학 실력이면 틀림없이 장차 한몫을 단단히 하게 될 것이야. 허나 자기 재주만 믿지 말고 부지런히 공부하시게! 알겠는가?"

"예, 스님. 명심하겠습니다."

1928년 3월의 일이었다.

영호당 스님은 뜰앞을 서성이며 보리수나무 가지 위에 앉아 우짖는 까치 소리를 듣고 있었다. 옷깃을 스치는 바람이 한결 부드럽고 다사로웠다. 밝고 투명한 햇살과 훈김 도는 바람이 허공을 떠돌고 있었다.

스님은 새순이 움트기 시작하는 보리수 나무를 바라보며 어느덧 봄이 다가오고 있음을 온몸으로 느끼고 있었다.

그때였다. 스님 곁에 앉아 있던 재학이 저만치서 머뭇거리며 다가오는 이순호 학인과 이운허 학인을 발견했다.

"저, 조실스님?"

"왜 그러는고?"

"저기 좀 보세요."

"으음?"

"이순호 학인과 이운허 학인이 스님을 뵈러 온 것 같은데요?"

"으음. 그래? 그럼 어서 들어오라고 일러라."

영호스님은 뒷짐을 지고 조실방으로 먼저 들어갔다. 잠시후 두 학인이 들어와 스님께 인사를 올렸다.

"으음. 그래 무슨 일들인고?"

영호스님은 평소와는 다른 두 학인의 긴장된 눈빛을 유심히 바라보며 말했다. 이순호 학인이 조심스럽게 먼저 입을 열었다.

"예. 저, 말씀드리기 죄송합니다만 바로 오늘, 요 아래 개운사에서 전국학인대회가 열리기로 되어 있습니다, 조실스님."

"아니 뭐라구? 전국학인대회?"

"예. 스님."

"아니 이 사람들아! 그래두 내가 명색이 교장인데 이 교장도 모르는 학인대회가 어떻게 열린단 말이던고?"

영호스님은 심히 못마땅한 기색으로 호통을 쳤다. 이순호 학인은 고개를 떨구며 말했다.

"죄송합니다, 조실스님. 그렇지 않아도 조실스님께는 사전에 말씀을 드려야 마땅한 일인줄 알고는 있었습니다만."

"그런데 어찌 해서 비밀로 했단 말이던고?"

시종 침묵을 지키던 이운허 학인이 입을 열었다.

"사실은 지난해 가을부터 은밀히 추진해오던 일이옵니다만 사전에 세상이 알게 되면 왜놈들이 가만두지 아니할 것 같아서."

"그럼 오늘 열린다는 학인대회는 그대들이 주동이 되어서 소집을 했단 말이렷다?"

"죄송하옵니다, 조실스님."

"흐음. 그래 오늘 모이기루 한 학인들은 몇 명이나 되는고?"

"예. 저 전국강원 학인대회니 만큼 이백여 명은 모일 것입니다."

이운허 학인의 대답에 영호스님은 놀라운 표정을 지으며 반문했다.

"이백 명?"

"그렇습니다, 조실스님!"

"그래 그렇게 많은 학인이 모여서 무엇을 어쩌자는 것인고?"

"예. 저 조선불교를 조선불교답게 되살리자는 뜻을 다지고자 합니다."

"조선불교를 조선불교답게 되살리자?"

"예."

추호의 흔들림도 없는 두 학인의 눈빛에는 학인대회를 성공적으로 개최하고자 하는 굳은 결의가 담겨 있었다. 매서운 일갈을 던지기라도 할듯 두 학인을 뚫어지게 응시하던 영호스님은 불현듯 웃음을 터뜨리기 시작했다.

"허허허."

두 학인은 굳은 표정으로 가만히 앉아 있을 따름이었다.
"그래 날더러 그 학인대회에 참석을 해달라 그런 말이렷다?"
"그렇습니다, 조실스님!"
"소집을 할 적에는 자네들 마음대로 해놓고 오늘에 와서야 날더러 참석을 해달란 말이지?"
"죄송하옵니다, 조실스님."
"내가 참석을 아니하겠다면 어쩔 셈인가?"
두 사람을 떠보는 듯한 스님의 질문에 이순호 학인은 이운허 학인과 잠시 의미심장한 눈빛을 교환하였다. 이윽고 이순호 학인이 진지한 표정으로 입을 열었다.
"도리가 아닌 줄 아오나, 억지로 업어서라도 조실스님을 모셔가겠습니다."
"무엇이라구? 날 어거지로 업어서라도 참석을 시키겠다?"
"용서하십시오, 조실스님!"
"허허허. 이 사람들 이거, 이제 알고 보니 불한당들이로구먼 그래! 응? 허허허."
"용서하십시요, 조실스님."
영호스님은 송구스럽다는 듯 고개를 떨구는 두 학인을 자애롭게 바라보더니 조용히 입을 열었다.
"정말 잘들 하셨네."
"예에?"

"이만한 큰일을 도모하자면 일을 은밀히 추진해야 하는 법! 전국에서 학인들이 모인다면 내가 가서 인사라도 하는 게 도리가 아니겠는가?"

"가, 감사합니다, 조실스님!"

두 학인은 감격하여 외치며 스님 앞에 엎드렸다.

18
다섯가지 몹쓸 병

　훗날의 청담스님과 운허스님이 주동하여 소집한 전국강원 학인대회는 조선불교 학인연맹을 결성하였으며, 이 날의 학인대회를 시발점으로 하여 조선불교의 법맥을 계승하고 조선불교다운 조선불교를 확립하자는 불교쇄신운동이 조선 불교계에 들불처럼 번져 나가게 되었다.
　이 날의 학인대회에 참석하여 자리를 빛낸 영호 큰스님은 여러 젊은 학인들이 지켜보는 가운데 뜻깊은 말씀을 하셨다.
　"여러 학인들은 잘 들으시오! 이 땅에 뿌리를 내린 우리 불교를 돌이켜 보면 삼국시대는 잉태의 시기요, 통일신라와 고려의 시대는 장성의 시기요, 조선 전반기는 노후의 시대였으나 지금은 바로 불교가 새롭게 융성할 중흥기의 시초이니 학인 여러분들은 용기백배하고 각오를 새롭게 하여 반드시 그 사명을 완수하기 바랍니다. 다만 이 늙은 중이 여러 젊은 학인들에게 당부하고 싶은 말은 시대의 변천에 어두워서는 안된다는 점! 그리고 불교가 쇠퇴한 원인을 밖에서만 찾으려 하지 말고 우리 불교 내부에도 그 원인이 있다는 점을 자각하고 그 원인을 도려내는 일에 과감해야 할 것이오! 다시 말하자면 고려시대의 우리 불교는 권력에 아부하는 데만 급급하여 왕권과 밀착하는 데만 정신이 팔렸고 백성들을 외면한 채 제 구실을 하지 못했으니 결국은 왕권도 망하고 불교도 쇠퇴의 길을 걷게 되었던 것! 이 점을 두 번 세 번 명심해 주기 바라오."

그런데 바로 그날밤이었다.

영호 큰스님은 성공리에 학인대회를 마치고 조실방을 찾아온 이순호, 이운허 두 학인과 더불어 밤이 이슥하도록 조선불교의 중흥 방안에 대한 이야기를 나누고 있었다. 은은한 달빛이 적막한 대원암 뜨락을 조용히 비추었다.

그때 한밤의 적요를 깨는 한 사내의 목소리가 들렸다.

"여보시오. 이 절에 아무도 없소? 여보시오!"

이부자리에 누워 선잠에 들었던 재학이 부시시 일어나 방문을 열었다.

"아니 이 밤중에 누굴 찾으십니까요?"

재학은 잘 떠지지도 않는 눈을 껌뻑이며 절마당에 드리워진 시커먼 그림자를 바라보았다. 그는 바지주머니에 손을 찔러넣은 채로 한쪽 다리를 건들거리며 거만한 목소리로 말했다.

"나로 말할 것 같으면 경찰서에서 나온 고등계 형사야."
"예에? 고등계 형사요?"
"그렇다니까!"
"그런데. 이 절간에 무슨 일로 오셨는데요?"
"이 절간에 수상한 자가 숨어있다는 정보가 들어 왔으니 이 절간을 수색해야겠다! 젊은 중들이 잠자는 곳은 대체 어디 있지?"
아닌 밤중에 절간을 수색해야겠다는 말에 소스라치게 놀란 재학은 손을 저으며 말했다.
"아, 안됩니다요! 우리 조실스님 허락 없이는 누구도 절 안에 들어갈 수 없습니다요!"
"뭐야? 무엇이 어째!"
고등계 형사의 쩌렁쩌렁한 목소리가 고요한 절간에 울려퍼졌다. 두 사람이 한참 동안 옥신각신하는 소리에 영호 큰스님이 밖으로 나왔다.
"대체 누가 오셨는데 이리 소란스러운고?"
"예, 저 조실스님. 경찰서에서 나온 고등계 형사라는데요. 아, 글쎄 학인들이 자는 방을 안내하랍니다요."
"고등계 형사라구?"
고등계 형사는 영호스님에게 다가가 말했다.
"예, 저. 이 절간 주지스님입니까?"
주지스님이란 말에 재학은 코웃음을 치며 말했다.

"아이 참! 우리 대원암에는 주지스님은 없고 조실스님이십니다요!"

영호스님은 시종 오만방자한 태도를 보이고 있는 사내에게 단도직입적으로 물었다.

"그래 대체 무슨 일이란 말이오?"

"예. 저, 요 아랫절 개운사에서 오늘낮에 중들의 집회가 열렸다던데요."

"그래서요?"

"그 집회를 주동한 자 가운데 우리 경찰이 찾고 있는 수상한 자가 끼어 있다는 정보가 들어왔습니다."

"수상한 자라니?"

"조선 독립운동을 하는 광한단 단원인데 체포령이 내려진 자입니다."

"그 사람 이름이 무엇이던가?"

"예. 저 그 자는 변성명을 하두 잘해서 이름이 여럿이라 합니다."

"이름이 여럿이라?"

"그렇습니다. 한때는 조우석이라고 했다가 그 다음에는 김종봉으로 바꾸었고 또 그 다음에는 박용하라고 변성명을 했다 합니다."

"아니 그런데 그 도깨비 같은 사람을 왜 하필이면 이 절간으로 와서 찾는 겐가?"

"최근에는 중으로 변장을 해서 중들의 모임을 주선하고 오늘 열린 대회에도 참석을 했으며 오늘밤에는 이 근처 절간에 머물러 있을 것이라는 정보가 들어왔기 때문인데, 대단히 죄송합니다만 수색을 하도록 협조해 주셔야 겠습니다."

고등계 형사는 느물느물하게 웃으며 영호스님에게 말하는 것이었다. 영호스님은 대뜸 형사에게 소리쳤다.

"에이끼! 여보시오!"

"예에?"

"이 대원암은 그렇게 떠돌아 다니는 객승들에게 빈 방이나 빌려주는 그런 절이 아니라 이삼 년씩 공부를 가르치는 강원이란 말씀이야!"

"그렇지만 정보가 들어 왔으니…."

"정보 아니라 정보 할애비가 들어 왔더라도 우리 학인 가운데는 그런 사람 없으니 그만 돌아가시오!"

"아니 그럼 오늘 중들의 대회에 참석했던 사람 가운데 오늘밤 여기서 잠자는 중은 없단 말입니까?"

"오늘 열린 학인대회에 참석했던 학인들은 다들 왔던 절로 되돌아 갔지 왜 이 절간에서 잠을 자겠는가! 가만! 아까 변성명한 이름이 박 무엇이라고 했던가?"

"예. 저, 박용하라고 했습니다."

영호스님은 미간을 찌푸리며 무언가 곰곰이 생각을 하는 표정이었다.
 "흐음. 박용하라고 했던가 박영하라고 하던가 그런 젊은 중이 인사를 하고 떠나긴 떠났었는데."
 "그 중은 어디로 갔습니까?"
 "글쎄 용한지 영한지는 한번 들어서 분명치 않거니와 하여간 나한테 인사한 그 젊은 중은 금강산으로 간다고 그랬으니까."
 "금강산이요?"
 "오늘밤에는 아마도 도봉산 망월사에서 잠을 자겠구먼."
 "도봉산 망월사요?"
 "기껏 걸어갔어야 거기밖엔 못갔을 게야. 아마."
 "하! 알겠습니다. 감사합니다."
 고등계 형사는 희색이 만면하여 대원암에서 다급하게 튀어나갔다. 형사의 모습이 시야에서 사라지자 영호 큰스님은 한바탕 크게 웃기 시작했다.
 "허허허."
 그러나 재학은 영 불만스러운 얼굴로 입술을 삐죽 내밀고 있다가 투덜거렸다.
 "아유 스님두! 아니 정말로 그렇게 도봉산 망월사를 가르쳐 주시면 어쩝니까요?"
 "에이끼 녀석! 박용한지 박영한지 그런 학인 내가 알기나 하냐? 그냥 귀찮아서 그렇게 쫓았느니라."

"아니 그럼 조실스님! 그럼 거짓말로 그 형사를 쫓았단 말씀이십니까?"

"허허허! 그 형사, 오늘밤 도봉산을 기어 올라가자면 고생깨나 할 것이니라, 으응? 하하하."

"어이구 참 조실스님두! 아 그렇게 거짓말을 하셨다가 어쩌려구 그러십니까요?"

"예이끼 녀석! 내가 언제 거짓말을 했단 말이냐? 박용하인지 박영하인지 분명치는 않지만 금강산쪽으로 간 것 같더라아, 그랬을 뿐이지 안그러냐 인석아! 하하하."

그런데 일본 고등계 형사가 찾고 있던 문제의 인물은 바로 그때 조실스님 방에 앉아 있었으니 하마터면 큰일날 뻔 한 일이었다. 영호스님이 재학을 들여보내고 다시 조실방으로 들어오자 바깥의 동정에 귀를 기울이고 있던 이순호 학인이 한숨을 토해내며 말했다.

"휴우! 정말, 조실스님 아니었으면 큰일날 뻔 했었습니다."

"아니 그건 또 무슨 소린가?"

"아, 바로 여기 앉아 있는 이운허 학인이 그 형사가 찾는 독립단원입니다요, 조실스님."

이순호 학인의 말에 영호스님은 깜짝 놀라 소리쳤다.

"무엇이라구? 아니 그럼 운허 자네가 바로 변성명을 해가면서 독립운동을 했다는 바로 그 자란 말인가?"

이운허 학인은 몸둘 바를 모르며 머리를 조아렸다.

"심려를 끼쳐 드려 죄송하옵니다, 조실스님."

"아니 그럼 중은 또 어디서 어떻게 된 게야, 자네?"

"왜경에게 쫓기다가 워낙 다급해서 숨어들어간 곳이 강원도 천보산에 있는 봉일사였습니다요."

"그, 그래서?"

"그 절 경송스님께 사정을 솔직히 말씀드렸더니 기왕에 제대로 숨어 있으려면 진짜 중이 되는게 안전하겠다 하시면서 머리를 깎아 주셨습니다."

"허허. 그러고 보니 이 사람, 엉겁결에 중이 되었구먼 그래? 응? 허허허."

이순호 학인도 따라 웃으며 말했다.

"허지만 이운허 학인, 이젠 제풀에 중물이 들어도 단단히 들었습니다요, 네? 허허허."

잠시후 영호스님은 다시 진지한 얼굴로 정색을 하며 말했다.

"허지만 운허 자네!"

"예, 조실스님."

"고등계 형사가 한번 냄새를 맡았으니 자넨 아무래도 잠시 산속에 들어가 피해 있어야겠네. 내말 무슨 뜻인지 알겠는가?"

"예, 조실스님."

어느 시대에나 무자격한 승려는 있게 마련이었지만, 특히 영호당 스님이 교정으로 재직중이던 그 무렵은 승려들의 기강이 마구

흔들리던 때였다. 영호스님은 선종 일색인 전통적인 불교관에 비판적 견해를 제시하는 한편 '지행합일'과 철저한 계율의 준수를 강조했다.

어느날 강의시간이었다.

영호스님은 웅성거리는 학인들을 제지하기 위해 손으로 탁상을 치며 법문을 시작했다.

"그만들 웅얼거리고 정신들 차려서 내 말을 듣게. 오늘은 우리 조선 승려들이 너나없이 걸려 있는 다섯가지 몹쓸 병을 지적할 것이니 명심해서 듣게!"

책을 펴들고 강의가 시작되기를 기다리고 있던 학인들은 전혀 예상치 못한 문제제기에 눈을 빛내며 경청하기 시작했다.

"우리 조선승려들이 걸려 있는 다섯가지 병 가운데 첫째로 버려야 할 것이 있으니, 공고를 버리고 허심광학해야 할 것이라. 이 말은 무슨 말인고 하니 세상은 나날이 변하고 학문과 사상이 변해가는데 다른 학문을 배우려는 노력은 하지 않고 우물안 개구리처럼 불교교리에만 사로잡혀 자기만이 가장 높은 학문의 경지에 올라 있다고 착각하고 있으니, 세계의 역사와 지리, 철학과 사상 새로운 학문을 몰라 가지고서야 어찌 중생들을 구제할 수 있겠는가!"

영호스님은 자리에 앉아 있는 여러 학인들을 주욱 둘러보고 나서 다시 말을 이었다.

"둘째는 뇌산을 버리고 용맹정진 해야 할 것이라. 이 말이 무슨 말인고 하니, 게으름에 빠져 취생몽사하는 못된 습관에 빠져 있으니 무사안일의 사고방식에 젖어 아무 것도 아니하는 산속의 무용지물이 되어서는 안될 것이요, 생과 사를 결단하는 용맹정진의 수련이 있어야 할 것이요, 구도정신과 전교홍법 정신이 있어야 할 것이야! 셋째는 위아를 버리고 망아이생해야 할 것이니, 저를 위해서 중된 자들은 중노릇을 당장 그만 두어야 할 것이야! 저 혼자 편하고 저 혼자 잘 먹고 잘 입고 잘 쓰고 기쁘자는 것은 어리석은 것! 자기를 버리고 중생을 위해야 그것이 중이지 중생을 위하지 않고 자기를 위하면 그것은 죄를 짓는 것! 재물을 모으고 감투를 쓰고 출세를 하기 위하여 중노릇 하는 자는 당장 먹물옷을 벗어야 할 것이야!"

법당 안에는 영호스님의 목소리만이 쩌렁쩌렁 울려퍼지고 있었다.

"넷째로는 간린을 버리고 희사원통 해야 할 것이니, 입으로는 깨닫고 도통한 척 떠벌이면서 부처님 가르침을 실천에 옮기지 아니한 채 뱃속에는 음흉한 욕심이 가득하면 이것은 출가수도자가 아니라 겉다르고 속다른 위선자! 재물에 눈이 어두운 자는 참다운 출가자라 할 수 없음이니 무엇이든 생기면 나누어주고 베풀어야 그것이 출가자의 본분이라 할 것이야! 거기 앉아 있는 자네! 자네 일어서 봐!"

"예, 스님."

맨 앞줄에 앉아 스님의 법문을 듣고 있던 이재복 학인이 대답과 함께 자리에서 일어났다.
"우리 주변에 아직도 이런 못된 승려가 있던가 없던가?"
"있습니다, 스님!"
"그럼 이런 못된 승려는 스스로 어찌해야 옳다고 생각하는가?"
"예, 그런 승려는 스스로 먹물옷을 벗고 속퇴해야 한다고 생각합니다!"
"제발 그래주기를 나도 빌고 있네."
한숨섞인 스님의 한마디에 학인들은 다들 낄낄대며 웃기 시작했다. 그러나 스님은 떠들썩한 좌중을 향해 정색을 하며 소리쳤다.
"웃을 일이 아니야! 웃을 일이 아니라구! 버려야 할 다섯째 병이 또 있으니 장졸을 버리고 호문광익해야 할 것이니! 이는 자기 잘못된 점을 감추고 자기 좋은 점만 자랑하는 못된 버릇을 버려야 한다 함이라. 어리석은 아녀자가 썩어 들어가는 속병은 감추고 얼굴거죽에 화장만 하는 격이니, 거기 앉은 자네 어서 일어서 봐!"
이번에는 재학이 주뼛거리며 일어났다.
"저 말씀이십니까요, 조실스님?"
"그래! 자네는 조그마한 암자 주지자리 하나 차지하고 있으면서 신도에게는 아무에게나 반말지거리 하는 그런 중을 본 일이 있는가 없는가?"
"아이구 조실스님! 그런 중은 여러 명 보았습니다요!"

다시 와르르 웃음이 터져나왔다.
 "어허! 웃을 일이 아니야! 부처님이 손수 탁발하시고 제자들에게도 탁발하라 이르신 뜻은 대체 어디에 있다고 생각하는가?"
 "그야 아만심을 버리고 겸손한 마음을 지니라고 그러셨습니다요."
 "그래, 바로 그거야! 그런데 요즘 철없는 중 가운데는 주지자리 감투 하나 뒤집어썼다 하면 할머니에게도 반말, 할아버지에게도 반말, 절에 찾아오는 신도 알기를 제집 종 보듯 하는 그런 얼빠진 자가 있으니, 이는 아만심을 버리지 못한 탓이요, 감투가 눈을 덮어 세상을 바로 보지 못한 탓이니, 여러 학인들은 요 다음에 비구계를 받더라도 이런 덜 떨어진 중이 되어서는 결코 안될 것이야! 출가사문이 아만심을 버리고 겸손한 마음, 겸허한 마음, 공손한 마음으로 세상을 대하면 온 세상은 스스로 감복하여 마음에서 우러난 존경심으로 승려를 떠받들고 공경하며 추앙하는 법! 남이 존경도 하기 전에 저 혼자 먼저 높은 데 올라가서 거드름을 피우고 반말을 지껄이며 건방을 떠는 것은 출가사문이 할 짓이 아니야! 다들 아시겠는가!"
 "예, 스님."
 "그럼 내 이 자리에서 그대들 여러 학인들에게 묻겠으니 그대들은 과연 무엇을 위해서 출가했는가?"
 영호스님의 질문에 학인들을 입을 모아 큰소리로 대답했다.

"상구보리 하화중생!"

"그래 그래. 먼저 도를 깨닫고 깨달음을 얻은 뒤에는 중생을 제도한다. 그렇다면 과연 그대들은 누구를 위하여 출가했는가?"

"중생을 위하여!"

"다시 한번 묻노니, 그대들은 과연 누구를 위하여 출가했는가?"

"중생을 위하여!"

사십여 명 학인들의 정연한 목소리가 법당 안에 울려퍼졌다.

19
소금 할아버지

 사십여 명의 젊은 학인들이 머물고 있던 대원암에서는 해마다 겨울이 다가오면 김장 담그는 게 가장 큰일이었다. 왜정시대만 해도 겨울이 되면 먹을 것이 별로 시원치 않아 보통 가정에서도 몇 백 포기씩 김장을 담그곤 했다.
 하물며 사십여 명이라는 대가족을 거느린 대원암에서야 그 사정이 어떠하겠는가. 2천 포기 이상을 담궈도 늘 모자랄 지경이었다. 김장철이면 소달구지 몇 대에 배추며 무우며 김장거리를 가득 실은 행렬이 대원암에 줄을 잇는 진풍경을 볼 수 있었다.
 영호스님이 대원암에 머물러 계시던 어느 해 겨울의 일이었다. 그해 겨울은 유독 눈이 많고 날씨가 쌀쌀하여 절살림을 맡은 스님들은 일찍부터 김장 걱정을 하고 있었다.
 그러던 어느날이었다.

영호스님은 아침 일찍 시내에 볼 일이 있어 외출을 하시고 추운 날씨라 다들 방에 틀어박혀 있었다. 아무도 없는 절마당에는 세찬 바람소리만 윙윙 거리고 있었다.
　그런데 갑자기 소 울음소리가 들리더니 소달구지 한 대가 절마당 안으로 미끌어져 들어왔다. 달구지 위에는 배추며 무우며 김장거리들이 빼곡히 들어차 있었다.
　"워어! 워!"
　고삐를 당겨 소달구지를 멈춘 농부는 음메에 하며 우는 소를 얼르기 시작했다.
　"그래 그래. 이젠 다 왔느니라."
　달구지에서 내린 농부는 텅 빈 절마당을 기웃거리더니 안을 향해 소리쳤다.
　"여보시오, 여보시오!"
　따끈하게 군불을 땐 방에 앉아 책을 들여다 보고 있던 재학이 그제서야 밖에서 수런거리는 소리를 듣고 냅다 소리를 질렀다.
　"아, 예에! 나갑니다!"
　밖으로 나온 재학은 배추가 가득 쌓인 소달구지를 보더니 어리둥절한 표정으로 농부에게 물었다.
　"아니 이거 웬 김장거립니까요?"
　"웬 거는 웬 겁니까요? 어떤 영감님이 이리로 싣고 가자고 해서 왔습지요."

"영감님이요?"

"그렇다니까요!"

그제서야 농부가 말하는 영감님이 영호스님을 지칭하는 것임을 깨달은 재학은 한숨을 푹 내쉬며 혼잣소리로 중얼거렸다.

"아이구 참 스님두! 김장거리를 사시려면 의논을 하고 사실 것이지. 저 두루마기 입고 중절모자 쓴 노인이 이 김장거리를 샀단 말이죠?"

"아니 그 영감님이 이 절간에 김장거리 대주는 영감님인 모양이죠?"

"어유! 자꾸 그렇게 영감님, 영감님 그러지 마십시오! 그 분이 이 절 조실스님이십니다요!"

"예에? 아니 그 영감이 이 절 무슨 스님이라굽쇼?"

"이 절에서 가장 어른이신 조실스님이시라구요! 이 나라 불교계에서 가장 높으신 교정스님이시구, 중앙불교 전문학교 교장스님이시구요."

'영감님'이란 말에 화가 잔뜩 난 재학이 아는대로 영호스님의 직함을 주워섬기는데 어디선가 주장지기 휘익 날아와 등짝을 후려갈기는 것이었다.

"에이끼 이런 녀석!"

돌아보니 영호스님이 주장자를 거두고는 싱글싱글 웃고 계셨다.

"아이구 영감님! 어느새 이렇게 뒤따라 오셨습니까요?"

영호스님을 본 농부가 반가운 기색으로 소리쳤다. 재학은 손가락으로 소달구지에 잔뜩 쌓인 김장거리를 가리키며 불만이 가득한 얼굴로 다짜고짜 스님께 여쭈었다.
"조실스님이 이거 다 사신 겁니까요?"
"아 인석아! 그럼 샀지 길바닥에서 주워 왔겠냐?"
"얼마 주셨습니까요?"
"그건 네가 알아서 어디 쓸려구?"
농부는 절마당 한 켠을 가리키며 스님에게 물었다.
"이거 여기다 부리면 되겠습니까요, 영감님?"
"그래요. 그쪽에다 차곡차곡 내려 놓으시우."
농부는 노랫가락을 흥얼거리며 배추를 한아름씩 내려놓기 시작했다.
"정말 얼마 주고 사셨느냐니까요, 조실스님?"
재학이 다시 한번 배추값을 물고 늘어지자 스님은 태연하게 웃으며 말했다.
"허허 그 녀석! 아 네가 배추값 무우값 알아서 뭣에 쓸려구 그래?"
"그래두 전 알아야겠습니다요! 조실스님이 뭘 사셨다 하면 맨날 비싸게 뒤집어 쓰시니까 그렇죠, 뭐!"
"에이끼 녀석아! 제값 주고 샀으면 됐지 나라고 맨날 봉만 잡히고 다닌다더냐?"

"글쎄 모두 해서 얼마 주셨습니까, 조실스님?"
"배추 2천 포기, 무우 2백 단에 오십 원 줬느니라."
"가, 가만요! 배추 2천 포기에 무우 2백 단에 오십 원이면, 어이쿠! 조실스님, 또 봉노릇 하셨습니다요!"
"봉노릇을 했다니?"
"아, 제가 다 시세를 알아봤습니다요! 요 아랫절 개운사에서도 배추 천 포기에 무우 백 단, 그거 다 해서 십오 원에 샀답니다요!"
"에이끼 녀석! 쓰잘데 없는 소리 작작허구 어서 학인들이나 불러서 이 배추 옮겨 가도록 해!"

재학은 하는 수 없이 방을 돌아다니며 학인들을 불러왔다. 곧이어 대원암에서는 바야흐로 큰 울력이 시작되었다. 한 쪽에서는 배추를 다듬고 또 한 쪽에서는 씻고 또 한 쪽에서는 소금에 절였다. 옹기종기 모여앉은 학인들은 이야기꽃을 피우며 마치 무슨 잔칫날을 맞은 것처럼 설레는 표정들이었다.

그러나 재학은 분주히 일을 하면서도 다른 사람들에게보다 몇 곱절 바가지를 씌운 농부가 얄미워서 죽을 지경이었다. 세상물정에 어두워 번번히 비싼 값에 김장거리를 사들이곤 하는 영호스님은 그렇다 치더라도 어떻게 출가한 스님한테까지 바가지를 씌우냔 말이다.

한참을 씩씩거려도 도무지 울화증이 삭여지질 않았다. 마침내 재학은 농부와 함께 배추를 나르고 있던 이재복 학인을 손짓해 불렀다.

"저 좀 잠깐만 보십시다."
"왜 그러시우?"
"저 배추장사 저 사람, 어떻게 혼을 좀 내줬으면 좋겠는데요?"
"배추장사는 왜요?"
"글쎄 우리 조실스님이 세상물정에 어두우시니까 배추값을 거의 곱쟁이로 받아 먹었지 뭐겠습니까요?"
"아니 곱쟁이나 비싸게요?"
"그렇다니까."
"아, 그렇다면 우선 조실스님께 차근차근 말씀드리고 돈을 돌려 받도록 해야지요."
그래서 두 사람이 영호스님께 말씀을 드렸지만 영호 큰스님에게 그런 말이 통할 리가 없었다.
"아 인석아! 흥정은 이미 시장바닥에서 끝난 일! 여기까지 실어다 놓구 이제 와서 딴소리를 하는 건 도리에 어긋나는 일이야!"
"원 참 조실스님두! 아니 그럼 시세보다 곱쟁이나 더 받아먹은 것은 도리에 합당합니까요?"
"아 인석아! 그러니까 중생이지 달리 중생이냐? 머리 깎은 중이 너무 그렇게 따지고 계산에 밝으면 복이 없는 법이야."
그러나 재학은 아무리 생각해 봐도 도저히 참을 수가 없었다. 재학은 스님이 조실방으로 들어가신 사이 몰래 농부를 손짓해 불렀다.

"이것 보세요, 아저씨."

"왜 그러십니까, 스님?"

"보시다시피 여기는 절간이고, 저 배추나 무우, 다 저 스님들이 겨울 내내 먹을 겁니다요."

"그, 그래서요?"

"세상에 그래, 스님들이 먹을 무, 배추값을 그렇게 곱쟁이로 받아두 괜찮은 줄 아십니까요?"

"아 그야, 배추도 배추 나름이요 무도 무 나름이니까 빨랫비누처럼 값이 똑같을 순 없는 일입죠. 안 그렇습니까요?"

농부가 유들유들한 태도로 대답하자 재학은 발끈 하며 소리쳤다.

"그래서 조금도 양심에 거리낄 게 없다 그런 말씀이십니까요?"

"허허허. 아무리 장삿꾼이기로소니 제가 왜 양심이 없겠습니까요? 와서 보니 절간이요 저 영감님이 최고로 높으신 노스님이시라니 저도 사실은 속으로 찔끔했습니다요! 그래서…"

"그래서요?"

"그렇다구 이제 와서 제가 노스님을 속였습니다 할 수도 없는 노릇이고 그대신 오늘밤이라도 공양미 뒤가마 실어다 바칠 생각이었습니다요. 그러면 안되겠습니까, 스님?"

농부가 그렇게 나오자 재학으로서도 더이상 할 말이 없었다. 오히려 영호스님 말마따나 그냥 모른 척 하고 있을걸 그랬나 하는 후회가 들기도 하는 것이었다.
 수십여 명의 학인들이 덤벼들어 배추를 다듬고 씻고 절이고 하는 광경은 그야말로 장관이었다. 영호 큰스님은 어린애처럼 즐거운 표정으로 학인들 틈에 끼어 앉아서 학인들이 김장 담그는 걸 구경하고 있었다.
 왁자지껄 웃고 떠들며 분주히 손을 놀리는 학인들을 바라보고 있던 영호스님이 배추를 버무리고있는 이재복 학인을 향해 소리쳤다.
 "여, 여보게 자네!"
 "저 말씀이십니까요, 조실스님?"
 "그래 자네 말이야. 내가 보자니 방금 뒷간에 갔다 오는 것 같던데 그 손으로 배추를 버무리면 그걸 누구 먹으라구 그러는가?"
 "하하하하."
 영호스님 말에 학인들은 일제히 웃음을 터뜨렸다.
 "원 참 조실스님두! 저두 조실스님처럼 오리걸음 걸어서 개울까지 갔다 왔습니다요."
 "에이끼 이런! 김장이라고 하는 것은 무엇보다도 몸과 마음을 정갈히 하고 담궈야 제맛이 나는 법이야! 이 사람들아!"
 재학이 끼어들며 말했다.
 "에이 참 조실스님두! 아, 김장이야 양념이 제대로 들어가야 제맛이 나지 몸과 마음만 정결하면 무슨 소용입니까요?"

"허허 이런 녀석을 보았나? 그래서 넌 이 녀석! 양념 대신 비벼 넣으려고 코를 휑 풀고 그 손으로 배추를 비벼 넣는 게야?"

"하하하하."

"에이 참, 조실스님두! 제가 언제 코를 휑 풀고 그 손으로 배추를 비볐습니까요? 이렇게 쓱쓱 씻고 나서 했지요."

재학이 코 묻은 손을 바지춤에다 쓰윽쓰윽 닦는 시늉을 하자 영호스님은 장난스레 눈을 흘기며 말했다.

"에이끼 녀석! 쓱쓱이나 싹싹이나 그게 그거지 인석아! 네가 비벼넣은 배추는 따로 추려뒀다가 너나 실컷 먹어라, 인석아!"

"하하하하."

양념 이야기가 나오자 재학은 무슨 생각을 했는지 입맛을 쩍쩍 다시며 말했다.

"사실 말이지요, 조실스님."

"왜?"

"여기다 그 뭣이냐. 새우젓 국물을 적당히 치구요, 아니면 멸치젓 국물을 적당히 치구요, 뭐 그러면……"

"에이끼 녀석! 새우젓 같은 소리는 꺼내지두 말어, 인석아! 비린내 난다!"

"히히히."

제가 생각해도 객쩍은지 재학이 헤실헤실 웃기 시작했다.

"이렇게 담는 김치는 그래두 양반이야. 내가 금강산에서 공부할 적에는 겨울 내내 염조만 먹고 살았느니라."
 생전 처음 듣는 '염조'라는 말에 이재복 학인이 스님께 여쭈었다.
 "염조라는 게 뭔데요, 조실스님?"
 "흐음. 염조가 무엇이냐?"
 "예."
 "염조라고 하는 반찬은 금강산에서나 구경하는 게야."
 "아니 그럼 그 염조라는 반찬이 금강산 특산물인 모양이지요?"
 재학의 질문에 영호스님은 껄껄 웃으며 말했다.
 "암! 특산물이지. 허허허."
 영호스님이 계속 웃으시자 이재복 학인은 의아한 표정으로 말했다.
 "아니 그 염조라는 게 뭔데 그렇게 혼자 웃으십니까?"
 "왜? 그 염조라는 반찬이 어떤 것인지 알고 싶은가?"
 궁금증을 참지 못하는 재학이 제일 먼저 눈을 빛내며 스님을 조르기 시작했다.
 "제발 좀 가르쳐 주십시요, 스님! 염조라는 반찬이 대체 어떤 겁니까요?"
 "금강산에는 말이야. 겨울에 눈이 왔다 하면 두 길 세 길 어쩔 때는 네 길, 다섯 길이나 쌓이거든."
 "그야 그러겠죠."

"그러니 눈이 내리기 전에 반찬을 장만해 두지 않으면 겨우 내내 소금을 찍어서 밥을 먹어야 한단 말씀이야."

이재복이 스님의 말을 거들었다.

"그래서 그 염조라는 반찬이 있다고 그러셨지 않습니까?"

"글쎄 그러니 배추나 무를 소금에 절이는데 이건 배추를 소금에 절이는지 소금을 배추에 절이는지 모를 지경으로 소금 투성이야!"

영호스님의 이야기가 길어지자 성질 급한 재학은 답답하다는 듯이 말했다.

"에이 참! 염조가 뭐냐고 여쭈니까 염조 얘기는 안 하시고 웬 배추 소금 말씀만 하십니까요?"

"아 인석아! 내 얘길 더 들어봐 글쎄! 그렇게 소금에 배추를 절였다가 겨울에 그걸 꺼내 먹으면. 아이구 짜!"

"아 그야 당연히 짜겠지요."

"아, 짜두 짜두 보통 짜야 말이지! 그래 어지간히 짠 것은 학인들이 이름을 짓기를 '염부'라고 했고, 짜도 짜도 지독하게 짠 것을 할애비 조 자를 붙여서 '염조'라고 했던 게야. 소금 할아버지! 그래서 염주지, 달리 염존가? 허허허."

재학은 별 싱거운 소리 다 듣겠다는 듯 짐짓 투덜대며 말했다.

"아이 참! 난 또 무슨 말씀이시라구요! 그 바람에 우리 모두 깜빡 속았지 뭡니까요?"

"하하하하."

이렇게 월동준비를 마치고 나면 대원암에는 또 어김없이 겨울이 찾아왔다. 가을 내내 구르던 마른 잎새들은 얼음이나 눈에 발묶여 더이상 굴러다니지 못하게 되고, 헐벗은 나무들은 온몸으로 바람을 맞으며 긴밤 내내 신음소리를 내었다. 한낮을 쪼이는 겨울햇살은 점점 인색해져 가고 새떼들은 먹이를 찾아 빈 마당을 우루루 몰려다녔다.

"게 누구 있느냐?"

저녁 무렵, 온종일 조실방에 앉아 경을 읽고 계시던 영호스님이 재학을 불렀다.

"예! 저 여기 있사옵니다, 조실스님."

"잠깐 들어오너라."

"예."

재학이 방에 들어오자 스님은 따스한 아랫목을 가리키며 말했다.

"으음. 여기 좀 앉거라."

"예."

"네가 거처하는 방은 춥지 않더냐?"

"예. 뭐 견딜만 합니다요."

"학인들 방에는 불을 좀 넉넉히 지피도록 해주었느냐?"

"아이구 참 조실스님두! 학인들 방에 불을 넉넉히 지피도록 땔 나무를 대주자면 그 나무를 무슨 수로 당해냅니까요?"

"그래두 방바닥이 미지근은 해야지 엊그제 내가 손을 넣어 보았더니 불을 언제 지폈는지 강원도 삼척이더구나."

"원 참 조실스님두! 아, 학인들이야 지금 한창 나이! 얼음판에 드르누워도 끄떡 없을테니 걱정하지 마십시오."

"원 녀석."

"그것보다두요."

"왜 또 무슨 일이 있단 말이냐?"

"저어기. 전라도 땅 말씀입니다요."

"그래 그 땅이 어쨌다는 얘긴고?"

"조실스님이 속가에서 물려받으신 논 여덟 마지기, 거기서 일 년에 쌀 여덟 가마씩 올라왔지 않습니까요?"

"그랬지. 그런데?"

"조실스님! 그런데 글쎄 그 논을 관리하던 스님의 친척이 몽땅 팔아먹고 달아났답니다요!"

"무엇이? 그 논을 팔아먹고 달아났어?"

순간 영호스님은 눈을 지그시 감고 나지막히 중얼거리기 시작했다.

"나무관세음보살, 나무관세음보살."

"스님."

"…… 왜?"

"그 친척은 믿을만 하다고 그러시더니 믿던 도끼에 발등 찍히셨지 뭐겠습니까, 스님.”
 "……나무관세음보살.”
 “왜 그러시옵니까요, 조실스님?”
 “나는 이제 늙었느니라.”
 “예에?”
 “오동나무 잎이 지는 것을 보면 가을이 오는 것을 알 수 있듯이 이제 내게도 이미 가을이 왔느니라.”
 “원 참 조실스님두! 왜 그런 약한 말씀을 하십니까요?”
 “서산에 지는 해를 누가 막으며 사람 늙는 것을 누가 막을 수 있겠느냐? 너두 곧 늙어서 나같이 될 것이니라.”
 조용히 눈을 감는 영호스님의 눈자위는 그날따라 더욱 진한 그림자를 띠고 있었다.

20
회 향

1936년 1월의 일이었다.

영호스님 문하에서 불교공부를 했고 전문학교까지 다닌 서정주는 드디어 동아일보 신춘문예에 시가 당선되어 어엿한 시인이 되었다. 이재복 학인은 잔뜩 흥분한 목소리로 스님 앞에 신문을 펴보이며 소리쳤다.

"자, 보십시오, 스님! 정주 학인이 신춘문예에 이렇게 당선이 되었습니다!"

영호스님은 이재복 학인이 내민 신문을 받아 서정주 학인의 당선 시 '벽'을 두어 번 반복해서 읽었다. 시를 읽어내려가는 스님의 얼굴에 서서히 미소가 피어올랐다.

스님은 흐뭇한 얼굴로 고개를 끄덕이며 말했다.

"허허허. 그래 그래. 증주 자네! 기어이 황새같은 시인이 되었구먼 그래. 응? 허허허."
서정주는 부끄러움으로 얼굴을 빨갛게 물들이며 말했다.
"이게 모두 다 스님의 은공이옵니다, 스님!"
"은공은 무슨 은공! 자넨 이제 시인이 되었으니 부처님 은혜, 부모님 은혜, 그리고 이 세상 모든 중생들의 은혜, 그걸 제대로 다 갚자면 좋은 시를 많이 많이 부지런히 지어야 할 게야, 응?"
"예, 스님. 명심하겠습니다."
"황새처럼 훨훨 날아다니면서 걸림없는 시, 부처님 향기가 배어 나오는 시, 중생들이 보고 들으면 마음에 지혜가 열리는 시. 아무쪼록 그런 좋은 글을 많이 써야 하네."
"예, 스님. 명심하겠습니다."
"허지만 자네!"
"예, 스님."
"그동안 불교도 배울 만큼 배웠고 전문학교도 다닐 만큼 다녔으니 우선 그 배운 것을 세상에 돌려주는 일부터 해야 할 것이야. 그래서 얘긴데."
"예, 스님. 말씀하십시오."
"봄이 되거든 해인사에 좀 내려가 있어 주시게나."
"해인사요? 아니 거긴 왜요, 스님?"
"거기 가서 중노릇을 하라는 건 아니니 놀래실 건 없으시네."
"아니 그러면?"

"해인사에서 보통학교를 세웠으니 봄이면 학동들을 새로 받아들일 게야. 거기 가서 아이들 공부를 좀 맡아줬으면 하네. 이를테면 선생노릇을 좀 해달라는 부탁이지."

"아, 네에."

"거기 해인사 건너편에 원당이라는 암자 하나가 있으니 자넨 거기서 살면 될 게구. 월급두 한 달에 십칠, 팔 원은 나올 것이니 그리 알고 있으시게."

서정주 학인은 스님의 자상한 배려에 감격한 얼굴로 고개를 주억거렸다.

"조실스님."

"왜 그러시는가?"

"그동안 입은 스님의 은혜만도 갚을 길이 아득하온데, 또 이렇게 저에게 환한 진로까지 열어주시니 정말 이 엄청난 은혜 감당하기 어렵사옵니다, 스님."

"허허허. 아 이 사람! 거 무슨 당치 않은 말씀이신가! 그동안 공부하신 것을 마땅히 세상에 되돌려줘야 하는 것이 도리이니 회향을 잘 하시라는 부탁이네. 그러면 해인사 학교에는 가 주시겠는가?"

서정주 학인은 한참을 곰곰히 생각하는 눈치더니 이재복 학인을 돌아보며 말했다.

"저보다도 먼저 재복 학인을 보내주시는 게 어떠신지요, 스님?"

뜻밖의 양보에 놀란 이재복 학인은 두 손을 저으며 급히 말했다.

"아, 아닙니다, 스님! 전 아직 급하지 않사옵니다, 스님."

영호스님은 두 학인이 보이는 따뜻한 우애가 기특한지 빙그레 미소지으며 말했다.

"허허 이 사람들! 오른손이 할 일 따로 있고 왼손이 할 일 따로 있는 법! 해인사 보통학교에는 자네가 가주셔야 하네! 아시겠는가?"

"…… 예, 스님. 그럼 분부대로 해인사로 가겠습니다."

영호스님은 여행을 워낙 즐기시는 분이라 틈이 날 때마다 조선 천지 안 가본 곳이 없을 만큼 여행을 많이 하셨다. 그러나 세속 나이 일흔이 가까워지자 스님은 스스로 먼거리 여행을 삼가하셨다.

어느날 영호스님은 홀로 조실방에 앉아 붓글씨를 쓰고 있었다. 오른손으로 붓을 들고 혼신을 다해 글씨쓰기에 열중하는 노스님의 모습은 거의 참선삼매의 경지에 가까웠다.

몇 시간이 흘렀을까? 문득 밖에서 재학의 목소리가 들려왔다.

"저 조실스님."

"어, 왜 그러는고?"

"육당 선생님께서 오셨습니다요, 조실스님."

"아 그래? 어서 들어오시게 할 것이지 뭘 알리고 말고 그러는가."

영호스님은 지필묵을 거두어 윗목에 밀어놓고 육당 최남선을 반

가이 맞았다.
"접니다요, 스님! 그동안 별고 없으셨지요?"
"아 이 늙은 중한테 별고가 있으면 어쩌라구, 응? 허허허."
"허허허. 아 이제 좀 쉬시지 않구 또 공부를 하고 계셨습니까요?"
"아 이 늙은 중더러 공부도 그만두라면 그건 세상 떠나라는 소리야, 응?"
"어이구 참 또 그렇게 되나요? 그럼 스님, 계속해서 공부나 많이 많이 하십시오, 예? 허허허."
"허허허. 그래 어쩐 일로 육당께서 이렇게 행차를 하셨을꼬?"
"어디 한번 맞춰보시겠습니까, 스님?"
육당 최남선이 장난스러이 반문하자 영호스님도 빙그레 웃으며 말했다.
"내가 무슨 점장이던가? 가만있자. 흐음, 거 육당의 눈빛을 보아허니 또 바람이 잔뜩 들어있구먼, 그래 응? 허허허."
"허허허. 스님 눈은 역시 못속인다니까요! 어떻습니까, 스님? 저하고 한바퀴 휘휘 돌아오시지 않으시렵니까?"
"허허허. 내 그럴 줄 알았지! 그래 이번에는 무슨 바람을 등에 짊어지고 어느 쪽으로 행차를 하시자는고?"
"백두산부터 시작을 해서 스님 모시고 안간 곳이 어디 있습니까만 이번에는 말씀이에요."

"그래 이번에는?"
"전라도 정읍에서 기차를 내려 백양사, 내장사를 거쳐서."
"구례 화엄사, 하동 쌍계사로 해서."
"순천 송광사, 무등산에 원효암."
"월출산에 도갑사, 두륜산에 대흥사."
"장단이 척척 잘도 맞습니다요, 스님! 네? 하하하."
육당 최남선이 걸쭉하게 웃자 영호스님은 노랫가락까지 붙여가며 말을 이었다.
"해남 대흥사에서 한 이틀 쉬고 용당나루 건너면 유달산에 달성사!"
"거기서 배를 타고 다도해를 구경한 뒤 만경창파 큰 바다 건너면 제주도 한라산!"
"허허허. 좋지 좋아!"
"스님, 그럼 가시는 겁니다?"
그러나 스님은 아무런 대답이 없으셨다.
"스님, 가시는 거에요, 네?"
"이젠 틀렸어."
"예에? 아니 스님!"
"이젠 한라산에 오르기는 너무 늦었어."
"아니 갑자기 그게 무슨 말씀이십니까, 스님?"
영호스님은 반백이 다 된 육당의 머리카락을 바라보며 쓸쓸히

미소지었다.

"허허허. 육당의 머리에도 허옇게 서리가 내렸거늘 이 늙은 중이 한라산 백록담을 한번 더 구경하겠다 함은 망령스런 욕심! 육당이나 더 늦기 전에 한번 더 다녀오시게."

"아, 아닙니다, 스님. 저 혼자야 무슨 맛으로 어딜 가겠습니까요. 그러고 보니 스님."

"왜?"

"금년 스님 춘추가?"

"허어. 그런 건 헤아려 어디다 쓸려구?"

"아이구 이거! 고희가 금방 아닙니까요, 스님?"

"글쎄 그런 건 헤아릴 것 없구 그 좋은 산천경계 함께 갈 수 없으니 미안해서 어쩐다?"

"아, 아닙니다요, 스님."

육당 최남선은 그만 울적한 얼굴로 말끝을 흐리고 말았다. 영호 스님은 윗목에 밀쳐놓은 자신의 붓글씨를 바라보며 조용히 입을 열었다.

"늙음을 허무하다 하는 것은 죽음도 삶도 깊이 모르는 입에서 나오는 법! 저 한지에 한 방울의 먹물이 번지듯이, 햇살이 창에 스며들듯이 죽음이란 삶에 스미는 게야. 밝게 스미는 죽음을 알게되면 늙는 것두 더이상 두려운 게 아니요, 죽음을 알고 나면 지혜롭게 사는 일만 오롯이 남아서 오히려 조용하고 태평스러운 시간을 보낼 수 있을 것이니."

 육당 최남선은 영호스님의 말씀을 그저 묵묵히 듣고 있었다. 생각하면 할수록 영호스님과 함께 이 땅의 산야를 넘나들던 일들이 부질없는 하룻밤의 꿈만 같았다. 두 사람 사이에 무거운 침묵이 흘렀다.

 고개를 숙인 채 한동안 침묵을 지키던 육당 최남선은 불현듯 고개를 들며 스님께 말했다.

 "스님!"

 "왜?"

 "스님의 고희기념으로 제가 스님의 시고들을 모아서 시집을 한 권 엮어 올릴까 하오니 허락하여 주십시요, 스님!"

 "허허, 거 쓸데없는 말씀! 거 그런 번잡스런 일 생각지두 마시게. 아시겠는가?"

 "원 참 스님두!"

 "허허 육당."

 "예, 스님. 알겠습니다."

 그러나 영호스님의 고희를 맞아 육당 최남선은 도저히 그냥은 넘길 수가 없었다. 최남선은 스님 몰래 영호스님의 시들을 모은 '석전시초'를 책으로 출판하여 거기에 애정어린 발문을 썼다.

 내 석전 영호당 스님을 모시고 지내기 삼십여 년. 백두산, 금강

산, 묘향산, 지리산, 한라산 안 간 곳이 없었으니 내 글이나 학문에 스님의 은혜가 스미지 아니한 곳이 없다.

아! 스님은 계향이 엄정하신 고승이시니, 속인이 즐거움으로 삼는 일이란 스님은 모두 부족하다 하시고 오직 담박한 생활과 무덤덤한 즐거움으로 오늘까지 지내오셨다. 스님께서 "이젠 늙었어" 한 마디 하심에 문득 스님의 춘추가 고희라는 것을 깨달았으니, 내 스님께 바친 것은 없으나 마음만은 그냥 있을 수 없어 스님께서 강의의 여가로 기쁨에 넘쳐 음미하신 시를 살펴보니 착상이 풍부하고 조예 또한 매우 깊다. 이 시는 스님의 참모습을 그대로 나타낸 것이므로 이 시고들을 정리하여 책을 펴내고자함이니 그저 스님께서 이 시집을 펴보시고 지나오신 발자취를 상기하시어 빙그레 웃으시며 버리지나 않으신다면 만족할 뿐이다. 스님께서 오래도록 늙지 마시고, 내 역시 나약한 몸이나마 오래 보존한다면 스님을 받드는 길이 훗날도 있을 것이니 이 느낌은 스님만이 아시리라.

기묘년 섣달 동주, 최남선 아룀.

육당 최남선은 책이 나오자 마자 대원암으로 달려와 스님 앞에 '석전시초'를 바쳤다. 마침 방에 있던 이재복 학인은 영호스님이 보실 수 있도록 한장 한장 책장을 넘겨드리며 말했다.

"자 보십시오, 스님! 위당 정인보 선생님이 스님의 행략을 쓰시고 육당 선생님이 발문까지 여기 이렇게 써서 책을 내셨습니다."
 영호스님은 육당이 쓴 발문을 한참이나 물끄러미 바라보더니 조용히 입을 열었다.
 "여보시게 육당."
 "예, 스님."
 "나한테 이렇게 큰 빚을 짊어지게 하는 걸 보니 내생에 나를 소로 부리고 싶으신 겐가?"
 "아, 아니옵니다, 스님! 이 인연공덕으로 내생에서도 또 스님을 모실 수 있었으면 여한이 없겠습니다, 스님."
 그렇게 말하는 육당 최남선의 눈가에는 어느덧 이슬이 맺히고 있었다.
 영호스님은 그동안 애지중지 가꾸고 가르쳐온 제자들을 한 사람씩 한 사람씩 제 갈길을 열어주어 떠나보내기 시작했다. 서정주를 해인사로 보낸 영호스님은 얼마 후 시자 재학을 시켜 이재복 학인을 불러오게 했다.
 "저 조실스님. 마곡사 학인 여기 왔습니다요."
 "으음. 어서 들어오라 일러라."
 "예, 스님. 어서 드시지요."
 잠시후 이재복 학인이 방으로 들어와 넙죽이 엎드려 절을 올렸다.
 "아아 그냥 앉으시게. 그냥 앉으시래두."

절을 마치고난 이재복 학인이 스님 앞에 단정히 앉아 입을 열었다.

"부르셨습니까, 조실스님?"

"그래, 자네도 그동안 어려운 공부 하느라 고생이 많으셨네."

"아, 아니옵니다, 스님. 스님께서 보살펴 주신 덕에 아무 어려움 모르고 공부했습니다."

"자넨 이제 수행도 그만큼 깊어졌고 학문도 높아졌으니."

"아, 아니옵니다, 스님. 소승 아직 초발심자의 단계에 머물러 있사옵니다."

"하하하. 자넨 늘 그렇게 겸손해서 되었네! 허지만 겸손한 것과 비굴함을 혼동해선 안될 것이니 그걸 늘 명심해야 할 것이야."

"예, 스님. 명심하겠습니다."

"그리구 자네도 이젠 그동안 공부하고 수행한 것을 중생들에게 회향해야 할 것이니."

"예, 스님."

영호스님은 탁자에 올려두었던 편지를 이재복 학인에게 내밀며 말했다.

"이 서찰을 받아두시게."

"예."

"그 서찰은 마곡사 주지 향덕스님께 전하는 것이야."

"하오면 소승 마곡사에 다녀오라는 분부이시옵니까?"

"그 뭐, 힘들게 가고 오고 할 것 없으시네."
"하오면 스님."
"그대는 그동안 여기서 사교, 대교 다 마치시고 전문학교까지도 마쳤으니 이젠 회향할 차례! 마곡사로 내려가서 강사를 맡아 주셔야겠네!"
"예에? 아니 절더러 감히 마곡사 강사를 맡으라 하시오면."
이재복 학인은 설마 하는 표정으로 스님을 올려다 보았다.
"강사 한 사람을 천거해 달라 연락이 왔기에 내 그대를 보낸다 기별을 했으니 그 서찰을 가지고 가면 향덕스님께서 알아서 하실 것이야."
"하오나 스님."
"처음에 강사를 맡으라 하면 누구나 겁이 나고 두려운 법! 허나 그만한 공부면 못할 것두 없을터이니 아무 염려마시고 내일 아침 당장 길을 떠나시게!"
"스님."
"왜?"
"그동안 스님께서 소승에게 베풀어주신 은혜, 내생에 가서도 결코 다 갚지 못할 것이옵니다, 스님!"
스님 앞에 머리를 조아리는 이재복 학인의 눈에서는 어느덧 한 줄기 뜨거운 눈물이 흘러내렸다. 이재복 학인의 머릿속에 곡절 많은 지난날의 일들이 주마등처럼 스쳐 지나갔다. 마곡사에서 올라와

 월사금 낼 돈도 없이 어렵게 공부하며 허덕이고 있을 때 영호스님이 아니었다면 결코 오늘의 기쁨을 맛보지 못했을 것이었다.
 영호스님은 빙그레 미소지으며 가라앉은 목소리로 조용히 말했다.
 "허허, 거 무슨 당치 않은 소릴 하시는가? 은혜를 입었다는 생각이 드시거든 부모님 은혜, 부처님 은혜, 조사님들 은혜, 이 세상 중생들의 은혜라 생각하시고 이 세상 모든 중생들을 위해 회향을 잘 하셔야 하네!"
 "명심하겠습니다, 스님."

21
나 여기서 세상뜨려네

　학인들을 한 사람씩 불러들여 갈 곳을 일일이 다 정해주었던 영호스님은 이번에는 서경보 학인을 불렀다.
　"거기 전라도 위봉사 학인 아직 오지 아니했느냐?"
　"지금 막 왔습니다요, 조실스님!"
　"어서 들어오라고 일러라."
　"예."
　이윽고 서경보 학인이 방에 들어왔다. 그 잘생긴 얼굴은 여전하되 처음 대원암을 찾았을 때보다 훨씬 깊이 있고 성숙한 눈빛이었다.
　"부르셨습니까, 조실스님?"
　"으음. 그래 그동안 자네도 고생이 많으셨으니."
　"아, 아니옵니다, 스님. 스님께서 자상하게 보살펴 주셔서 아무

어려움 없었사옵니다."
 "그래 이제 공부하다 걸리는 데는 없어지셨는가?"
 "스님 문하에 들어온 후로 웬만큼 눈이 밝아졌나 보옵니다."
 "허허허. 그래 한학의 깊이가 그만 하면 어디다 내놓아도 손색이 없을 게야."
 "아, 아니옵니다."
 "헌데 이제 자네도 여기 이 대원불교 강원을 떠나 주셔야겠네!"
 "예에? 아니 그러면 스님."
 "우리 학인 누구에게나 하는 소리지만 수행을 하고 공부를 했으면 그걸 모두 세상을 위해 되돌려 주어야 하는 법! 그걸 우리 불교 집안에서는 회향이라고 하지."
 "예, 스님."
 "이제 자네도 회향을 해야 할 때가 되었으니."
 "하오나 스님. 드릴 말씀이 있사옵니다."
 눈을 내리깔며 입을 여는 서경보 학인의 얼굴은 매우 곤혹스러워 보였다.
 "무슨 말씀이시던가?"
 "예. 저 스님, 아직 어디로 가야할지 행처를 정하지 못했사오니 한두 달만 말미를 주셨으면 하옵니다."
 "아직 갈 곳이 없으니 한두 달만 더 머물게 해달라?"
 "예, 스님."

"허허허. 안된다고 하면?"

스님의 짓궂은 반문에 서경보 학인은 할 말을 잃고 방바닥만 뚫어지게 내려다볼 뿐이었다. 스님은 너털웃음을 웃으며 서경보 학인에게 말했다.

"허허허. 너무 염려마시게."

"감사합니다, 스님. 하오면 한 달만 더 머물면서 행처를 알아보도록 하겠습니다, 스님."

"그러실 것 없으시네."

"무슨 말씀이시온지요, 스님?"

"자넨 그동안 절밥 먹은 밥값을 어떻게 하려는고?"

"예에? 밥값이요?"

어디로 가야할지 행처조차 정하지 못한 터에 절밥 먹은 밥값이라니! 그만 서경보 학인은 눈앞이 아득해졌다. 웃음 띤 얼굴로 재미있다는 듯 당황한 제자의 얼굴을 바라보던 영호스님은 갑자기 정색을 하며 말했다.

"자넨 밥값을 갚으려면 오대산 월정사로 가시게!"

"예에? 오대산 월정사요?"

"월정사 강원에서 강사 한 사람 천거를 해달라기에 자네를 보내겠다 기별을 해두었으니 거기 가서 강사를 좀 맡아주어야겠네! 아시겠는가?"

"예, 스님. 감사합니다!"

대원불교강원에는 한 사람씩 한 사람씩 소리없이 학인들이 떠나가고 있었다. 언제나 사십여 명의 학인들로 꽉 차있던 대원암은 이제 텅 빈 것 같은 느낌이었다. 보리수 나무에 앉아 지저귀는 까치소리만 더욱 크게 울려퍼졌다.

어느날 영호스님은 모처럼 한가로운 마음으로 툇마루에 앉아 까치소리를 듣고 있었다. 영호스님의 주름진 얼굴은 평화롭고 여유로워 보였다.

"허허 고 녀석들 참! 뭘 저렇게 까깍 댈 일이 많은지 원."

"저. 조실스님."

시자 재학의 목소리였다.

"어, 왜?"

"저두 조실스님께 드릴 말씀이 있습니다요."

"그래? 그럼 어디 말을 해보아라. 대체 무슨 말이던고?"

"여기선 드리기 싫습니다요."

"뭐라구? 아니 그건 또 무슨 소린고? 여기서는 말하기 싫다니?"

"조실스님 방에 들어가서 정식으로 말씀을 드리고 싶단 말씀입니다요."

"뭐라구? 방에 들어가서 정식으로 말을 하겠다?"

"그렇습니다요."

"허허 나 원! 별소릴 다 들어보겠네. 아 인석아! 정식이구 약식이구간에 무슨 얘긴지 어디 한번 들어보자꾸나."

"조실스님 방에 들어가셔서 조실스님 자리에 앉으십시오."

평소와는 다른 재학의 정중한 태도에 당황한 것은 오히려 영호스님이었다.

"허허. 이게 대체 무슨 변고인고. 으음, 그래 그래. 그럼 네 말대로 정식으루 한번 들어보자."

하는 수 없이 조실방에 들어가 앉은 영호스님이 재학에게 물었다.

"그래 무슨 얘기더냐?"

"절부터 올리고 나서 말씀드리겠습니다. 절 받으십시오."

재학은 방바닥에 넙죽이 엎드려 영호스님에게 큰절을 올렸다.

"허허, 이런! 그래 무슨 말을 하려고 이렇게 격식부터 차리는고?"

"소승, 조실스님 모시기 벌써 몇 년째입니까요?"

"그, 그래서?"

"조실스님께서는 소승을 대체 어찌 하실 작정이시온지 그걸 알고 싶사옵니다요."

그제서야 재학의 의도를 알게된 영호스님은 큰소리로 웃음을 터뜨렸다.

"허허허. 왜 이 늙은 중이 이 대원암에 너 혼자만 남겨두고 야반도주 할까봐 걱정이란 말이더냐?"

"그, 그런 건 아니옵니다만 다른 학인들은 다 갈 길을 열어주시고 왜 저한테는 쓰다 달다 말씀조차 없으신지 섭섭합니다요."
 "허허허. 그랬을 것이니라."
 "웃으실 일이 아니옵니다요, 조실스님."
 "그래 너 여기서 어디까지 공부를 마쳤는고?"
 "그야 사교과를 마쳤습지요."
 "그래 넌 여기서 사교과를 마쳤으면 그 다음에는 무슨 공부를 해야 하는고?"
 "그야 사교과 마친 뒤에는 대교과를 공부해야 합니다요."
 "그래 대교과를 마쳐야 제대로 중이 되는 게야. 그렇지?"
 "그야 그렇습지요."
 "그러니 네가 가야할 곳은 이미 내가 정해 놓았느니라."
 "예에? 아니 그럼 절 어디로 보내시려구요?"
 영호스님은 품 속에 간직해 두었던 편지를 꺼내서 재학에게 내밀며 말했다.
 "자, 우선 이 서찰 받아두어라."
 "이게 무슨 편진데요, 스님?"
 "재학이 너는 양주 봉선사 운허스님을 찾아가야 할 것이니라."
 "봉선사 운허스님요?"
 "그래 이 서찰을 운허스님께 전하면 운허스님이 다 알아서 네 장래를 열어줄 것이니라."
 "아니 그럼 스님께선 저마저 멀리 쫓아버리실 작정이십니까요?"

"허허. 그러면 이 늙은 중 머지않아 이승을 떠날 터인데 저승까지 따라올 생각이냐?"

"아이구 스님두 참! 그, 그런 건 아니지만 더 모시면서 공부를 더 하고 싶어서 그랬습니다요."

"허허허. 그래 공부를 더 해야지. 공부를 더 해서 요 다음에 꼭 큰스님이 되어야 하는 게야."

"정말 저도 스님처럼 될 수 있을까요, 스님?"

"암 되구 말구! 나보다도 더 좋은 스님이 될 수 있을 게야. 자 그러니 이 서찰을 가지구 양주 봉선사로 떠나도록 해! 알겠느냐?"

"예, 스님. 분부대로 하겠습니다."

다음날 영호스님의 시봉을 들어가며 수년 동안 공부를 해오던 재학은 스님이 써주신 서찰을 들고 경기도 양주에 있는 봉선사로 운허스님을 찾아갔다. 역시 대원암 영호스님 밑에서 공부한 적이 있는 운허스님은 한자로 된 어려운 불교경전을 한글로 번역하는 역경사업에 전념하고 있었다.

운허스님은 자신을 찾아온 재학을 반가이 맞으며 말했다.

"그래 영호당 큰스님께서 지네를 이리 보내셨다는 말씀이던가?"

"예. 저 조실스님께서 이 서찰을 스님께 전해올리라 하셨습니다요."

"서찰을?"

"예. 여기 있사옵니다요."

영호스님께서 운허스님에게 보낸 편지내용은 다음과 같았다.

'운허대사에게 전하는 글이니 이재학 학인을 봉선사 강원 대교과에 입학시켜 쓸만한 중을 만들어주시게. 특히나 유념하실 것은 이 학인은 너무 총명하여 세속학교 공부를 더이상 시켜서는 속퇴할 염려가 있으니 세속학교에는 보내지 말 것이요, 가능하면 출타를 삼가토록 각별히 지도하여 주시기 바라네. 그러면 평생 계율을 잘지키는 쓸만한 중이 될 것을 믿어 의심치 않네. 허허허. 그리고 이 학인의 강원 학비는 내가 다달이 16원씩을 부쳐줄 것이니 그리 아시게.'

편지를 읽고난 운허스님은 웃음을 참지 못하고 껄껄 웃으시는 것이었다.
"허허허허."
"아니 스님! 왜 그러시옵니까?"
"으음? 아, 아무 것도 아닐세. 영호당 큰스님께서 편지에 이르시기를 자네를 대교과에 입학시켜서 공부를 잘 가르치고 특별히 잘 모시라고 당부하셨다네. 응? 하하하하."
"예에?"
영호스님은 제자들을 모두 다 보낼 곳으로 다 보내신 뒤 1945년에 해방을 맞게 되었다. 해방되던 해 스님의 세속나이는 76세였다.

　일본인들이 이 땅에서 물러간 뒤 새롭게 열린 조선불교 중앙총무원 총회에서는 영호당 스님을 다시 제1대 교정에 만장일치로 추대하였으니 스님의 덕이 얼마나 넓고 컸는지 짐작할 수 있겠다.
　그러나 영호스님은 전문학교 교장 자리도 교정 자리도 조용히 사양하고 주변을 깨끗하게 정리하기 시작했다.
　어느날 영호스님은 운허스님이 있는 봉선사로 왔다. 영호스님이 오셨다는 소식에 몇몇 제자들이 봉선사에 모여들었다. 스님은 그 자리에서 운허스님을 가리키며 말했다.
　"내 이제 기력이 떨어져서 더이상 강을 할 수도 없고 기억력도 자꾸 희미해져서 공부할 수도 없어 내 이제 운허 그대에게 강을 전하니, 아무쪼록 강맥을 잘 이어서 우리 불교를 이끌어나갈 인재들을 많이 많이 키워주시게."
　"네, 스님. 이제 스님께서는 아무 염려마시고 그저 편안히 지내십시오."
　"이제 이 늙은 중, 떠날 일 한가지밖에 남지 않았으니 뭘 염려한다고 해서 될 일이 있겠는가마는 운허스님에게 꼭 한가지 더 부탁하고 싶은 말이 있네."
　"예, 스님. 말씀하십시오."
　"우리 불교가 백성들 사이에서 크게 융성하려면 우선 우리 불교 경전이 보기 쉽고 읽기 쉽고 이해하기 쉽게 옮겨져야 할 것이니 이 점을 유념해 주시게."

"예, 스님. 명심해서 시행토록 하겠사옵니다."

영호스님의 눈길이 운허스님의 옆에 앉아 있는 재학에게로 갔다.

"자네 법명이 재학이었지?"

"예, 스님. 맞사옵니다."

운허스님이 덧붙였다.

"지금은 법공스님이라는 법호로 부르고 있사옵니다, 스님."

"허허허. 법공이라."

"예, 스님. 법 법자, 빌 공자 법공이라 하옵니다."

재학은 영호스님의 질문에 차분하고 침착하게 대답하였다. 고작 몇 년 사이에 몰라보도록 달라진 재학의 얼굴을 정감어린 눈길로 바라보며 영호스님이 말했다.

"그래 자네두 이제 어김없는 중이 되었군 그래."

"이게 다 조실큰스님 은혜이옵니다, 스님. 저를 이 봉선사로 보내신 이후 다달이 학비까지 보내주셨으니 그 은혜 결코 잊지 않겠사옵니다, 스님."

"은혜는 무슨 은혜. 여보게 법공스님."

"원 참 조실스님두! 그냥 법공이라고 부르십시오."

"허허허. 자네가 환속을 할까봐서 내 운허스님에게 자네 문밖 출입을 금지시켰었다네. 허허허."

재학은 빙그레 웃으며 말했다.

"아, 그 덕택에 이렇게 중노릇 잘하고 있지 않습니까요, 스님."
"그래 그래. 그럼 그만 나가봐야겠으니 자네들 아무쪼록 회향을 잘해야 하시네."

즐거운 표정으로 제자들과 정담을 나누던 영호스님은 불쑥 일어서며 다시 한번 당부했다.

"스님! 봉선사에서 편히 모시면 안되겠습니까요?"

운허스님이 간절하게 애원하는 것이었으나 영호스님은 고개를 가로저으며 말했다.

"아, 아니야. 난 내장사로 내려가겠네. 잘들 있으시게."

이것이 영호큰스님 서울에서의 마지막 모습이었다.

전라북도 정읍에 당도한 영호스님은 내장산엘 오르셨다. 내장사는 골 깊고 물 맑은 산에 자리한 단아하고 고적한 고찰이었다. 내장산 어디나 단풍나무 숲이 울창하게 무리지어 있었고 넉넉한 개울물이 사시사철 흐르고 있었다.

고적한 산사의 정취에 흠뻑 빠진 영호스님은 종무소에서 나오던 내장사 주지가 스님을 알아보고 달려오는 것도 모르고 있었다.

"아이구! 이게 누구시옵니까요?"
"으음? 허허. 매곡스님이신가. 날세, 이 사람아!"
"아이구 스님! 이게 대체 어쩐 일이시옵니까요? 기별도 없이요?"
"아, 이 사람아! 늙은 중 오고가는 거 소리소문 없어야 자네들이 편하지."

"아이구 스님, 무슨 말씀이십니까요! 자, 어서 드시지요, 스님."
"잠깐만!"
영호스님은 반색을 하며 주지실로 안내하려는 매곡스님의 팔을 잡고 말했다.
"아니 왜요, 스님?"
"나 여기서 세상 뜨려고 왔네. 그래도 귀찮지 않으시겠는가?"
매곡스님은 놀란 얼굴로 영호스님의 티없이 맑은 노안을 바라보았다.
"원 참 스님두! 무슨 말씀이십니까요? 어서 드십시오, 스님."
"정말 귀찮지 않으시겠어?"
"아이구 참 스님두! 정말로 여기서 열반에 드시게요?"
"아 그럼 정말이지! 농담하려고 내가 예까지 내려온 줄 아시는가?"
"아, 알겠습니다, 스님. 계시든지 가시든지, 뭐든 스님 뜻대로 하십시오. 소승 그저 스님 분부대로 뭐든 다 거행하겠사옵니다, 스님."
"허허허. 고마우이! 그럼 내 여기서 마음편히 지내다가 떠날 것이야 응? 허허허."
1948년 음력 이월 스므아흐렛날이었다.
영호스님은 스님의 말씀 그대로 노후를 편안히 잘 지내시다 내

장사에서 열반에 드셨다. 세속나이 일흔아홉, 법랍 예순 한살 때의 일이었다.

　백파스님으로부터 비롯되어 도봉, 정관, 백암, 설보, 다륜, 설유스님을 거쳐 영호스님에게 전해진 법맥은 운기, 청담, 운허, 석농, 운성, 남곡, 청우스님에게 이어졌다. 또한 운기스님의 법맥은 건봉사 주지 동철, 중생사 주지 현봉, 용굴암 주지 제정, 선운사 범여, 은적사 주지 대우, 무위사 주지 법철, 성곡사 주지 계진스님 등으로 이어져오고 있으며, 청담스님의 법맥은 고성 문수사 정천, 도선사 포교당 혜명, 전 도선사 주지 현성, 승가대학장을 지낸 혜성, 도선사 주지 동광, 서울 문수사 주지 혜정스님 등으로 이어지고 있다.

　한편 운허스님의 법맥은 월운스님에게 이어지고 운성스님의 법맥은 송광사 강주 원철스님에게 이어졌으며, 남곡스님의 법맥은 용문사 주지 선걸, 내장사 주지 태허, 선운사 주지 재곤에게 이어졌고, 청우스님 법맥은 삼장사 주지 재덕, 덕림사 주지 법진, 법왕사 주지 혜운, 진도 쌍계사 주지 도훈 그리고 도륜스님과 육군 군종차감 김덕수 법사 등으로 이어졌고 백파문도회장은 현성스님이, 영호문도회장은 선걸스님이 맡아 그 찬란한 법맥을 계승하고 있다.